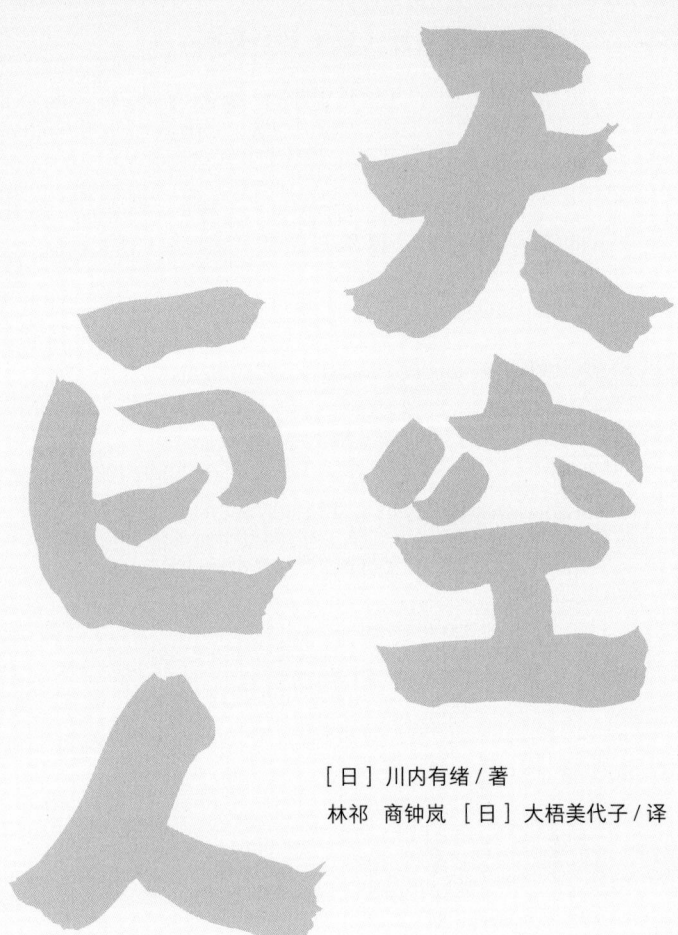

［日］川内有绪 / 著
林祁　商钟岚　［日］大梧美代子 / 译

SPM 南方传媒 ｜ 花城出版社
中国·广州

图书在版编目（CIP）数据

天空巨人 /（日）川内有绪著；林祁，商钟岚，（日）大梧美代子译. -- 广州：花城出版社，2025.1
ISBN 978-7-5749-0213-8

Ⅰ. ①天… Ⅱ. ①川… ②林… ③商… ④大… Ⅲ. ①随笔－作品集－日本－现代 Ⅳ. ①I313.65

中国国家版本馆CIP数据核字（2024）第044030号

合同版权登记号：图字 19-2023-334 号

作品番号 N01
SORA WO YUKU KYOJIN by Ario Kawauchi
Copyright © 2018 by Ario Kawauchi
All rights reserved.
First published in Japan in 2018 by SHUEISHA Inc., Tokyo.
Chineses implified characters edition published by arrangement with
Shueisha Inc., Tokyo in care of Japan UNI Agency, Inc., Tokyo

外封图片：蔡国强，《樱花满天的日子》，白天烟花实现于日本磐城四仓海岸，2023 年。
　　　　　SAINTLAURENT 提供。
内封、插页图片：蔡国强，《摸云彩的孩子》，2016 年。版画，30.48 ㎝ ×21.95cm，共 100 版。
　　　　　　　 黄逸柏摄，蔡工作室提供。
　　　　　　　 蔡国强，《为"磐城"所作手稿》，2012 年。墨、纸。蔡工作室提供。

出 版 人：张　懿
策划编辑：揭莉琳
责任编辑：蔡　宇
责任校对：衣　然
技术编辑：凌春梅
特约审校：高海洋
装帧设计：姚　敏

书　　　名	天空巨人 TIANKONG JUREN
出版发行	花城出版社 （广州市环市东路水荫路 11 号）
经　　销	全国新华书店
印　　刷	广州市岭美文化科技有限公司 （广州市荔湾区花地大道南海南工商贸易区 A 幢）
开　　本	880 毫米 ×1230 毫米　32 开
印　　张	8.625　4 插页
字　　数	227,000 字
版　　次	2025 年 1 月第 1 版　2025 年 1 月第 1 次印刷
定　　价	45.00 元

本书中文简体专有出版权归花城出版社独家所有，非经本社同意不得连载、摘编或复制。
如发现印装质量问题，请直接与印刷厂联系调换。
购书热线：020-37604658　37602954
花城出版社网站：http: //www.fcph.com.cn

上：磐城回廊美术馆。回廊里展示的是蔡和"磐城团队"三十年来的故事，以及孩子们的画作。

下：春天，油菜花和樱花同时绽放。"磐城团队"完成的蔡的作品散落在周围的山上。

上：火光在海面奔跑，描绘出地球轮廓。
中：为了完成"地平线项目"，蔡正在海上进行放置导火线的作业。（一九九四年）
下："要得到市民的协助，就得用通俗易懂的语言（来解释）"，蔡在听了志贺的话后，写了如下的内容。（一九九三年）

この土地で作品を育てる
ここから宇宙と対話する
ここの人々と一緒に時代の物語をつくる

在这片土地上创作艺术作品
从这里与宇宙对话
与这里的人们一起创造时代的故事

上：一起在尼斯当代美术馆的海报前起跳——咔嚓！
下："磐城团队"在尼斯当代美术馆组装船体。（二〇一〇年）

上：在毕尔巴鄂古根海姆美术馆展示的《撞墙》。狼（复制品，比实际大一点一倍）一只接一只地撞上玻璃。

下：在哥本哈根的个展中，被描绘北欧海洋和港口（风景）的火药画所包围的《来自磐城的礼物》。

彩页所有照片来自Kazuo Ono

目 录

序 言 / 001

开 篇 / 003

第一章 与生俱来的商人 磐城·一九五〇年 / 008

第二章 出生于一座信仰风水的城市 泉州·一九五七年 / 017

第三章 身居山屋，翱翔天际 旧金山·一九七六年 / 026

第四章 爆炸的梦想 泉州·一九七八年 / 042

第五章 两星相遇 东京·一九八六年 / 051

第六章 时代的故事开始了 磐城·一九九三年 / 070

第七章 有蘑菇云的世纪 纽约·一九九五年 / 089

第八章 最北之地 雷索卢特·一九九七年 / 100

第九章 冰上再会 雷索卢特·一九九七年 / 117

第十章 旅人们 磐城·二〇〇四年 / 133

第十一章　我想要相信 纽约·二〇〇八年 / 158

第十二章　愤怒的樱花 磐城·二〇一一年 / 182

第十三章　如龙腾飞的回廊美术馆 磐城·二〇一二年 / 199

第十四章　夜樱 磐城·二〇一五年 / 216

第十五章　天空的巨人 磐城·二〇一六年 / 228

尾声　磐城庭园 新泽西·二〇一七年 / 246

谢辞 / 249

文库版后记 / 250

主要参考资料 / 257

蔡国强·火药与樱花——《天空巨人》译后记 / 262

序言

秋日黄昏，空气清新，八个日本人降落在纽约郊外的国际机场。用几句简单的英语通过移民局后，八人坐进一个亚洲男子驾驶的面包车，而后驱车前往新泽西州北部，与曼哈顿相反方向。

昏暗逼近，汽车停在一片树林中的宅邸前。那是一座造型独特的乡间别墅，像是用巨大的方形积木随机堆叠建成的。房屋采用了较多的厚重木材和石头，浸染着美国乡村小镇的风格。

其中有一个可以聚集数十人的大厅和三个宽敞的卧室，从大观景窗，可以看到庭院里宛如风景画一般的小树林。玻璃走廊的尽头有多间客房，里面准备了多张床铺，供日本来客各取所好。

八人中，有去过北极的惯于旅行者，也有五十多岁才第一次获得护照的人。这群人中只有一个女人，眉清目秀，其余都是五六十岁、与一身工作服相符的粗糙男人。

这块土地最初是一个马场，建筑界的鬼才弗兰克·盖里在此地设计了这座房子。他曾以古根海姆博物馆毕尔巴鄂分馆（西班牙）之作享誉世界。那座以蜿蜒流线型为特色的二十世纪建筑的杰作，使荒废的工业城市充满了艺术之城的气息。

而眼前这个乡间别墅的特别之处，不仅在于富有个性的外观，而且在于室内到处悬挂着巨大的绘画。其中一幅描绘斑马群的画作，其上方一直顶到大厅的天花板，看起来就像是专门为这面墙创作的。

这些是可以藏于美术馆的作品。然而，这八人并不看这些画，而是点燃香烟，开着玩笑，打开行李箱。箱子里装着的是大量的日本食品，纳豆、味噌、咖喱糊、海苔……

翌晨，他们走到草原似的庭园：

"啊，是时候了，开始吧！"

一个留着胡子，穿着工作服的男人发出号令。庭园里的树木上点缀着红叶，落叶随风飘落。

扎马尾的女人想：得赶快种下树根，赶在明年春天开花。

温暖的阳光下，一个人坐上挖掘机，另一个人则开始锄杂草。其他几个检查从日本运来的旧木头，探讨如何使用庭园角落荒废已久的马厩。

八个人来到这里是为了创建一个特殊的庭园。它的名字叫磐城庭园。然而，八个人里并没有园丁。他们是企业家、摄影师、潜水员、电工、文员，职业和背景各不相同——相同的是他们大多在福岛县磐城市出生和长大，以及被一部分美术相关人员称为"磐城团队"。

开篇

这本书讲述了国籍不同、职业不同、生活方式不同的两个男人，如何建立友谊并创造艺术作品的故事。

当初知道这两个人的时候，我一直困惑是否应该把他们写成一本书，不，应该说是能不能写成一本书。他们两位都是不拘一格的人才，而我的笔力还不够。况且，对于把有关"跨国友谊"这类常见的主题作为非虚构写作是否合适，我对此有犹豫。

尽管如此，我依然被两种强大的个性所吸引。

一位是蔡国强。闻名于日本的现代艺术界巨星。他出生于中国福建省，一九八六年移居日本，时年二十九岁。曾在东京和茨城县度过九年，而后到纽约继续创作作品。来日之初，他只是一个默默无闻的中国留学生，因引爆火药创作"火药画"，在野外举办爆破活动而一举成名，如今业已成为当代美术界的世界级明星。

另一位是志贺忠重。他在福岛县磐城的一间农舍里出生并长大，至今六十多岁了仍然生活在福岛；经营一家小公司，通过销售汽车零部件等发家致富。他有很强的好奇心并且有许多爱好，例如操纵小型飞机，但他对艺术的兴趣几乎是零，无事不登当地美术馆。

这两个人在二十世纪八十年代末相遇，而后大量"作品"问世。蔡国强描绘创作的概念草图，志贺及其团队（"磐城团队"）负责把蔡的艺术构想具象化，可以说是一种不可思议的"二人三脚"[①]合作。

这些作品中，最大的是"磐城回廊美术馆"。我与它相遇是在二〇一五年。那时为了写有关旅游的文章，我正在寻访有趣的素材，正好有事去福岛县郡山市，顺道去到那里。它是"3·11"日本地震后创建的户外设施，入场免费，开放时间为"从日出到日落"。

磐城吗？或许不错。磐城市，刚好是我母亲的家乡，我从小到高中都经常去。只是在外祖父葬礼后，我与它渐行渐远，竟然阔别此地长达二十五年。好！就定这里吧，先电话联系。

拨了几次电话，一个上了年纪的男性洪亮的声音传来："喂！"我正要开始说明采访目的，那个带有磐城方言口音的人一口回绝："不可以，不接受采访。"

"如果接受你的采访，以后会有很多人过来这里，那是件麻烦事。这里也没有停车场和厕所。"

咦？这个爱理不理的回答让我不知所措：怕人来的"美术馆"究竟是个什么样的所在？

被拒绝反而更想探个究竟，是人之常情："没关系。我会如实写这家美术馆怕人来的。"

"哈哈哈！你真有趣。那么，来吧。"男人说。我则不可思议地想见见这个人。

约定的日子，我从东京乘特急列车到磐城站，再搭出租车抵达山脚下的美术馆。入口处的长凳上正坐着一个穿工作服的胖胖的男人，与"大叔"的称呼看起来很相称。他就是接听电话的人——志贺忠重。

[①] 二人三脚：两人绑着脚进行行走比赛，是日本常见的一种竞技活动。

"啊，什么来着？采访？有这回事？"

显然他完全忘记了。

"嗯，先喝杯茶吧？之后慢慢聊，不要着急。先喝点茶。"

志贺忠重以轻松的语气说，其话语末尾的语调有些上扬，脸上浮现出亲切的笑容。

我喝了一口茶，感到非常吃惊。这茶真的太好喝了，好喝到让我的汗毛都竖了起来。

"这是铁观音（茶），从中国来的。"他十分坦然地说道。

我安坐下来，就被周围的景色迷住了：远望稻田，惠风轻拂，鸟儿悠然地飞翔。山坡上一条长长的木制走廊向山顶延伸，看起来像万里长城或一条巨大的蛇。

喝完茶，他领我参观，边走边聊了好几个小时，说的全是与"穿工服的大叔"的形象完全不搭边的话题。我糊涂了，这里究竟是个什么所在？

志贺告诉我，这里是世界著名艺术家蔡国强设计（手绘图纸），并由四百名志愿者共同创造的美术馆。此外，这里正在进行一项重大工程，将在周围的山上种植数量惊人的九万九千棵樱花树，而提出这一方案的正是志贺忠重本人。他说将在被福岛核电站事故污染的家乡，创造世界第一的樱花名胜。该项目预计在二百五十年后完成。我很吃惊：

"你应该活不到那个时候吧？"

"那也没关系啊。"志贺超然物外地回答。既然有此复兴目的，为什么不想让很多人来参观呢？我越发感到不可思议。

夕阳落山时，采访也告一段落。志贺续了茶，开始说起另一段崭新的人生故事："我曾作为一个冒险家的后援去过北极。那冒险家是独自徒步横穿北极的世界第一人呢。"我虽然已经没有记录的力气了,但还是附和说:"冒险吗?很棒呢。"我小时候就怀抱向冒险迈进的浪漫幻想:"来世我也想成为一个冒险家。"

听了这话的志贺,以一种像是在说"不要啊,川内女士"的眼神紧盯着我。

"迈出一步,也是冒险。川内女士已经在冒险了。"

这句话直接击中我的肺腑。

二○一○年春天,三十八岁的我辞去了国际公务员的职务,成为一名自由撰稿人。这意味着我放弃了从硕士毕业后一步步筑造起的安稳人生,放弃了稳定的收入来源。但我没有后悔,虽然那时我的收入不稳定,而且女儿还不满一岁。

是呀,这就已经是冒险了。

我不禁眼里噙满了泪水,扑簌簌掉落下来。对于我这段偏离既定轨道并重新开始的人生,志贺的话里充满善意的肯定。

此后我经常去磐城,并继续听冗长得像《指环王》那样的故事。但这很有趣,既有做生意的故事,又有蔡国强年轻时的故事,还有世界美术馆的秘辛,虽然内容各不相同,但无论如何,每次都有意想不到的发展等待着我,让我永远不会觉得无聊。

即便如此,美术馆中的"艺术作品"居然也能如此现实地与生活联系在一起——艺术真的是如此有趣吗?

在此期间,传闻中的超级巨星蔡国强也来到美术馆。蔡结结巴巴地讲着日语,与我想象中的"魅力人物"不同,是一个爱讲笑话、喜欢摄影的体贴的人。听蔡讲话,给我一种可以从缝隙窥见"世界级艺术家"生活的华丽的平行世界的感觉。即使活在同一个时代,但我和他生活在一个完全不同的世界。不知何时,我对另一端的世界无比在意起来。

有一天,蔡国强和志贺开始在我面前讨论新"作品"的构想。

两人的讨论让我改观。之前我一直以为志贺只是参加或协助蔡的作品创作，其实是误解。他们是非常平等的关系。

——啊，原来是共同创作呀。

乍一看完全不同的两个人，实际上非常相似。于是我意识到，看起来平行不相交的两个世界，实际上也能与自己的世界接壤。

我来试着写写这两个人吧。在不同的国度出生，长大，相遇，周游世界，建起樱花环绕的美术馆——时至今日已有三十年岁月。事情决定下来，已是初访后的一年半，震灾后的六年三个月了。

我想，这并不是"不让地震灾害的记忆淡化"这一使命感所然，而是基于一种更加个人的动机。我也想能像他们一样，超越常识和极限的界线，尽所能地生活。即使有人嗤之以鼻，我也不会介意，试着跃向理想的天空。

决定动笔后，我跟着"超级忙碌"的蔡，跑京都演讲会、蔡在纽约的工作室，甚至冒昧地闯到他在新泽西的家；采访了志贺和蔡的家人和朋友、"磐城团队"的成员、志愿者、美术评论家和策展人、美术馆职员、记者等约四十人。

蔡称之为"蘑菇云世纪"的二十世纪结束了，距今已有十八个年头，世界上到处都是核武器，一方面内战和恐怖袭击不断，另一方面科技的发展淡化了人类之间的现实交流，虚拟和现实的界线越来越模糊。

日本虽然看起来还很和平，但屡屡发生的灾害、贫困和贫富差距——不，即使不是那么夸张，也早已被将社会分崩离析的诸多因素所包围，人们似乎生活在从未有过的断层中。正是在这样的时刻，我才想讲述艺术所孕育出的真实的人类故事。

我们先从与生俱来的商人，不，磐城的厉害大叔志贺忠重开始说起吧。

第一章
与生俱来的商人　磐城·一九五〇年

泥鳅和飞镖

孩提时候的志贺，很喜欢在睡觉前听父亲讲故事。父亲忠之的故事版本并不多，每次都是重复三个故事。其中，志贺最喜欢、反复要求听的，是类似于《稻秆富翁》①的故事。

"很久很久以前，马路上死了一只老鼠。一个孩子捡了那只死老鼠往前走，这时，一只猫咪来了……说的是哪怕同一个东西，在不同的人手里，在不同的场合，也有可能变成有价值的故事。"原来如此，这倒真像志贺的风格呢。志贺虽然出生于极其普通的农家，但依靠买卖积累起了今天的财富。

出生于一九五〇年的志贺，在五个兄弟姐妹中排行最末。老家在平市（今磐城市中北部），位于太平洋海岸边和常磐线平站（今磐城站）的正中间，距离两端都差不多五千米的地方。

---

① 日本童话，讲述一个穷人从最初拿到的稻草，以物换物，最后成为大富翁的故事。收录于《今昔物语集》及《宇治拾遗物语》等，常用来比喻用小东西最后换到高价物品。

"老家是有土间①和地炉②的旧房子呢。煤气和自来水自然没有。水是井水。在火塘里煮味噌汤，土灶用来烧饭。虽然已经通电了，但家里只有一盏灯，哪里需要就挪到哪里用。"

一九五〇年，是广岛和长崎被投放原子弹之后，二战结束的第五年。那是什么样的年份呢？我查了一下，好像是NHK③开始进行固定节目试播，日本职业棒球联赛开赛，美空云雀的歌曲《东京小孩》走红的年份。但是，志贺接触到电视机则是几年后的事了，当时他只能在家里和家人一起抱着一台收音机听。

父母忠之和三重，就像绘本里描绘的那般勤勤恳恳，天刚亮就开始喂马喂鸡，耕田砍柴，一口气不歇地劳作到日暮。

"一到夏天茄子丰收，炒啊，烤啊，腌啊，变着法儿弄来吃。还吃纳豆和豆腐。鱼只有办喜事的时候才吃。肉也只是杀鸡的时候才吃得上。"

听到这些话，我也不禁怀念起母亲的故乡：在阿武隈山地的山沟里，一个叫上远野的村子，那里就是到了二十世纪八十年代，也是茅草房伫立，牛叫声声。虽说同属于现在的磐城市，志贺成长的平市是个比上远野繁华许多的地方，但母亲和志贺的话里有很多共同点。其中之一，就是关于煤炭的故事。

"孩提时，住在煤矿附近的人会去拾煤炭，在家里的地炉用。"母亲曾经常常跟我这样说。志贺也提起"河里有掉下来的煤炭，自己也去捡过"。这一带曾经是日本屈指可数的煤矿型城市。

---

①土间：日本住宅中未铺地板的地面，或为泥地，也可能是三合土。

②地炉：在客厅地下挖成的四边形空间，铺上灰，放上薪炭，以供取暖或烧水、煮饭等用。

③NHK：即日本广播协会。据NHK发展史资料记载，一九五〇年NHK依据日本《广播法》成为独立于商业资本外的公立媒体。

常磐煤田，是横跨福岛县富冈町及茨城县的巨大煤田，当时的工人有差不多两万人。开采出来的煤炭通过铁路从常磐线的各个车站运往首都圈京滨工业地带。之后福岛县浜通地区建起很多发电厂，成为首都圈的生活支柱，在当时已经承担着都市能源供给的功能。

在志贺读小学的二十世纪五十年代中后期，是日本政府的经济白皮书中提到的"已不是战后"的时期，黑白电视机、冰箱、洗衣机开始被称为新的"三种神器"，然而志贺家还继续过着以前的生活。父母一到冬天就去山里伐木，供煮饭、烧水和洗澡使用。两人工作的场所，就成了志贺的游乐场。他最喜欢的游戏，就是寻找能吃的东西。

"在田里劳作时，经常捕些小龙虾、蚂蚱。在山里劳作时，就去捡栗子或者挖百合根。割稻子的时候，就将稻穗捆起来做成'被子'睡午觉。那种惬意，至今都时常回味。"

志贺和年纪与自己最接近的哥哥也相差七岁，所以基本上都是自己一个人玩。更何况他和上面四个哥哥姐姐还是同母异父，他们是志贺父亲的兄长的孩子。

伯父武忠，二战时前往缅甸，后来再也没有回来。亲戚担心三重和他的四个孩子，就把武忠远在东京当技工的弟弟忠之叫回故乡，将这一家人托付于他。"详细的情况我并不清楚。"志贺说道。总之，三重接受了这个提议，与曾经的小叔子忠之结了婚，并生下了第五个孩子忠重。如此一来，突然成为五个孩子父亲的忠之，只能拼命劳作，一刻也不得闲。

幼小的志贺，每天都独自度过，却不感觉寂寞，反倒是对各种事情都很感兴趣。他至今还记得自己亲手挣零花钱的事。

"台风一来，附近的河水暴涨，在桥架处撒个网就能捕到满满两手的泥鳅。养在井水里，让其吐尽泥沙，再拿到市场去卖，就变成了我的零花钱。"

上图：在主屋旁的置物间前，忠重和父亲忠之的合影。约小学入学前。
下图：准备种田的人们。志贺上小学之前，家乡都未引进机械耕种，邻居们集中在一起劳作。

父亲很博学，大部分的东西都能自己做。小学时曾一度盛行"忍者"游戏，志贺在土间用铁锤锤打金属零件。做飞镖时，父亲突然进来了。他本以为会被训斥，没想到父亲给了建议："只靠敲打延展，无法变得更坚硬，要淬火才行。"父亲停下了手中的农活，烧起火，细心地给他示范起来。正因为有这样一个父亲，志贺了解到自己花功夫做东西的乐趣。

母亲三重也是个宽厚的人。

"家里经常有小贩和乞丐过来，不管什么人，母亲都欢迎，给他们茶喝。"

有一次，请卖菜刀的小贩喝茶后，那小贩就一直在屋檐下休息。志贺担心小贩的买卖被耽误，就抓了几把菜刀自己去兜售了。志贺一下子卖了三把，并把钱交给小贩。小贩非常高兴——"小哥，这个给你"——分了一部分钱给志贺。

"那个经历，也许就是感受到买卖东西乐趣的原点吧。"

两位好友

志贺不拘一格的性格，在十来岁时已经非常明显。这也可以从他五十多年来的好朋友品川裕二和藤田忠平那儿得到证实。

上高中的时候，志贺没能进入心仪的学校，成为"浪人"[1]，上起了成人学校的补习班（当时的磐城高中，"浪人"并不罕见）。隔壁座位坐的就是名字同样以"し"[2]开头的品川裕二。

---

[1] 原指失去家主、四处流浪的武士，后也指升学考试失败的学生。

[2] 志贺的"志"和品川的"品"在日语里的拼写，都以"し"开头。

在品川的眼里，志贺是个怎样的少年呢？

"肯定是'（令人）惊异'吧。"

品川平时话不多，但提及志贺时，他便打开了话匣子，兴高采烈地说了起来。他作为潜水员在海洋世界生活了三十年，一旦开口，毫不掩饰，劲头十足。满口浓重的磐城口音让我听起来觉得很舒服。

"（志贺）让班上其他学生带草莓过来。上课时，他自己就躲在桌子底下一直吃草莓，以至于嘴巴四周都被染红了。当时我就想，这家伙到底怎么回事，也太自由奔放了！"

另一位好朋友，画廊商人藤田忠平，也是成人学校补习班的同学。他出生于茨城县矶原（今北茨城市中部）的农家，总是穿着夹克，属于安静型的文化人，自然也对志贺的行为感到惊愕不已。

"入学不久，淘气的家伙们就聚集在走廊，大声喧哗起来，夸张地扭在一起，还以为是吵架了。原来那天志贺捡到了一只云雀的幼崽，带到学校来了。"

藤田看到晴天也光脚穿雨靴的志贺，觉得"真是个古怪的家伙啊"，但彼此的性格意外地合得来。两人关系亲近之后，志贺就经常去藤田家玩。志贺的二哥武平刚好在矶原的煤矿工作。"那儿有电影院，也有很多住宅，哥哥在那里上班时，煤矿可是个令人眼馋的好单位呢。现在再去那边，已经什么都没有了。后来，煤矿也完全不行了，哥哥也只好在自卫队重新谋了一份差事。"

正如志贺所言，那时的煤炭是即将走下坡路的夕阳产业。常磐煤田史研究会的资料显示，一九五五年时，日本的能源供给中煤炭占百分之七十八，石油占百分之二十二。但是，仅仅七年后，石油就逆转为占百分之五十二，煤炭则占百分之四十八。一九六五年东海发电站成功进行了首次核能发电，拉开了日本核能时代的序幕。因此，志贺和藤田这些战后一代，切身感到急剧的能源转变，并度过了这段敏感的少年时期。

然而，变化的不仅是能源。一九六〇年，日本政府发表了"国民收入倍增计划"①，即通过大幅度减少农业人口，将劳动力引流至工业的政策，以推动全国范围的工业化发展。

在这样一个稳步上升的经济景气中，常磐地区也拼命寻找在能源转型时代的生存之道。当时的这种紧张气氛也在电影《扶桑花女孩》（二〇〇六年上映）中得到了展现。工作时被煤炭弄得满脸黢黑的矿工们吐槽道："这么寒冷的鬼东北，还盖夏威夷。"这很好地体现了当时劳动者自嘲的心情。煤炭城里夏威夷，看起来像是玩笑，却是被逼入绝境的常磐地区一代人所下的赌注。

一九六六年，常磐夏威夷中心（现在的夏威夷温泉度假村）正式开业，"用一千日元去夏威夷吧！"的广告吸引了人们的眼球，开业第一年的游客就达一百二十万人，成为当时久违的好消息。同期，福岛县浜通南部的十四个市町村②合并，成为"磐城市"。磐城利用日本第一大面积的城市③的规模优势，进行了工业园区和港湾等的基础设施建设，积极招商，引进工厂，终于摆脱了煤矿城市的身份。

大学生社长

可喜的是十六岁的志贺与藤田、品川，三人都考上了当地的名校——福岛县磐城高中。成为高中生的志贺，举动越发出格。"有

---

① 一九六〇年九月，日本首相池田勇人推出了新的经济发展计划，宣布十年内要将国民收入翻一番，与之相应的一系列政策因此被称为"国民收入倍增计划"。

② 日本的行政区划。第一级为都、道、府、县，二级为市、町、村。市、町、村大致相当于我国的县、镇、村。

③ 磐城市合并后曾一度是日本面积最大的城市。自二〇〇三年四月静冈市与清水市合并后，它已不再是日本面积最大的城市。

一次他突然骑摩托车来学校,说是关系好的拆迁公司老板便宜转让给他的,头上还戴着不知从哪里捡来的像是外国军人的那种绿色头盔。"(品川)

学校自然要求他立刻停止这种行为,但不知道志贺找了个什么理由,得到了学校的许可,把通行证安装到摩托车上,堂堂正正地骑去上学了。

然而,就这样一个丝毫不在意他人眼光,只会拼命按照自己心意过活的志贺,却不知道高中毕业后要做什么。

"要不就不去上大学了吧。"当志贺流露出这个想法时,父亲平静地告诫他说:"不去也不是问题,但今后我能为你做的只有资助你上大学了。"

受到父亲这番话的鼓励,志贺是兄弟姐妹中唯一决定上大学的。

"但是,考试之类的太麻烦,能够推荐入学的就是东北工业大学建筑系了。不,我完全不在乎学什么、上哪所学校,真的,哪里都可以。"

就这样,志贺在仙台一个四叠半①的公寓开始了他的大学生活。但是,他仍然对学习不上心,大三时休学一年,给朋友帮帮忙,或者乘坐捕金枪鱼的渔船出海,一直不安分地生活着。但幸好他对渔船的生活感到深深恐惧:地狱!再这样下去会死的。于是他老老实实地回到了大学。

不久,在加油站工作的四哥武亲来问他:"有人想卖载重两吨的卡车,你要吗?"金额是两万日元。志贺正好有捕金枪鱼的工资,便回答"买"。

---

① 叠为日本房屋面积的计量单位。一叠即一块榻榻米的大小,约等于一点六二平方米,四叠半则约为七点二九平方米。

卡车用来干吗呢？对了，开个搬家公司吧。这么一想，他便在公寓门口挂个"社长室"的牌子，拉个电话，在大学宿舍里贴上手写的传单。不久，黑色的电话开始"丁零零"响个不停，由此，他不仅赚回了买卡车的钱和电话注册费，每个月还有约十万日元的收入。而当时一个月的房租才不过一万五千日元。但也因为这个生意，志贺差点毕不了业，结果留级和休学加起来，总共花了六年才毕业。

那时，藤田和品川早已从大学毕业，走上各自的道路。藤田想看看更加广阔的世界，于是去了美国定居。品川则因为喜欢喝酒，希望能去酿酒厂就职。然而在面试中被问到"爱好是什么"时，他老实回答"玩弹珠机、赛马、自行车比赛"，结果落选了，只好从事别的工作。

毕业前，志贺因为搬家公司的事情而忙碌，并没有进行就职活动。就在这时，公寓的房东过来问他："要不要在我这工作？"于是，志贺就在房东刚成立的公司就职了。

喜欢做生意的志贺，心想着终于能大干一场了，没想到"基本就是端端茶，开开车——工作太闲了，所以一有工作做就非常开心"。

平淡的一年就这样过去了。就在志贺烦恼再这样下去好不好的时候，在旧金山居住的藤田寄来了航空邮件，是对志贺之前寄出的"美国生活如何"的信件的答复。打开信封，上面只写着"你来看看不就知道了"。

那就去看看吧。

于是志贺跟社长请假。"我想去美国，能不能让我请两个月假期呢？""两个月太长了。"社长拒绝了。

志贺索性辞了工作，拿到生平第一本护照和第一个签证，坐上了飞往美国的飞机。口袋里装着他当时的所有积蓄和父亲给的零花钱。

此时，志贺刚满二十六岁。

第二章
出生于一座信仰风水的城市　泉州·一九五七年

火柴盒上的故乡

在志贺忠重出生后的七年,这个故事的另一主人公蔡国强于一九五七年在中国福建省呱呱坠地。如果说志贺是一个天生的商人,那么蔡国强则是一位天生的艺术家。

蔡国强的艺术原点来自小小的火柴盒。盒面描绘着远方的风景。当几个火柴盒排列起来,便会出现一幅连续的风景画:有高山、松树和瀑布,许多船漂浮在海面,海鸥悠然地在天空飞翔。

这是蔡国强的父亲蔡瑞钦的小作品。蔡瑞钦毕生喜爱绘画。作这些画时,他让年幼的蔡坐在他的膝上,自己则用灵巧的手描绘着精美的画。

"你在画什么呢?"蔡问道。

蔡父答曰:"故乡啊!"蔡瑞钦是一位国画兼书法家。

蔡瑞钦的父亲,即蔡的祖父年轻时就去世了,蔡记得和家人去那个"故乡"扫墓。从此,蔡几乎每年都去,渐渐地,发现火柴盒上描绘的风景与眼前的风景完全不同。蔡眼中实际看到的故乡并不像父亲画的那样风光明媚。那里的山很低,没有瀑布,船也只是小渔船。

父亲画的并不是他的故乡吧？

成年后，蔡远离故乡，才终于能够理解：那是父亲心中的风景，火柴盒上画满的是对看不见的故乡的憧憬。

"回想起来，比起父亲其他认真创作的画作，这个小小的火柴盒对少年的我来说也许影响更大。方寸纸盒间，写心写意，天涯万里。就算自己在全世界点燃烟火，那些火柴盒，也一直给予自己勇气。"（个展《第七届广岛艺术展》）

蔡瑞钦相当热衷于绘画和书法。只要手上有一丁点钱，他就会毫不犹豫地全部用来购买与书法相关的字帖和其他书本。他的家总是聚集了很多文人墨客，就像一个文化沙龙。受到父亲这方面的影响，自然而然地，蔡也开始画画。

蔡记忆中第一次画的是祖母陈爱柑的天篷床。那是祖母一直引以为豪的嫁妆。蔡非常爱祖母，说："我奶奶真的很棒，很前卫。"

她比村里任何人的思维方式都自由，曾一度信仰基督教。"她身边没有一个基督徒，总是一个人走到城里的教堂。"

年幼的蔡晚上潜入祖母的床，在善良、温暖的包围中进入梦乡。但一想到总有一天祖母会死，蔡就会掉眼泪。

祖母也很爱他。她虽然不识字，但充满了活力和机智。她很早就发现蔡才能的萌芽，曾预言："你父亲瑞钦的画只能让我引火烧木头，但阿强你将来肯定会是大人物。如果以后成功了，你要好好地感谢你的老师们。"

在信仰风水的城市

后来,蔡国强将环游世界的自己比作一条"船"。他出生于一个面向太平洋的古老港口城市泉州(今福建省泉州市)。蔡将其称为"一座信仰风水的城市"。泉州,作为唐代海上丝绸之路的起点而繁荣一时,来自世界各地的商人,包括阿拉伯人、波斯人和印度人曾聚集于此。

这座充满活力的城市曾出现在十三世纪威尼斯商人马可·波罗的《东方见闻录》(一译《马可·波罗行纪》)之中。马可·波罗看到很多中式帆船进入港口,感叹道:"如果说亚历山大港驶入一艘装满胡椒的船,泉州则有一百艘船入港。"他在书中将这一盛况传到欧洲。

全世界商人的频繁进出与临海开放的独特地形,强烈地推动着想去看外面世界的人们。许多泉州人背井离乡,成为华侨,在国外取得各种成功。

蔡出生时的泉州,虽然曾经繁华的色彩已经褪去大半,但古老的城墙周围点缀着历史悠久的寺庙,红色的屋顶像涟漪般漫延开来。

"我们家在东城门附近,母亲和街坊都在河边洗衣服,我也在河边钓鱼,在河里游泳。这条河是我儿时的游乐场……"(个展《归去来》)

兄弟姐妹四人中,蔡是长子,经常带领弟弟妹妹一起去街上玩。年幼的蔡外出时仰望天空,常常看到两座高高的石塔。这两座建在福建省最大的佛教寺院开元寺的八角五重石塔,被誉为中国佛塔的杰作。

据说这两座佛塔建于十三世纪中叶,相传是为提升和守护泉州城的运势。这就是蔡称自己家乡为"信仰风水的城市"的原因。

　　泉州建城在唐代（公元718年），到宋代的时候（约公元1238年），人们发现泉州城的运气越来越不好，就请了高人来指点。此人说泉州这个城市形似鲤鱼，顺着江，头朝大海，不错！问题出在这个城市的后面山上，有另一个叫作永春的城市。永春城的规划越来越像渔网，把泉州这条鱼给罩住了。高人还指点，要在泉州城里建两座石塔，来破这个网！

　　要建这两座中国至今为止现存的最高的石塔，需要堆出一条可以将石头运上去的土坡。土坡建成了，代价是埋掉了许多的房屋。而泉州却由此迎来了成为宋元时期世界最大港口之一的繁荣景象。

　　我，就出生在这样一个相信风水的城市。

（个展《归去来》）

　　在石塔的庇护下，泉州成为一个风水俱佳的城市。但蔡刚记事时，因为对面隔海相望的台湾省，泉州却处于一触即发的紧张状态。

　　"那时我刚刚上小学，我的家乡被称为'福建前线'。在我们城里，有时候是在上学路上，有时候甚至在课堂上也经常响起空袭警报。"（个展《原初火球——为计划作的计划》）

　　空袭警报声一响，我们就得找地方躲起来。天上是祖国大陆和台湾地区的战斗机互相追逐，地上的防空高射炮也加入其中，在天空留下几道乱纷纷的白线。

　　到了一九六六年，蔡国强九岁时，"文化大革命"开始了，并像暴风雨般席卷全国。

蔡生性认真，学习优秀，因而很快为周围的革命色彩所感染。他诵读《毛主席语录》，并将自己的阅读感想诉诸演讲。蔡说，毛泽东是他这一代人的精神偶像，是对他的未来产生重大影响的人。

"对我这一代人而言，初期最直接受到毛泽东思想影响的是'造反有理'的观点，即可以做任何事去打破基于妥协的规则。"（个展《第七届广岛艺术展》）

"文革"开始前，蔡曾经是班干部，负责在老师进教室时喊"全体起立"，全体学生齐声跟老师打招呼"早上好"。然而，有一天他没有喊起立，其他同学也没有打招呼。

老师看了看学生，走向黑板，轻声说："那么，开始上课吧……"于是，有人开始砰砰地敲击桌面，说一些蛮不讲理的话，不断地扰乱课堂秩序。其实老师什么也没做错，只是对学生来说，她成了离自己最近的"造反"目标而已。老师泪流满面地离开了教室，第二天也没有来学校。教室的窗户也被学生打破，不久学校就停课了。

"这个事件很快就在混乱中被我遗忘。然而，很长一段时间后我才意识到自己并没有忘记它。直到现在，我对老师离开教室的背影都记忆犹新。它在少年时的我的内心留有伤痕。"（个展《十月》）

在"文革"期间，民间信仰也成为被排斥的对象。那时，蔡的母亲偷偷去山上的寺庙烧香拜佛。黎明时分，趁着民兵们还在睡觉，母亲就起身带着蔡往山上去。母亲烧香时，蔡就以描画山上的风景与佛教寺庙来打发时间。

不上学了，蔡就突然多出很多时间去游泳、写诗、读书和练少林拳。这就像用自己的力量教育自己。

蔡对幼时见到的雕塑作品《收租院》印象极其深刻。一般来说，"收租院"这个词指的是租税收纳之处，但这里的雕塑是号叫、哀叹、痛苦、跌倒的劳苦大众的形象。它通过表现封建制度下被剥削的农民的苦难，来宣传实现共产主义的美好。蔡也曾多次观看此作品，由此对资本主义和"布尔乔亚"（小资）产生恐惧。但是，随着知识和阅历的增长，到上中学时，蔡开始对自己所处的社会有了自己的思考。这一时期，蔡也开始排斥父亲的传统绘画，试图描绘不同画风。显然，这也是青春期特有的叛逆。

当时，中国有书店管理制度。蔡的父亲是共产党员，负责管理"内部书刊"。

父亲经常秘密地从"内部书刊"里拿回一些书籍。蔡特意自制封皮，以免偷偷阅读时弄脏了这些书的白色封面。这些书籍里，包括托尔斯泰和陀思妥耶夫斯基等俄国小说，以及川端康成的《伊豆的舞女》，甚至荒诞派小说。

蔡通过阅读这些文学作品，了解到描写和表达人性复杂的方法，以及当代文化丰富的理念和艺术形式。

由此，蔡开始在脑海里幻想外面的世界。到了夜晚，他就躲在被子里收听中国台湾地区和苏联的广播。此时，他的思绪似乎飞到了天外。有一天，蔡收听到美国宇宙飞船阿波罗11号登陆月球的消息。夜空从此成为他的最爱。

"我不记得我什么时候开始憧憬宇宙。但是，小时候，我总是看着夜空，觉得还有另一个世界。"

想去太空看看吗？——我问五十九岁的蔡。

"是的，如果现在可以，我仍然想去。我从小就一直渴望去太空。但那时，宇宙对我而言还是太遥远了。"

"毛泽东思想宣传队"剧团

初中毕业时，几乎所有同学都下乡了。蔡不想下乡到农村，于是想进入剧团，参加"毛泽东思想宣传队"。然而，报名者高达数千，而录取的不过十人。蔡的祖母请巫婆（蔡称之为"萨满"）为他祈祷，也不知是不是祷告应验，难以解释的事情发生了，蔡的录取通知竟然寄到那个巫婆的家里。

"嘿！"对此，我只能发出一声惊叹。他生活的世界就像一个神话，让我觉得这是可能发生的事。

我问："你现在还信巫师吗？"

蔡露出一副理所当然的表情，答曰："是的，我们大都相信巫师。"

看来一个出生于相信风水的城市的男孩，注定相信巫师的神通。

蔡在宣传队负责舞台美术，绘制巨大的背景。人家怕画大画，这对蔡来说却是愉快的作业：大草原、大山、飞流而下的瀑布、雪景……任何要求他都能完成。

此外，由于价值昂贵的绘画材料是免费提供的，仅凭这一点宣传队的工作对于蔡而言就是份理想的工作。于是，蔡尽可能在剧团内少量使用绘画材料，把节省下来的材料用于绘制自己的作品。

随着时间的推移，中国的外交开始向世界敞开大门。一九七二年，美国总统理查德·尼克松访问中国，中美关系开始走向正常化。同年，田中首相也与周恩来总理会面，中日邦交也恢复了。

蔡仍在剧团工作，但感觉周围环境渐渐地发生了变化。二十一岁那年，他听说十九世纪法国画展将在上海举行，便和朋友一起潜

上图：蔡与之后成为妻子的吴红虹。二人经常一起写生。（二十世纪七十年代末，于中国福建省泉州市）
下图：蔡和双亲。（一九五九年）
蔡工作室提供

入货运列车。这是蔡第一次离开福建,也是第一次看到塞尚和莫奈等西方画家的作品。

"他们中的大多数都是写实画家,但我看到他们是如何尝试和探索建立自己的风格的。"(个展《我的绘画故事》)

此时,蔡的父亲对现实感到失望,跑到山上的寺庙久不回家。蔡和他的兄弟姐妹也常常跑去山上见父亲一面。

"后来我才知道,我父亲在山上,将整座山,几千块石头的碑刻逐一做了详细登记:所有石头的位置,写的什么铭文,哪朝哪代,作者是谁……很多碑刻都被青苔遮掩,荒芜在草木之中。他还把拖布蘸上水,在寺庙地面铺设的地砖上练字,无须纸墨。白天,对着远处忙碌的苍生;月夜,守望山下一城的灯火。清水字迹风过褪去,无人知他写尽了几多哀愁。"(个展《归去来》)

时代在不断变化着,如炸雷般划破长空。不记得具体是哪一天,蔡突然看到一艘货船驶进港口,船上挂着的,是一面日本国旗。

"第一次看到它时,我很惊讶……"蔡说。然而更令人震惊的,是大量外国游客从船上下来,带着孩子,笑着拍照,他意识到原来外国公民可以在其他国家自由旅行。

总有一天我也会去他们的国家。

蔡在这无数船只来往的港口写生时,这样想着:总有一天,一定会去的。

第三章
身居山屋，翱翔天际 旧金山·一九七六年

翱翔于美国的天空

"喂，忠平！"

在公寓玄关处看到满脸堆着笑容的朋友志贺时，藤田忠平内心十分欣喜。"你终于来了呀！"

藤田从横滨的大学毕业后，想去外国生活看看，便来到了旧金山。

"文化冲击这词，我想就是像这些吧。街上，有穿着开洞裤子的人，也有赤脚的家伙，还有在头上插着羽毛走的人。"（藤田）

一九七六年时的旧金山，是反主流文化的发源地，一个非常时髦的地方。

"你看过'感恩而死'（Grateful Dead）乐队的音乐会吧，那时正好《詹尼斯》的纪录片电影也非常流行。"

詹尼斯指的是二十七岁就去世的天才女歌手詹尼斯·乔普林。

在那样的开放时代中，藤田一边打工洗着盘子，一边上大学，还交了美国女友，一起到她的家乡俄勒冈州旅游。

志贺见到久别重逢的藤田，十分吃惊。

"忠平，你变了个人呀。从乡巴佬变成美国佬啦，你真会享受人生呢。"

志贺也从早到晚在街上行走，呼吸自由的空气。休息日，他便乘着藤田的车，游走在无尽头的街道。

"第一次喝麦当劳的奶昔，十分吃惊，原来有这么好吃的东西呀。街上也有很多在工作日都玩乐的家伙，在公园开音乐会。许多人都穿着随意的衣服，做着他们想做的事，好像世界上没有什么规则似的。"（志贺）

来美国的志贺，有一个野心，即憧憬多年的"翱翔天空"。以前，在一本漫画杂志的封底上，不知什么缘故刊登了用竹子制成的悬挂式滑翔机的照片，上面还写着"美国也有悬挂式滑翔机学校"。在美国，说不定自己也可以翱翔天空——

了解了原委的藤田，便把志贺带到了旧金山郊外的悬挂式滑翔机学校。当到学校附近时，他们看到悬挂式滑翔机沿着海岸线悠闲地飞行。

"哇！真的在飞呀，太牛了！"

志贺，在美国年轻人的包围中开始上课。

不懂英语，能听懂课吗？

"这事可是性命攸关的，哪怕不懂语言，该做的事还是知道的！"

一番讲解结束后，老师问："谁想第一个尝试？"

"我！"志贺毫不犹豫地举手。

他来到海岸边差不多五米高的地方，助跑，飞离地面，身体"呼"的一下飘浮了起来。

"感觉太好了，哇，居然飞起来了！"

虽然初次的飞行仅仅十五米，但这是志贺"飞翔人生"的开始。

美国的蓝天。麦当劳奶昔。驶向地平线的兜风。一切都是最棒的。

旅途结束后，志贺买了悬挂式滑翔机回国。回国后他也没专心工作，每天憧憬天空，只要看到有斜坡的地方，就都想试飞一下。因为住在农村老家，他即使没有收入，也不至于愁吃喝。

初次看到悬挂式滑翔机的邻居们，都异口同声说想看看飞行。

"嗯！那就飞给你们看看。"

志贺说着，向有小山丘的采土场走去。

等志贺真正站到山丘上时，才发现那里不仅狭窄，难以助跑，而且一点风都没有。飞行条件不如人意，但是气氛已经烘托起来，他已经无法退缩了。于是他下定决心，套上悬挂式滑翔机，深呼吸，尽可能助跑，从悬崖一跃。

然后……本以为会呼地飞起……咚！

观看的人，就像看到玩具飞机坠落一样。

"啊——"

带着失望和担心的表情，大家飞奔到志贺身边。虽然万幸悬挂式滑翔机没有摔坏，但志贺因为剧痛呼吸困难。这次事故给志贺很大的教训。

不能让人们的期待左右自己的决断。条件恶劣的话，要立马撤退。

不花钱的优雅生活

"搞不懂啊。"

志贺在自己画的草图前歪头思考。这次他想在父亲的山林里凭一己之力盖间小屋生活。在沉迷于滑翔机、不工作的日子里，志贺慢慢萌发了尝试不花钱生活的想法。

虽然志贺毕业于建筑系，但读书期间并没有好好学习，所以连设计和搭建的顺序都完全不懂。于是，他打算向做了木匠工作的学长请教。

这就是对志贺天生执行力的恩赐吧。不去想是否能真正做到，是否勉强，只要下定决心，就付诸行动。知识不够，就不厌其烦地向别人求教。

就这样，志贺从住在附近的木匠学长那里学习了造房子的基础知识。他按照所教的方法打桩子，造地基，找平填土，立柱设梁……反复试验，不断摸索，所造房屋逐渐有了家的样子。

正好那时，成人学校的朋友品川也辞了工作，在志贺老家借住。志贺母亲把品川当成自家人，大家每天一起围桌吃饭。大概是太舒服了吧，品川在志贺家的寄居生活长达两年。

品川一有空闲，也帮忙建造小屋。两人一起埋头作业，最终完成了一间小小的山间小屋。煮饭和取暖用柴火，水从山上的旧井里用水管引过来。总的建设成本是十五万日元左右，其中花费最高的是一个两万日元的马桶。

"想在山里能更舒适一些，所以奢侈了一把。"

于是，志贺把品川一人留在父母的老房子里，自己则立马搬进了山间小屋。

山屋窗外有一片美丽的树林，光是看着风景就觉得很幸福。志贺还用汽车电池做了个听音乐的装置。

"听的曲子，是老鹰乐队的《加州旅馆》和披头士乐队（甲壳虫乐队）的《长风路漫漫》。总之把能不花钱享乐的方法都思考了个遍。反正又不用在公司工作，可以随心所欲支配时间。"

从美国回来的藤田，也经常到山间小屋来玩。藤田也还没找到想做的事情。去美国之前，他曾想过总有一天要用英语找工作，但现在"这些事情已经不重要了"。结果，他一边当架子工学徒，一边晚上教英语以此来谋生。

一天，藤田和志贺情绪高涨地打算"建个木头桑拿房"！造法虽然完全是自己的风格，但温度足够。在桑拿房大汗淋漓之后，再跳进冷水浴池。

志贺心满意足。

就算没有钱，人也能活——

当时的志贺、品川、藤田三人，在山间小屋里都聊了什么呢？

"什么都没聊啊。品川完全不说话。藤田也不怎么说话。"

志贺先生这样对我说，旁边听到这话的品川也附和道：

"哎呀，我们呀，关系也不是那么好，在一块儿也不怎么说话。聊天什么的，没有呀！哈哈哈。"

虽然这么说，两人到现在还都每天一起喝茶。

"不说话也在一起，到底是好友！"我这么感慨。

"好友？才不是嘞！"品川立马反驳。

当时，正是日本经历经济飞速成长，迅速滑向消费社会的二十世纪七十年代。一九七四年，7-ELEVEn一号店在东京开业，翌年福岛县郡山的7-ELEVEn开始营业。在人们对二十四小时不灭的光芒都陷入了狂热的情况下，这样嬉皮士般的生活应该很稀奇。那么，附近的居民是怎么看志贺的呢？

"不知道啊。我完全不介意别人怎么看呢。不清楚呢。"

之后，志贺养养鸡，栽培原木朴蕈，继续开拓不花钱的生活；养了一只牧羊犬当看门犬，夏天和它去洗海水浴，冬天带它去看雪。

附近正忙着加油站开业准备的哥哥武亲对他说："如果有那么多时间，来加油站帮我？"当时正处于始于二十世纪七十年代初空前的私家车热潮中。

志贺随口回答："也行啊，帮你一阵子吧。"还在志贺家寄住的品川也加入其中。志贺和牧羊犬一起从山间小屋步行上班。品川则带着志贺母亲做的便当上班。

"就像理所应当似的，志贺妈妈每天说着'给'，然后把便当递到我手上。"品川说道。哥哥的加油站当时以罕见的深夜营业和免费的洗车服务为卖点。冬天洗车，水太冰冷，手都冻麻了。志贺和品川回忆起那时，都说"真是太辛苦了""是啊，太辛苦了"。

私家车神话的另一面

免费的洗车服务很受欢迎，加油站也很忙碌。但最初还被大家感谢的免费洗车服务，慢慢地也变成理所当然，大家都不再感谢了。

志贺与生俱来的商人魂开始噌噌地复苏，开始思考基于免费洗车服务，是否可以开展新的业务。他首先想到的是销售刚上市不久的带外放的高级汽车音响。他先去街上的汽车用品商店调查，发现新上市的汽车音响排成一溜。他想"这个应该能大卖"，但对于在加油站是否能卖出去还是没有把握。

这时，发挥作用的是免费的洗车服务。操作很简单：对等待洗车的客人招呼"请您在店里好好休息"；店里准备好免费的咖啡，播放着音乐，就等客人进到店里。客人喝着咖啡，环顾四周，会看到整齐地堆在一起、光彩夺目的音响盒子。

要是客人问"那是什么"，"啊，这个呀……"再向客人介绍。

这便是志贺的战略。

很有意思，音响卖得很好。用同样的技巧，高价的车轮和轮胎也卖得很好。就这样，哥哥的加油站发展为市内为数不多的高价商品畅销的加油站。

在此期间，不仅是石油，日本的能源还全力发展核能。在磐城北部的双叶郡，东京电力（东电）福岛第一核电站一号机组已于一九七一年三月开始营业运行，紧接着二号机组、三号机组陆续投入运行。

听到志贺那个时候已经买了放射线测量仪，我惊叹道："啊，好厉害！"据说这件事只是源于朋友的一句话。

"我有一个朋友，在川内村（双叶郡）的山中过着自给自足的生活。有一天，他给我提出忠告：'核电站好像是很危险的东西，而且，即使发生什么严重的事情，东电和政府也会隐瞒信息，所以没有放射线测量仪的话，想逃都来不及。'"

志贺认真接受了忠告，马上购买了放射线测量仪。

"东芝生产的，一台八万日元左右。虽然觉得很贵，但还是买了两台，放在山间小屋和加油站，时不时地检查一下数据。"

这么说来，他还是反对建核电站的吧。

"不。我知道核电站不好，也很危险，但也不至于反对。"

据说，这是磐城市民极为普遍的反应。当然也有部分附近居民展开了反对运动，但很多人虽然觉得核能有些来历不明，却并没有高调反对。一定是受到了时代氛围的影响吧。当时的岛国日本，经济发展像赛马一般，正朝着"增长"和"繁荣"突飞猛进，被罩在一种无论如何都需要新能源的氛围之下。

和志贺一样住在磐城平市，一对六十多岁的夫妇这样解释当时磐城对核电站的感受。

"那时候,磐城没有看到'北'(双叶郡),只看到'南'(东京)。即使'北'建起了核电站,也感觉跟他们没关系。"

原来如此,我点了点头。磐城一直在为工业化而努力,视线所及之处始终是东京。

老太太说:"那时候相信了'光明未来能源'的安全神话。"

对于摆在眼前的"安全神话",从盲信派到怀疑派,或多或少都持着相信的态度。很多人在忙碌的日常生活中,逐渐接受了核电站。只是志贺为了以防万一,买了放射线测量仪。这在后来发挥了巨大的作用。

原本只打算做一段时间的加油站工作已经持续了七年。志贺心里也偶尔会冒出一种莫名的不安:"难道要这样工作一辈子吗?"

志贺在这期间发生的最大变化,就是放弃了曾经那么喜欢的山间小屋生活。理由是结婚。对方是大小姐出身、比自己小七岁的悠子。

悠子出生于茨城县高萩市,据说是在所谓的"门禁森严"中长大的。

"我从小开始学钢琴,总是穿着母亲亲手做的连衣裙,上了高中,门禁也很严。其实我在大学里是想学美术的,但是父母看到去了美术大学的朋友们回老家时都穿着喇叭裤一类的打扮,说绝对不行。没办法,只好继续学钢琴,进了音乐大学。"

即便如此,悠子一定是在大家的爱护中长大的吧。即使到了六十多岁的今天,她依然像春风一样散发着落落大方的气质。

两人的相遇,是在山间小屋。好奇心旺盛的悠子听朋友说"山上有个小屋,住着一个有趣的男人",特地从茨城县赶来玩。她烫了头发,化了妆,身着蓝色连衣裙。她穿着轻便的帆布鞋,艰难地爬着山路。从简陋的小屋里探出头来的,却是一个留着大胡子、像熊一样的男人。男人直勾勾地盯着悠子的脸。

"为什么要特意花钱把头发弄卷曲?为什么要特意在皮肤上涂东西?"

太失礼了!

悠子受到了打击,但并没有不高兴。不如说,志贺对她来说是周围没有的类型,她反而被这种自由的气息所吸引。

另一方面,志贺又如何呢?

"是哪里吸引我的?嗯,总之,两人正好相反。她什么都不懂。正是两人之间的这种差异,吸引了我吧。"

确实,悠子的钢琴技术是专业级的,但她连淘米的方法都不知道。

总之,完全相反的两个人没过多久就决定结婚了。问题在于能否说服悠子的严厉的父母。

"有一天,我跟父亲说想和这样的人结婚,父亲深受打击得吐了血!啊哈哈!"

终于到了跟悠子父母会面的日子,悠子叮嘱道:"拜托你了,来的时候一定要干净利落。"结果呢,志贺把胡子刮得一干二净。

"简直判若两人,吓了我一跳!"

虽然其间发生了各种各样的事情,但会面总算结束了,两人的婚事终于被允许了。

新婚旅行是漫无目的兜风。

"去了哪里?我记得去了镰仓和千叶。当时志贺的打扮实在太难看了,还被别人误认为是父女。"

只要天上有太阳

就这样,志贺成家后,在老家土地的一角建了新居——是和木匠师傅一起搭建的房子。

"没想到连房子都可以自己建，真是吓了一跳！"（悠子）

搬家的时候，志贺把牧羊犬和山羊都从山上带来了，在院子里养起了蜜蜂。另一方面，悠子把三角钢琴搬到了新居，在自己家里开了钢琴教室。钢琴教室挣的钱用来支付生活费。志贺因为兴趣很多，比如悬挂式滑翔机和自制露营车等，所以生活并不宽裕。甚至，悠子为躲避收报纸费用而假装不在家也是家常便饭。母亲看到总是穿着同样衣服的悠子，悄悄地塞给她一万日元，说："你连新衣服都买不起吗？"

在这样的志贺家，长女织惠出生了。志贺是个很疼爱孩子的父亲，织惠长大后，他就带着织惠去野营或海边玩。

然后，在长子忠广出生的时候，志贺迎来了巨大的转机。

志贺偶然在阅读的杂志上看到介绍太阳能热水器（俗称"solar"）的报道。那是一种非常环保的产品，利用设置在屋顶上的面板加热水，再经由自来水管流出，运行不需要电力。

咦？不用电也不用煤气就能烧水？

志贺认真地读了报道。

在之前的山间小屋生活时，烧水是一项艰巨的工作。但如果安装太阳能热水器，什么都不用做，热水就会从水龙头流出。

想要！但是，当时的价格高达三十五万日元。志贺没有存款，完全拿不出手。

于是，志贺跟在加油站当社长的哥哥说"有热水的话，冬天洗车就轻松多了"，请他安装了一台。

志贺抬头望着晴朗的天空，对是否真的会流出热水来半信半疑。到了傍晚拧开水龙头，热水真的源源不断地冒出来。

这太厉害了！

志贺想把这个商品拿到加油站卖,便试着进了几台。他向周围的人推荐后,立马有两个熟人决定购买,竟然一天就卖出了七十万日元的商品。

第二天,志贺跟哥哥说:"我不想值夜班了,想认真销售太阳能热水器。"

志贺认为比起销售有限的石油资源,推广节约能源的太阳能热水器更有意义。哥哥也同意了,在加油站设立了太阳能热水器部门,正式开始销售。

志贺三十三岁时,终于找到了想做的事。

他就这样开始了太阳能热水器的销售活动,一个月就拿到了二十四台的订单,其销售总额为八百四十万日元。这样一来,工作突然变得有趣起来。志贺想,既然自己能卖这么多,那别人卖也行,于是便向朋友和熟人询问:"要不要一起做销售?"

加油站是增建阳光房推销员们经常光顾的地方。志贺向其中一个叫斋藤的男人搭话,他回答说:"横尾先生做的话,我就做。""横尾先生是销售之神,有了他,相信还会有很多推销员加入。"

横尾,是那个人吗……志贺心中涌起复杂的感情。横尾道夫是加油站的常客。

"横尾总是穿着皮夹克,装模作样地耍帅,老是在照镜子,怎么说呢,是我讨厌的类型。"志贺对他的第一印象很糟糕。

但是,听到"销售之神"这个词,志贺反而有了兴趣。于是,他对出现在加油站的横尾说:"要不要一起卖太阳能热水器?"但是,即使志贺热情地介绍商品的优点,横尾也没有改变冷酷的态度。

他只是说:"这件事我听斋藤君说过,我会考虑的。"

志贺执拗地追问:"我想好好谈谈,可以去您家拜访吗?"横尾面无表情地回答:"可以。"

志贺买了威士忌作为礼物,来到横尾的公寓。出身底层的志贺分不清威士忌的好坏,总之选了贵的。

走进铺着榻榻米的房间,志贺突然看到墙壁,吓了一跳。墙上挂着一个画框,里面裱着一幅大字,上面写着"苦越"。

超越痛苦……这是什么意思呢?

志贺一边侧目看着那书法,一边再次开口:"要不要试着销售?"于是,横尾反问道:"做是可以的,但能给我多少预支款呢?"

预支款? 志贺不由得愣了一下,不知道这词语的意思。于是,对方解释说,预支款是销售行业的俗语,是预支未来一部分销售额的制度。

"有多少预支款,决定了能否留住优秀的销售员。"

"原来如此……具体要准备多少钱呢?"

"嗯,我的市场价是两百五十万日元,斋藤君是一百五十万日元,加起来有四百万日元就够了。"

志贺对这个金额大吃一惊。他手头不可能有那么多钱。但是,这也是一个机会。预支款终究是预先支付的,横尾认为他可以通过销售赢得。

志贺一直注视着"苦越"两个字。

考虑之后,志贺向他保证:"我无法马上将钱备好,你先工作一个月,一个月后我就预支这笔钱给你。"横尾平静地接着说:"可以,不过,请先在明天之前准备好给我们的各五十万日元。"

两人之间充满紧张感。

横尾是销售之神——

志贺回答一句"知道了"。话虽如此,志贺几乎没有积蓄。回家的路上，他满脑子想的都是如何在明天之前凑够一百万日元。

　　考虑再三，志贺决定和父亲商量。
　　志贺拜托父亲说："因为新工作需要钱。"父亲几乎没问什么，就说："好，我们一起去农协贷款吧。"志贺生平第一次借了一大笔钱。顺利拿到一百万日元后，志贺立刻去见横尾和斋藤，把还绑着捆钞带的钞票递给他们。两人当场平分了一百万日元。
　　就这样，包括横尾和斋藤在内，四名销售员开始了太阳能热水器的推销业务。但是，新的销售员陷入了一场意想不到的苦战。为什么呢？回顾过去，购买志贺推销的太阳能热水器的二十多人，都是朋友或熟人。他们信任志贺的人品，决定购买。但是，一旦从熟人的关系网中跳出来，对方态度就完全变了。
　　"这个时间，你有什么事！""够了，回去吧！"受到辱骂也是常有的事。志贺的脚步越来越沉重。
　　志贺这才明白，原来上门推销这么辛苦。
　　这样一来，一个月后能不能准备好约定的三百万日元就成了未知数。志贺拼命推销，总算预付了约定的金额。
　　看到这种情况，横尾也开始思考。有一天，他提议"建立一个示范地区"，就是集中在一个社区进行销售，产生连锁反应。到底能不能顺利进行，志贺也不清楚，但他决定相信"神"。
　　志贺和横尾两个人立刻瞄准了一个社区，敲开了社区自治会长家的门。
　　"我想把这里作为节能推广的示范地区，会长家将作为样品房免费安装。"横尾用流畅的语言说道。
　　会长听了后，批示了一笔："请听完推销员的话后各自判断。"门一关，横尾就两眼放光："会忙碌起来哟！"

这个策略成了改变潮流的突破口。其中一户签了合同，其他户也想要，之后就像多米诺骨牌一样进展。不久，整个小区屋顶上就整齐地摆满了热水器，场面十分壮观。志贺在山冈上将这个场景拍了下来，让推销员拿着。一张照片的说服力是语言无法比拟的。

就这样，志贺从加油站独立出来，成立了"东北机工（股份公司）"。一旦知道"这个商品很好卖"，"自己也想卖"的人就会陆续出现。横尾对其他推销员也很亲切，细心传授推销的诀窍。

"横尾，你也很会教人。怎么说呢，果然像'神'一样。横尾，你有一颗绝对不会屈服的心。"

随着事业的顺利发展，横尾和志贺的收入也飞速增长。志贺等人包了六辆巴士，带着营业员、技术人员和他们的家人共三百人，去岩手的温泉举行了宴会。

"难得来一次，就找个明星吧！我们的生意是'只要天上有太阳'，所以就叫锦野明（歌手，现在叫锦野旦）吧！"①他说。

收到志贺的热情邀请，锦野明来到了岩手，为他们表演了《只要天上有太阳》。据说乘风破浪的志贺和横尾在六年间销售了市值一百亿日元的热水器。

痛苦的前方

但是，做生意这件事，果然有"山峰"的同时，也有"低谷"。前一刻还艳阳高照，转眼间遮住天空中太阳的乌云就近在眼前。

销售出去的热水器虽然有十年保质期，但不久就出现了问题。一开始以为是个别故障，但问题似乎都集中在同一个零件上。志贺

---

① 锦野旦，本名锦野明。在《樱桃小丸子》里翻成西木明。空に太陽がある限り（《只要天上有太阳》）是锦野旦的作品之一。

开始怀疑商品是否存在结构性缺陷。

因此，志贺向制造商提出"无论是否存在故障，都希望能将所有已安装设备更换改良后的零部件"。这些都是好不容易安装的高价热水器，他希望用户能长期使用。但是，厂方始终坚持"出现问题再修理"的立场。两方的想法有着根本性不同。

在这种过山车般的日子里，志贺最沉迷的还是在空中飞翔。这已经不是悬挂式滑翔机，而是超轻型飞机，配备引擎的简易轻型飞机。

教会他如何驾驶这种飞机的，是茨城县一家公司的经营者铃木武。

铃木经营着一家生产FRP（纤维强化塑料）产品，名为"JON72"的公司，原本是为了生产自己最喜欢的冲浪板而创办的公司。他不仅热爱大海，也热爱天空，自学了超轻型飞机的驾驶方法，梦想着有一天能驾驶自制的飞机飞上天空。

志贺也曾听说"有人经常在矶原的海边驾驶飞机"。有一天，他在海边揪住了铃木。志贺请求说："我也想驾驶，请告诉我怎么驾驶。"铃木爽快地答应了。从那以后，两个人几乎每周都一起飞。志贺也买了自己的飞机，后面还开始练习空翻。没有教科书，便找了战时军队的基本教程作为参考。

用那么简陋的飞行工具翻跟头……我一时语塞。没有人遇到事故吗？

"哎呀，死的人太多了！"

尽管如此，志贺还是想飞向天空。置身于广阔的天空中，志贺既能从重力中解放出来，也能忘却地面上的所有麻烦。

和制造商的协商还在继续。不久，对方突然停止了商品的发货。愤怒到极点的志贺，向对方寄去附有证明内容的信件，并向律师咨询诉讼事宜。但是，律师的态度很消极，认为即使与大型制造商打官司也无法取胜。不久，收到信的厂家员工来到磐城，大家在酒店的会议室进行了讨论。

"我们并不想借此赚钱，只是想让你们出维修成本。我们也蒙受了相当大的损失。"志贺继续交涉，最终厂家让步，以其他形式补偿了与损失相当的金额。

这时，志贺突然感到疲惫如潮水般袭来。

"我觉得差不多（该收手）了。虽然销量还在增加，但卖太阳能热水器让人有一种一直徘徊在生死边缘的感觉，自己已经心神耗尽了。啊，累坏了。挣钱什么的就算了。"

故障的售后服务告一段落后，东北机工撤出了太阳能热水器业务。横尾也干脆地搬到了别的城市。之后的售后保养则由厂家负责。

横尾每年会顺道来一次磐城。

"我说，横尾，当时你的销售真的很厉害。"

有一次，志贺很怀念地说起，横尾却静静地摇了摇头。

"没那回事。我虽然教过几千人做销售，但结果还是被志贺先生用一瓶威士忌吸引过来了。志贺先生可比我厉害多了。"

但是，横尾从某一年起突然不见了身影。

"是生，是死？一想到可能再也见不到了，我现在还会梦见横尾。"

苦越。和这句话一起生活的横尾。他在痛苦的前方看到的是什么呢？真的是喜悦和幸福吗——

就这样，志贺身边留下的是积累了六年的财产和两架超轻型飞机。

那么，接下来要做什么呢？

第四章
爆炸的梦想 泉州·一九七八年

寻找专属自我的表达

刚满二十岁不久,蔡又一次迎来了人生的转机。他遇到了一位与自己乘风破浪、共乘人生之船的女性,名叫吴红虹。如今五十多岁的她依然美丽得令人惊叹,据说当时的美貌也是出类拔萃的。

"您是怎么认识红虹的?"

一天夜里,喝着日本酒,我问蔡。蔡不嗜酒,只是喜欢轻松地喝点小酒。

"那时我二十一岁,她十七岁。她经常在外面写生。但是,一个人在外面写生很危险,所以朋友过来问我'你陪她一起怎么样',但是当时我说'不',拒绝了。'我要走向世界,没时间去结识女人!'但后来还是有些担心她,就问朋友,关心起那女孩。朋友说'你不是没兴趣吗',但还是介绍了。"(CHAI,二〇〇四年二月号,日本设计杂志)

其实,红虹以前就知道蔡。那时候的蔡出演了几部电影,红虹在电影里就已经见过蔡了。

"他在电影里是坏人的角色,一开始以为他是坏人。"

（红虹）

两人没过多久就坠入爱河。从那以后，蔡去任何地方都带着红虹，蔡的画室也成了红虹的画室。

这个时候，美术所处的状况也逐渐发生变化。在远离泉州的北京一隅，此前潜伏在地下活动的年轻前卫艺术家们开始走到台前。

其中之一是一九七九年诞生的中国第一个前卫艺术团体"星星画会"。这个浪漫的名字包含着这样的想法：希望世界成为"并非仅依靠一个太阳照耀世界的时代，而是有无数虽微小却独特的星星争相辉映的时代"。

但是，在当时的中国，前卫艺术家在美术馆和画廊展出作品是不可能的，所以只能在空地上游击式地展出。"星星画会"的诞生，让人感受到了中国现代美术的遥远曙光，但最终，很多成员都远赴海外。

尽管如此，进入二十世纪八十年代后，邓小平正式推行经济改革和对外开放政策，大国之门大开，美术世界也开始受到影响。在此之前，在中国几乎不存在的实践"现代美术"的团体纷纷成立。

一九八一年，年满二十四岁的蔡，决定到上海戏剧学院舞台美术系深造，与红虹一起前往上海。周围的人担心两人怎么过日子，蔡自己并不在意。

"大家都不知道将来我真正能做什么。我自己也不知道。但我知道找工作绝不是我能轻易做到的事情，反而没有那么担心。我想要走向一个巨大的世界。没有梦想、没有奋斗意义的生活方式，不是我想要的。"

在大学里，蔡仍旧学习的是舞台美术。想想蔡之后的人生，在这里学到的东西将成长为粗壮的树干，长出叶子，结出果实。

"大家一起讨论素材和主题，思考空间、时间、照明、观众的反应等。制作提案，开拓思路，学习团队协作。戏剧要求把握过程、提案、预算、制作、呈现等所有内容。而且最重要的，是剧场以时间为轴。如何在时间轴中展示作品，如何发展、推进故事，如何与观众融为一体，这些都是我创作作品的基石。"（《蔡国强》，菲登出版社）

通过专业的戏剧学习，蔡获得了新的视角：立体地呈现作品，不是用静止的时间，而是用流动的时间轴来展现，让观众"体验"和"体感"作品，展示制作的过程。这个世界上所有场所都为"剧场"，人、物、事等一切皆为作品。

当时，许多前卫艺术家和蔡的朋友，都对欧洲和美国怀有强烈的憧憬，西式作品创作呈现出如火如荼的热潮。对此，蔡似乎刻意与这样的运动保持着一定的距离。

想想就觉得不可思议。终于出现了追求自由艺术活动的团体，蔡为什么没有加入这个圈子呢？

"我对中国的'新艺术现场'有所抵触。那时候，每个人都对西方艺术感兴趣，尤其是对约瑟夫·博伊斯、安迪·沃霍尔。"（《蔡国强》，菲登出版社）

约瑟夫·博伊斯是一个德国人，认为每个人都是艺术家，并提出了"社会雕塑"的概念，即每个人都通过参与艺术和创作活动来创造未来的社会。他将环境和社会等主题与艺术相关联，重视实践。在他的作品《7000棵橡树》中，他开展了一个在德国卡塞尔市种植橡树的项目。他还因不寻常的作品《我喜欢美国，美国喜欢我》而闻名。在该作品中，他与一只郊狼在美国的艺术画廊里待了一个星期，并逐渐与郊狼融为一体。然而，这些来自西方的新艺术动向完全没有引起蔡的共鸣。

他说:"当我看到沃霍尔的波普艺术时,只感受到他与我生活之间不断扩大的巨大鸿沟。沃霍尔对物质主义和商业主义的批判,与在中国生活的人无关。那时候我们买一些小东西都要排长队。因此,我与沃霍尔的作品没有对话。而约瑟夫·博伊斯所表达的对环境问题的担忧,也与那时的我无关。我只要走出家门,就有绿色的山和可以钓鱼、游泳的美丽小河。我家的院子里有养鱼的池塘,还有狗和其他动物。当然,后来在中国也出现了物质主义和环境破坏,但在当时,我在想:这些事到底与我们有什么关系?"(《蔡国强》,菲登出版社)

于是蔡和红虹决定踏上旅途,并不是迷恋遥远的外国作品,而是想了解自己生长的国度的文化和历史。在破坏文化和信仰等所有旧事物的环境中成长起来的"迷失一代",蔡没有机会学习这些历史和传统文化。

从一九八二年到一九八五年,每逢夏天,蔡都会往书包里塞满画材,和红虹一起去长途旅行。他们在车站睡觉,有时会伪造通行证。两人假装是住在乌鲁木齐的兄妹,通过检查站到边境。

蔡游览西藏、炙热的沙漠、丝绸之路的街巷、佛教遗址和壁画,画了很多风光旖旎的油画。他把相遇的人们的样子、饮食等打动人心的一切都描绘出来,送给当地的人们,他们非常高兴。

用火药破坏绘画

在沙漠、山间的行走、旅行,使蔡的作品方向发生了急剧的变化。他在附近的山上捡起石头和树根,回到画室后,一直盯着。

自然是人类无法控制的——

蔡重新感受到了这一点。树木扎根于大地,狂风吹走一切,沙漠抹除生物的痕迹,宇宙的尽头无法想象。蔡想将这压倒性的自然之力融入作品中。

蔡尝试直接从远古石刻、海岸岩石、树根等处拓片，作为作品的一部分。自然界的事物，无始亦无终。他从中感受到历史的烙印和无限的生命力。新作品陆续诞生，但他仍觉得还缺少什么。

有一天，蔡突然想到。

对了，用火药呢？

中国发明的火药是一种非常常见的材料，而且具有很强的信息性。在泉州，无论谁出生、结婚、去世，鞭炮声都响彻街角。火药在被用于人生所有祝福和各个重要阶段的同时，也被作为战争和杀戮的工具。他被这样的矛盾体所吸引。

而且，邻居的孩子们，放学回家后经常帮忙做鞭炮，补贴家用，很容易买到。

那就试试看吧。蔡一开始试着对着画布发射火箭烟花，结果差强人意。接着，他把火药放在画布上，试着点火。

嘭！剧烈的爆炸发生，烟雾弥漫了整个房间。画布上面清晰留着火烧过的痕迹。那不规则的黑色烧焦痕迹，紧紧抓住了蔡的心。

就是这个。

"火药象征着宇宙的能量。用看得见的东西来表现看不见的东西，它很合适。火药模糊了永恒和瞬间、时间和空间，制造出了混沌。"

蔡如此艺术地解释火药的魅力，其实背后有着更切实、更容易理解的理由。

"我的父亲很正经，性格不是很大胆。我自己也和父亲一样，很正经，喜欢控制。正经对一个人来说没什么不好，但对一个艺术家就不是很好。艺术家还是要有疯狂的部分。所以我想要一些自己无法控制的东西。火药是一个引爆点，让我解脱出来。"

之前生动的色彩不见了踪影，如黑夜疾风般的旋涡状的黑色成了画作的主角。

蔡想破坏自己之前的画作。

蔡想用不可控制的巨大的火的能量，让画和自己重生。他相信，只有在火焰和爆炸后那令人毛骨悚然的黑暗中，以及在从远古延续下来的光明和黑暗中，才有自己的未来。这或许就像巴勃罗·毕加索、萨尔瓦多·达利、杰克逊·波洛克，以及其他无数艺术家放弃自己以往的风格，义无反顾地面对画布的那一瞬间。

蔡忘乎所以地重复着孤独的实验。有时实验会引发超出预期的大爆炸。蔡不小心引燃画布的时候，祖母会飞奔来画室。

"奶奶马上拿浸湿的擦脚布来帮我灭火。看着这个场景，我才知道，原来艺术家不仅仅是点燃火药，灭火也是一项工作。"

最初，他把烟花扒开了用，但成本太高，就去鞭炮厂买火药。从工厂回家的路上，他怀里抱着几公斤重的火药登上长途汽车。车上有乘客开始抽烟，这让他非常紧张。

万一香烟的火星飞到火药上，就是一场大爆炸。那样的话，自己和其他人都会粉身碎骨而死——

正因为这东西如此危险，蔡才被它的力量所吸引。就这样，一种堪称蔡的艺术精髓的表达——火药画诞生于世。

那个美丽的中国

说句题外话，我人生中第一次出国造访，去的就是中国。一听到"中国"二字，至今仍思念难忍。那是一九八七年三月，我十五岁，初中刚毕业。

此行的目的是为纪念中日邦交恢复十五周年表演合唱。这是个让中国和日本的小学生用歌曲进行交流的项目。它不是外务省和国际交流基金支援的官方活动,而是以公立小学家长为中心的民间活动。而活动的核心人物之一,就是我的母亲,我妹妹小学PTA[1]的干事。

契机是我妹妹上小学三年级的时候,一个同学家长和中国有很深的渊源。母亲和音乐老师在PTA活动中和那人变得熟络,于是他们兴冲冲地想把合唱团带到中国。

他们花了两年多的时间进行准备,教孩子们唱中文歌,和中国方面进行各种交涉,筹集捐款和补助金,带着小学生和家长共一百多人飞到了北京。虽然基本上是面向小学生的项目,但因为我会弹钢琴,所以也参加了。那时,我没能考进理想的高中,对一切事情都带着怨气,但结果那是驱散心头阴霾的最难以忘怀的一周。

当时的北京,于我是异乡。

从机场进入市区的路是一条宽阔的泥路,在尘土飞扬的林荫大道对面可以看到地平线上落下的夕阳。那鲜艳的红色,至今仍清晰地刻在记忆中。

第二天,我们去了天安门广场、万里长城、紫禁城、小学校园的操场和音乐厅等,演唱了中文歌曲和日文歌曲。十五岁的我,完全被镌刻历史印迹、充满情趣的风景所吸引。古老的石砌房屋、气派的四合院、夜晚昏暗的街道、绵延不绝的万里长城,还有毛泽东的巨幅画像。街上的男性大多穿着中山装,女性也穿着像工作服一样朴素的衣服。一切看起来是那么美丽,就像在电影里来了一场短途旅行。

我们的巴士到达目的地小学后,在寒冷的气温下,脖子上围着鲜红的围巾、涂红了双颊的孩子们激动地挥舞着写着"热烈欢迎!"的旗子。在接连让人内心震撼的这些瞬间中,我感受到了旅

---

[1] 家长教师联合会,目的是加强学校、家长与社会的联系。

第四章 爆炸的梦想

行、音乐、体验的喜悦。

当然,我也听到旁边的大人们担心地说着"那是公安吗"的话。我们一行人后面,一定有穿着中山装的男人跟着。"公安"是什么?像间谍一样吗……

总之,我觉得那七天,改变了我人生的航向。我好几个小时盯着当时根本不可能去的中国边疆的旅游指南,一看到中国人就想搭话。

我也曾把三十年前去中国的回忆告诉了蔡。

"是吗!那么久以前去过中国吗!"蔡笑了,"你的母亲是个很厉害的人啊!"

巧的是,在十五岁的我去中国的四个月前,二十九岁的蔡像是与我擦身而过似的,也正准备去日本。

那个时候的中国,自费留学已成为可能,很多年轻人都拥向海外。蔡也在朋友的帮助下,获得了去日本的学生签证。

我问蔡为什么选择了日本。

"并不是选择了日本。没得选择。因为朋友介绍了日本的学校,所以我来到了日本。"

我从这句话的语气中听出了蔡来日本只是偶然。看来他并不打算长期待在日本。来日本只不过是他之前的丝绸之路旅行的延长线罢了。

既没有存款,工作也还没有眉目。

但是,如果去"银座"这个地方,那里好像有一千多家画廊,所以他认为卖画也许就可以生活下去了。祖母爱柑为即将启程的蔡准备了护身符。

出发前不久,蔡用火药和油彩创作了一幅三米宽的大型绘画作

049

品，标题是《阴影：祈佑》。这是一幅气氛相当阴郁的作品。

画布的左侧画着小型飞机和挂钟，天空中弥漫着黑色和金色混合的云雾。时钟的指针指向上午十一点零二分。那是美国B-29向长崎投下原子弹的时间。飞机下面还能看到骸骨般的人影。而在画布右侧如亡灵般浮现的年轻男子，正是蔡本人。

这幅画也许表达出了他出发前的心情，让人丝毫感受不到启程的兴奋感和积极的希望。

一九八六年冬，蔡前往"一千多家画廊"和"原子弹爆炸"的国度。后来，蔡的好友、美术评论家鹰见明彦这样形容蔡来日时的异邦人形象：

"就像在对日本现代社会一无所知的情况下，突然从昨日世界乘坐时间机器穿越到后现代的后期资本主义旋涡中。"（《美术手账》，一九九九年三月号）

蔡搭乘的时光机器降落的地方，是泡沫经济来临之前的耀眼东京。

第五章
两星相遇 东京·一九八六年

在一个有橡胶味的国家

"浓烈的橡胶和香水味让我大吃一惊。"

蔡在三十年后接受杂志采访时,如此回忆一九八六年第一次降落在成田机场的情景。

橡胶和香水啊,原来如此。说起当时的日本,那是综合土木建筑工程公司用重型机械将整个日本翻过来的时期。一九八八年,东日本开通青函隧道,在西日本,濑户大桥通车。在东京,刚刚落成的东京巨蛋挤满了人。成田机场到处是去海外旅行的人,拎着名牌包的女性在街上阔步前行。这种浮躁的心情像彩虹一样覆盖着整个日本,似乎在表明繁荣的未来会永生不止。

真是个奇妙的时代。当时我还是高中生,父亲经营着小公司,对股票和高尔夫极度痴迷。父亲虽然没有好好工作,却很有威风,平时总是一下子给我一万日元零花钱,还一边告诉我"买了度假村俱乐部的会员",工作日也去打高尔夫球。当然,这样梦幻般的日子并没有持续多久,昭和时代结束、泡沫经济破灭的同时,日本潜进了漫长的隧道,父亲也背负了数额巨大的债务。

二十九岁的蔡来到的日本，正处在这样一个彻底浮躁的年代。

那时，蔡和现在一样高高瘦瘦，但与现在也有一些不同之处。首先，他几乎不会说日语，而且作为艺术家完全是默默无闻的。过了不久，二十五岁的红虹也来到日本，两人在东京板桥找到了一间单间公寓。他把几十幅画作搬进公寓，原本狭小的房间变得更加狭小。

蔡开始上日语学校，一有时间就把作品塞进包里，去银座的画廊转转。他告诉红虹，没关系，他们靠卖作品的钱生活。尽管如此——

对没有预约就出现，用结结巴巴的日语对作品进行说明的中国人，画廊老板们根本不屑一顾。

"我没时间看作品。"

"有很多像你这样的学生。"

基本上他刚想把作品集从包里拿出来，就被对方制止了。这样的情况一直持续，蔡的父母为他办婚礼攒下来的钱也花光了。

蔡感觉时间所剩不多，于是在旅行社的宣传册上找了受日本人欢迎的中国旅游景点，画成油画和水彩画。紫禁城、万里长城……他拿着这些作品到书店去，恳求能否"挂在书架间售卖"。

与此同时，蔡也在孜孜不倦地探究不为糊口的作品。以前，他把油彩和火药结合在一起创作作品，现在他开始摸索只使用严选的材料，即只使用火药——用蔡的话说，只用"唯一一种材料"——创作的作品。

> 东方文化中，"一"包含一切。所以我的理想是把颜色、人的感情都用黑色火药来表达。
>
> （个展《我的绘画故事》）

第五章　两星相遇

他在自家的浴室把烟花拆开，将取出的火药引爆以创作作品，然后开始在一个小画廊发表这些作品。

在这期间，一个日本人出现了，并敏锐地看出了蔡的才华。他就是美术评论家鹰见明彦，正是日后将蔡引向"磐城"这一命运之地的人物。

鹰见从小体质虚弱，视力不佳，但感受力比别人敏锐，尤其酷爱艺术作品，一有空就在东京各地的画廊里漫步。

有一天，他偶然看到了展览会DM（直接信息）上的"火药画"这个词，立刻被吸引，来到了国立市的画廊。鹰见在《美术手账》杂志上详细记录了当天的事情。

火药画到底是什么呢？他好奇地推开画廊的门，那是一个洞穴般狭小的空间。

这是什么？

"我一推开门，当场就被吸入了时空扭曲的黑洞"。（《美术手账》，一九九九年三月号）

在微暗中，象形文字、天体般的东西浮现出来，很像往昔人们绘制的壁画。

洞穴的角落里，坐着一个头发蓬乱的高个子男人。当男人发现来访者时，他缓慢地站起来，用蹩脚的日语说："这是用火药引爆制作的作品。"紧接着，他又不解地说道："这么热闹的街道，为什么没有客人来？"这个男人的样子、所说的一切，都与东京浮躁的喧嚣截然不同。鹰见觉得这个男人对日本一无所知。

这个直觉是对的。蔡所作的古代壁画般的画作，与强烈追求华丽、欧美取向的日本文化场景格格不入，但他无法知晓这一切。

"你是怎么创作这幅火药画的？"

"在浴室将玩具烟花拆开，取出火药。"

在中国，火药很容易买到，但在日本，只有烟火师才能使用。

053

而玩具烟花中,火药的含量应该是微乎其微的。鹰见可以想象那一定很辛苦。

鹰见感受到作品的魅力,于是拜托了学生时代的朋友、老字号丸玉屋小胜烟火店公司的继承者帮忙。由此蔡得以在烟花试验场创作作品,随心所欲地使用火药,对钱的担忧也少了一分。

鹰见还陪同蔡去画廊推销画作,听到的全是"中国?中国再过五十年也不会产生现代美术"之类击碎未来希望的话语。但蔡并没有抱怨,仍然悠然、淡定。

我问蔡当时的心情,他这样回答:

"没有太多的抱怨和难过。因为我不是被请来的。我来是因为我想走出中国,到一个更加开放、更加自由的地方与世界对话。我就是为了这个目的而来的。"

没有失落,蔡开始热心钻研。他在书店里翻遍了《美术手账》的旧刊和进口美术书籍,从中汲取了现代美术的历史、方法论和成为大众话题的艺术场景等的相关知识。

根据《美术手账》中鹰见的记载,一九八八年西武美术馆的"克里斯托展",似乎对蔡产生过较大的影响。

克里斯托,出生于保加利亚的艺术家,本名克里斯托-弗拉基米洛夫-贾瓦切夫。他与法国妻子让娜·克劳德一起从事美术活动。听到"包裹艺术家"这个词,很多人就会明白吧。

他们从早期打包身边的东西,逐渐升级,甚至打包大楼、桥梁、山谷和岛屿。那种奇妙的热情,常人很难理解,但正是这种疯狂的部分才会吸引人吧。

当蔡等人来到西武美术馆时,电子显示屏上展示着克里斯托的代表作《包裹新桥》和《奔跑的栅栏》。《包裹新桥》是一部包裹巴黎塞纳河上桥梁的作品,而《奔跑的栅栏》是在加利福尼亚的沙

第五章 两星相遇

漠和农村立起一道长约四十千米的布制围栏。

据说蔡看着播放克里斯托作品创作过程的显示屏，沉思良久。也许他在想，这样啊，创作这么大的作品也不错。不管怎么说，之后，蔡的作品就会常常巨型化到几十米，有时甚至几千米的程度。

对于这样一位来自中国的无名艺术家，身处磐城的志贺当然无从知晓。志贺原本就对艺术完全不感兴趣，甚至从未踏入当地美术馆。

志贺退出太阳能热水器业务时，已经开始了手机销售代理业务。他本来就很喜欢新科技，早早在车上装了一九八五年上市的日本第一部便携式电话——"肩背电话（shoulder phone）"。此后，手持式电话一经问世，他想，接下来就是手机的时代了！于是，他第一时间加入了代理业务。志贺还在附近的商店和CD租赁店设置销售窗口，使手机签约数量稳步增长。

与此同时，志贺还成立了英语会话学校"Yes English School"。他在与旅行中结识的一位美国人交谈的过程中，被其英语会话教学方式吸引，于是趁着兴头决定开办学校。

但是英语会话学校一直没有走上正轨。傍晚时段学生倒还不少，白天则门可罗雀。好不容易聘请的几名讲师也很无聊。他觉得有些浪费，因而决定开一家名为"杰克与贝蒂"的英语酒吧。英语会话学校的讲师们有空的时候，到酒吧里做服务员。他的想法很独特：酒馆里的客人在与讲师对话的过程中，自然而然地就掌握了英语。

以磐城为"游击战"的落脚点

一个是在磐城广泛开展事业的经营者,一个是居住在东京的无名中国艺术家。将两颗轨道完全不同的星星拽到一起的,是志贺成人学校之后的朋友、曾经在美国居住过一段时间的藤田忠平。

那时,藤田在平站附近经营着一家"磐城画廊"。这是一个很小的画廊,经营当地陶艺家的作品,与现代美术无缘。有一天,美术评论家鹰见突然出现在那里,给他看了火药画的照片。

"这样的艺术家来自中国。"

据说这是鹰见特有的低调的介绍方式。藤田不经意地看了一下那张照片,感叹道:"这个好厉害!"

这句话,就是之后奏响的长篇交响乐的第一个音符。

藤田就像被疾风驱使一样,决定去见"蔡国强"。

"上野,上野。"

下了常磐线特快,穿过陌生的人群,换乘山手线去池袋,目标是个展会场所在的练马区江古田站。

顺带一提,为藤田创办画廊带来契机的便是志贺。从美国回国后,藤田一边做着架子工,一边教英语,一有假期就去印度和尼泊尔,过着流浪汉般的生活。志贺和藤田曾经一起度过很多时间,但也已经有三四年没见过面了。就在这个时候,藤田久违地接到了志贺的电话。

"喂,忠平,你最近在干什么?"

"开英语补习班,干干架子工挣钱呢。"

藤田这样回答道,志贺突然说:

"虽然这也可以,不过你差不多该安定下来了吧?最近来过平市吗？这里已经很热闹了。开个画廊怎么样？你不是喜欢这样的东西吗？"

"但是，又没有资金，做生意又不适合我，算了吧。"

"不要紧，钱总会有办法的。车站前正好有个好地方，开吧。"

藤田一开始并不怎么感兴趣，但也只好回答："那就试试看吧。"于是"磐城画廊"便作为东北机工的一项事业开业了。从那之后，藤田持续了三十年以上的画廊工作，对志贺当时有些强势的支持心怀感激。

"志贺说他不懂艺术，但很明白我（藤田）喜欢艺术的心情吧。"

不过，虽说经营画廊，但在同学志贺的公司工作并不符合藤田的性格。开业几年后，藤田从志贺那儿买下了办公设备等，把画廊搬到了泉之丘（磐城市）。藤田拜访蔡的个展会场，正好是在这个独立和搬迁的时候。

藤田在个展的第一天就赶了过来，立刻被火药爆炸所绘成的作品所折服。

"那是'太古的烙印'系列吧。蔡先生虽然作为艺术家还没有什么业绩，但作品值几十万日元的价格。"

藤田非常喜欢其中一幅作品，对蔡说："我想要这幅画。"不过，藤田手里并不宽裕，于是问道："可以按月支付吗？"蔡和藤田通过笔谈进行对话，结果藤田得到了这幅价值四十万日元的小作品。

之后，藤田开始去蔡家玩了。

"狭窄的房子里，从中国带来的近一百幅的大画，几张卷成一卷，立着靠在一起。"

在两人缓慢地用日语夹杂着笔谈的方式交谈时，藤田萌发了在自己的画廊里介绍蔡的作品的想法。

"我的画廊在小地方,也许我能力不足,可能卖不出去,但如果可以的话,要不要在我的画廊办作品展?"

蔡用两句话回复说:

"好啊,就这么办!"

一九八八年五月,在磐城首次策划了个人画展《火药画的气圈》,展出的风景画和"太古的烙印"系列作品约三十幅。蔡想尽量卖更多的作品,所以作品的标价比之前便宜很多。藤田知道后,在画展开始前就到处游说熟人。

"这个人肯定会出名的,你应该买一件作品。"

从上野走向磐城的蔡,藏着一个野心,那就是将磐城变成自己的"井冈山"。井冈山位于江西省和湖南省交界处的山区,是毛泽东一九二七年建立的革命根据地。毛泽东在那里进行了实验,把从地主那里没收的土地分配给农民,后来发展成全国性的运动。蔡想仿效这种从农村到城市的作战方式,以尚未见过的"磐城"为落脚点,走向世界。

据说,蔡坐了三个小时的火车来到"革命根据地",感觉这里是"好普通的地方啊"。映入眼帘的尽是渔港和农田。走到海边,看到的是无边无际的海平面。

"这里什么都没有,没有什么名胜,也没有什么高山和大瀑布。但是,这才是普通的日本,感觉像是'真正的日本'。"蔡这么说。

可一旁的红虹呢?回答令人意外,是"在电车里,非常紧张"。要说为什么,是因为从藤田那里听说某公司老板在展览会开始之前就购买了七幅画。一到磐城,他们就被介绍给"社长"。为了不失礼,红虹绷紧了身体跟他打招呼。

"(那个人)留着浓浓的胡子,笑嘻嘻的,看起来很和善。见面没一会儿就不紧张了。"

那个人就是志贺。他在结婚见家长时剃过一次的胡子,再次狂野地留了起来。虽然对艺术不感兴趣,但由于藤田的盛情难却,他决定买下的作品多达七件,而且"什么都可以",事先压根儿也不想看作品。

"七件大概是两百万日元吧。我拿回去挂在家里,但孩子们觉得害怕,立马就把它们收起来了。哈哈哈!"(志贺)

然而,蔡当时连生活费都难以为继,因此非常高兴。

"你为什么买我的画?"

一见到志贺,他就满眼闪着光,激动地问道。

也许蔡期待的回答是因为画很好之类的话,不过,志贺直接给了个毫不掩饰的回答:"哎呀,因为藤田拜托我了哟!"性情大度、大大咧咧的蔡大笑道:"哈哈哈!原来如此啊。"就这样,身高相差一个头的两个人成了朋友。

画展盛况空前,很多人来买画。其中大部分都是第一次购买美术作品的人。他们付的钱,给蔡和红虹的生活带来了些许宽裕。红虹告诉我,他们用那笔钱交了学费和房租。蔡和红虹在画展后约半年,向板桥区政府递交了结婚申请。次年,大女儿文悠出生,更需要生活费了。

最重要的是在磐城的成功给蔡带来了极大的信心。他相信这个世界上有认可他作品的人,他可以作为艺术家在日本继续做下去。实际上从此之后,蔡也逐渐地被邀请参加冈山等地的艺术节和法国的团体展。

"是磐城的人们让自己以艺术家的身份出发",蔡不忘感恩。之后,他又带着地道的福建铁观音茶来到磐城。令人惊讶的是磐城真的成了蔡的"井冈山"。志贺和藤田也一直期待听到蔡成功的消息。

我想与宇宙对话

那是一九九三年初,离磐城画展不到五年。

"藤田先生,志贺先生,来中国玩吧!"

蔡到磐城来邀请他俩。"我要把万里长城延长一万米,和宇宙对话。"

蔡此时已将活动范围拓展到一种被称为"现代雕塑装置"的现代美术领域。在室内或室外设置(安装)作品,欣赏者通过置身于整个空间,以五官充分感受作品。蔡埋头于题为"为外星人作的计划"的一系列作品(*Project for ET*)。"ET"和电影 *E.T.* 一样,都是外星智慧生命。这是一个相当宏伟的创意,在野外让火药产生大爆炸,并尝试用爆炸的光与外星人对话。

这次的项目是该系列的第十号,以明代万里长城的西端起点嘉峪关为起点,在沙漠中铺设一条长十千米的导火线,让爆炸之光把长城"延长"。

"啊!"

藤田和志贺一边喝着铁观音茶,一边听着蔡的讲述。

热心支持这件莫名其妙的作品实现的,是芹泽高志。他后来担任"朝日艺术节"事务局局长,以及"埼玉三年展""别府现代艺术节"等节目的导演。芹泽当时在东京四谷东长寺内的地下运营着一个名为P3艺术与环境研究院(以下简称"P3")的另类空间(既不同于美术馆,也不同于画廊的实验性展示空间),在那里遇到了蔡。

时间回溯到一九九〇年的春天,美术评论家鹰见带着蔡突然出现了。

第五章 两星相遇

"第一次见到蔡先生的时候,听到他说'用火药做艺术',我就觉得'又出现了一个奇怪的家伙'。"

芹泽用轻松的语调说起对蔡的第一印象时,充满怀念地眯起了眼睛。

那时,蔡热情地邀请芹泽:"马上就要在法国南部普罗旺斯的艾克斯制作爆炸作品了,请你一定要来看看。"芹泽虽然觉得"奇怪的中国人用火药创作的艺术,并不是值得立马飞奔过去的事情",但还是让P3的两名女职员到法国出差,让她们看看所谓的"火药艺术"。据说他当时几乎没有期待什么,只不过在欧洲还有其他要看的作品,所以他这边只是顺便派人过去看看。

但是,这两个人狂热地回到了日本。

"两个人都非常兴奋,总之就是主张P3应该做蔡先生的项目。"

她们看到的是"为外星人作的计划"系列第三号作品——题为《人类为他的四十五点五亿年的星球作的四十五个半陨石坑:为外星人作的计划第三号》。简单来说,就是开垦牧草地,往在那里挖出的"陨石坑"里放入火药,让其一下子爆炸。

美术评论家鹰见看着蔡在爆炸的火焰和烟雾中奔跑、呼喊的身影,写下了如下感受:

"……那时我亲眼看到了它。在刚刚因陨石撞击而生成的这片大地上,第一次站起来行走的原始人类的身影。直立沐浴在阳光下,获得双手的自由,为自己成为人类而欢欣鼓舞的祖先的身影。"(《美术手账》,一九九九年三月号)

虽然这是有点夸张的表现,但实际目睹了这一爆炸瞬间的P3女职员伊藤忍也这样说:

"爆炸的瞬间,巨大的声音、光和烟将我包围。体验这个爆炸,就像体验到宇宙大爆炸的余香一样。"

上图:《人类为他的四十五点五亿年的星球作的四十五个半陨石坑:为外星人作的计划第三号》,在一万平方米的牧草地上挖掘"陨石坑"。一九九〇年七月七日,法国普罗旺斯的艾克斯。
蔡国强摄,蔡工作室提供

下图:上述作品火药爆炸的瞬间。使用了五十公斤的火药、八百米的导火线、六百公斤的干草、五百公斤的纸浆。
甲斐涉摄,蔡工作室提供

第五章　两星相遇

芹泽听到这话，产生了些许兴趣。

"就我而言，我并不确定，但她们要求我无论如何要再见蔡先生一面。我信任她们，所以决定再见他一面。"

就这样，蔡再次来到了P3。

"那天的事，在我这一生中都很难忘记呢。蔡先生背着一个大背包，一坐到椅子上，便从里面拿出一个风琴式的折叠素描本，啪地展开。素描本上面有火药烧焦的痕迹和书写的文字。接着，蔡就开始滔滔不绝地说起来。其中还夹杂着巨人穿越国境之类的。"

这是一个独特的演示材料，花了好几天的时间来准备。蔡用几十分钟的时间快速解释完一本素描本。当解说到最后一页时，他又从背包里拿出了第二本和第三本素描本。当他终于解释完所有内容时，已经是七个小时后的晚上十点了。芹泽疲惫不堪，一边邀请他去吃饭，一边想着：

这个人，也许是个了不起的人物……

当芹泽和蔡告别时，他已经完全想好了要展示蔡的作品。展览定下来后，蔡像是半住进画廊一般，开始制作作品。他的创作热情高涨，甚至在借来的睡袋上画画，半夜独自引爆火药，把芹泽他们吓得够呛。就这样，花了五个月的时间，他制作了七幅巨大的火药画。

之后，个人展览《原初火球——为计划作的计划》项目于一九九一年得以实现。这个具有传奇色彩的展览是蔡后来作品创作原点中的原点，可以说是他的"思想和愿景的起点"（《绘画的精神：蔡国强在普拉多》）。

"原初火球"，中文里是意味着宇宙开端的"大爆炸"。展览的副标题是"为计划作的计划"，因为这里展示的图纸是蔡未来想要实现项目的规划图。这也是蔡想象力的大爆发。

这个构想的其中一个是"大脚印（big foot）"，它也出现在了前面提到的那个风琴式的素描本中，正式名称是《大脚印：为外星人作的计划第六号》。

它以在宇宙脚下的地面引爆火药，用爆炸的光芒穿越地球，来表现巨人正从地球掠过的大脚。巨人作为一个象征性的形象出现，可以自由地跨越人类因战争和冲突而创造的边界墙。

> 人类什么时候开始有承认边界的不幸习惯？人类文明成果之一的火药，最多使用在这条原本不存在的界线上，今后还会继续使用吧。当火药越过国境线时，战争的噩梦总会重演。
>
> 就像E.T.无视国界一样，栖息在我们身体内，有时表现出其根源力量的超人类意志也同样无视国境线。地球上到处都有人类共有的地平线。然而，在超越地平线的前方，还有一些需要人类共同追求的东西。那就是我们快速到来并回归的地方……即"宇宙的地平线"。
>
> （个展《原初火球——为计划作的计划》）

在其他的设计图中，还有重燃丝绸之路的古老烽火台（狼烟），也有再现柏林墙。蔡对一九九〇年被拆除的柏林墙做了如下探讨。

> 虽然隔开东西方体制的物质之墙已经被清除，但至今仍在地球各处以及人类精神内部构筑的无数墙壁并未消失。通过再现瞬间被拆除的墙，唤起人类灵魂内在更应被解放的"墙"。
>
> （个展《原初火球——为计划作的计划》）

换句话说，歧视和割裂等内心的隔阂才是难以消除的。这种对内在隔阂的思考，后来成为蔡的代表作品之一。

该计划还包括动员一千名驻扎在核试验基地的弹道导弹部队人员作为"素材"，以及在月球上挖掘倒金字塔等无论如何也无法实现的项目。

在展览中，所有这些图纸都以火药爆炸后的烧焦痕迹来呈现。

即便如此，无论哪个作品，都是宇宙规模般的略带妄想的创意。看过展览的人也应该不会认为有人想要让它们实现吧。不过，蔡显然是认真的。在这次展览之后，有一个项目决定早早付诸实施。那就是志贺和藤田听到的《万里长城延长一万米：为外星人作的计划第十号》。

芹泽说："五个月来，我们一直在一起准备展览。展览结束后，彼此都不想直接说再见。因为很难得，所以想一起做点（《原初火球》计划中的）什么。用排除法思考了一下，觉得延长万里长城是最简单的。就像在沙漠里拉上导火线点火就好了一样，总比再现柏林墙更简单吧。"

我不禁反问："哎呀，怎么想都不可能简单啊。"这个计划并没有得到有关部门或某个国际艺术节的支持。蔡和芹泽等人的出发点和支柱是"想做"的心情，但既没有资金，也没有赞助商。而且，当时的中国还没有向现代美术敞开大门，现代美术就是像游击队一样零星地出现，又面临着再次从社会上消失的危险。

因此，芹泽很清楚，即使正面敲有关部门的门，说"这是艺术"，也突破不了。于是他绞尽脑汁想出"在沙漠里举办烟花大会""这是旅游项目""想让日本人看看丝绸之路"等这样稍显牵强的解释。从芹泽那里听来的许多令人捧腹大笑的小故事在此就不赘述了，总之，蔡和芹泽想尽办法取得了地方政府的协助，在北京采购了大量的火药，还拉来了日本的旅行社，真的把几十个日本人组成一个旅行团出发去了中国。哎呀，这可真是热情得有些荒唐呀。

这就是发出"来中国玩吧"邀请的真正意图。听了蔡的话后，志贺和藤田说："蔡先生很努力啊！那我们去看看吧。"于是决定参加旅行团。

只是，听故事的我不由得想：咦，等一下！稍微冷静想想，这个"外星人系列"是多么荒唐无稽的尝试啊。在沙漠里引爆火药？这有什么意义呢？和外星人对话？你真的相信吗？还是以艺术为名的华丽表演？

但是，原本对艺术就不感兴趣的志贺，对这些意义之类的根本无所谓。

"蔡先生常带给我的茶很好喝，所以买茶时顺便去了。"

一九九三年二月，藤田和志贺踏上了漫漫旅途，朝着严冬中的戈壁沙漠出发。

巨人的足迹

即便如此，蔡的作品为什么一开始就选择以太空为主题？当然，他从小就向往宇宙可能是一个理由吧。但是，不仅如此。

"'外星人系列'的创作背景比较特殊。"蔡开始说。那时，在日的中国留学生为去留的现实情况所迫。蔡也只好整日待在他的小房间里，过得十分郁闷。他深深地认识到这种自身无力改变的状况，于是突发其想：为什么这个世界上会有国境线呢？如果我是外星人，我就可以无视边界而越过国境。

"现实是我在房间里什么也做不了，更不可能使用火药做什么了。我认真思考了自己在海外的命运、中国人的命运、人类的命运，然后开始创作'外星人系列'。"

当然，对蔡来说，艺术是能够轻松穿越人为制造的国境之墙的巨人。对一个渴望去自由世界旅行，去天空飞翔，以及想看宇宙的年轻人来说，创作作品是能够飞往广阔世界的唯一途径。因而，他将这种疯狂的欲望升华为作品，创作了《大脚印》。

与此同时，蔡还面临需要找在日本长期居住的方法。他拜访了当时的筑波大学副教授、代表日本的现代美术家河口龙夫，请求做他的研究生，却遭到河口的回绝："没有招收研究生（留学生）的打算。"顷刻间，蔡身旁的红虹急得哭了起来。河口还是决定看一看蔡的作品，随后便被其作品的气势所震惊，因而改变了主意（《蔡国强与磐城的故事》，载于《每日新闻》）。

进入筑波大学就读后，蔡搬到茨城县取手市，全身心投入研究助手的工作，尽情地吸收现代艺术的营养。终于，从现在起，他将要作为一名现代美术家，向遥远的宇宙发出自己的光芒。

沙漠深处的万里长城

志贺、藤田和其他游客一起去了北京，从那里坐飞机进入甘肃省省会兰州。"兰州的宾馆又暗又冷，吃的东西也只有冰冷的馒头，感觉来到了最边远的地方。"（藤田）

之后的路程更加残酷。在崎岖的道路上乘坐小型巴士，摇摇晃晃十七个小时后，城市的喧嚣消失了。他们来到了只剩下岩石的荒野，映入眼帘的，是远处耸立的祁连山山脉上的皑皑白雪。

好不容易才走到戈壁沙漠的深处，那里是绵延六千千米的人类历史上最长的"墙壁"的西端点。一出门，手脚就冷得收成一团。气温是零下十八摄氏度。

在呼气也会冻住的寒冷中，蔡与数十名工作人员、志愿者一起登上山丘，滑下山谷，让人难以置信地铺设了绵延十千米的导火线。作业迟迟未能完工，原本是来参观丝绸之路的日本游客也陆续开始帮忙铺设导火线。直到这时，志贺和藤田才意识到蔡说的"来玩吧"原来是"来帮忙吧"的意思，于是两人也加入了铺设作业。

傍晚时分，气温降得更低了。但周围聚集过来四万当地居民，只为亲眼看到这个"未知"的作品。

太阳落山，就在四周即将被黑暗笼罩的瞬间，导火线被点燃了。

志贺和藤田也看到了远处点燃的火光，四万名观众的欢呼声不绝于耳。

火焰伴随着噼噼啪啪的轰鸣声，慢慢地开始在大地上前进。在辽阔的沙漠里，与其说火焰"疾驰"，不如说在大地上悠然地爬行。导火线每隔三米就绑着一个装满火药的袋子，它们有规律地轰隆轰隆地发生爆炸。那风景，俨然一条大蛇"咚咚"律动的脉搏。在反复的爆炸声中，火焰十五分钟就行进十千米，最后消失在雪山的方向。

就这样，《万里长城延长一万米：为外星人作的计划第十号》结束了。芹泽等人都很开心地和蔡说道："说不定从月亮上也能看见呢。"

志贺因为天气过于寒冷而感冒了，拖着疲倦的身体上了小巴。蔡则是兴高采烈地靠近志贺，说：

"志贺先生，下次在磐城干点什么吧！磐城是海，我们在海上干点什么吧！"

志贺迷迷糊糊中竭尽全力地回答："啊，好啊，就这么着吧。"后来，志贺在酒店独自卧床，蔡来探望他，开朗地跟他说："太好了，发烧是好事，中国正在研究，或许可以治疗感冒呢！"

听了这话,志贺觉得有点精神了。

就在那时,磐城市立美术馆开始尝试以个展的形式介绍值得关注的年轻现代美术家。不过,"蔡国强"的名字并没有出现在当初的候选人名单中。让自己名字列入其中的,是蔡自己。他勤于笔墨,经常给磐城市立美术馆写信、发传真,给展览会出点子。蔡的信非常独特,里面夹杂着问候、图样和展览理念,洋溢着"我想在这里展出"的热情。志贺一回到磐城就为他做"火力支援":"蔡先生,非常努力啊!"

美术馆接受了志贺的好意,为一九九四年春天的个展开了绿灯。当时的策划负责人是年轻的博物馆研究员平野明彦(采访时已经是该馆副馆长)。

"我并不是一开始就关注蔡先生,但在志贺先生那儿听说过,蔡先生也发过传真,直接来找过我。虽然我不太清楚作品的实际情况,但在见面的过程中,我被蔡先生'拉拢人的能力'所吸引。因此决定在我们美术馆展出。"

得知展出决定后,蔡给平野写了一封感谢信:"能举办个展,我很兴奋。"如能实现,这将是蔡的首次"美术馆"个展。数年后让蔡国强驰名于世界著名美术馆和艺术节的革命号角,果然还是在"井冈山"——磐城吹响的。

第六章
时代的故事开始了　磐城·一九九三年

让火焰在海面奔跑

"志贺先生、藤田先生，难得来一次，我想在磐城暂住一段时间创作作品。"

"好啊，那我们找房子吧。你想住什么样的房子？"

"在山上，能看到海的房子就好。我想在院子里种点菊花。"

来日本七年，蔡马上三十六岁了。

志贺按照蔡希望的找了房子，但是能一览大海而且附带庭院的出租房，并不是那么容易找到的。四处打听了之后，志贺听说在磐城市北部的四仓，有一座平时不用的房子。他上门拜访，发现它建在悬崖上，面朝大海，风景很美，于是拜托房东。对方爽快地答应，他便租了下来。

"哎呀，这里真好啊！就像我希望的那样。"

蔡非常高兴，于个展前四个月，即一九九三年十一月，只身一人搬到磐城。

磐城市立美术馆于一九八四年开馆，专注于现代美术，收藏了伊夫·克莱因、安迪·沃霍尔等人大量的作品。能在这样一个特殊的地方举办个展,蔡充满干劲,带着满溢的创意来到了磐城。

"我想让火焰在海面上奔跑。"

刚搬完家,志贺、磐城画廊的藤田等几个朋友就齐聚到山上的房子里。蔡马上开始讲解作品构思。

根据志贺的记忆,构思是这样的。

"在长城实现的事,这次我想搬到海上。在海上引爆火药,用火焰勾勒出地球的轮廓。当海平面上燃起火焰时,你可以看到火焰形成地平线。最好在天色较暗的时候进行,那我们就在有新月的晚上做吧。"

也许实际的说明没有这么精练。在后来播出的《放大福岛描绘地球轮廓》(NHK)电视节目中,蔡如是解说:

"这个项目的内容是在漆黑一片的夜色中,从远处点火,一瞬间,一束微妙的光,'嗖'的一声,清晰地画出地球的轮廓。"

对于这个连美术馆里都不存在的"作品",在场的人也只能回答说,啊,听起来很有趣。志贺回忆说,也许谁都无法想象这是一个什么样的东西。

不管怎么说,这个构想被命名为"地平线计划"。一般应该称为"海平线",但描绘的是地球的轮廓,所以称为"地平线"。

内容暂且不提,问题是预算。

计划的规模十分庞大,至少需要数千万日元的预算吧。但是,磐城市立美术馆准备的预算是两百万日元。

但蔡并没有预算少就制作与之相匹配作品的想法。不管超出多少预算,他都只做自己想做的事。但是,蔡的家中还有小孩,因此生活也非常拮据。加之作品的规模逐年增大,收入却一直很少。

而且,当他向磐城市立美术馆提出"地平线计划"时,美术馆回应说他们的预算不能用在美术馆外进行的野外项目。但是,志贺和蔡都不是轻易打退堂鼓的人。相反,志贺等人成立了"地平线项目实行会"——怀着"一定要实现"的决心，特意取名为"实行会"。核心成员除了藤田和志贺以外，还有其他几名。而且，关于美术馆内设置的作品，美术馆进行了分工，"地平线项目"由"实行会"负责（虽然这个分工也渐渐变得模糊了）。

志贺回忆说，即便如此，他还是很担心。目前，"地平线项目"的预算为零。在这种情况下，要实现这样一个可以说是鲁莽的项目，必须得到普通市民的大力协助。总之，有很多东西必须免费获得。但是，磐城市民们的反应几乎都是："艺术什么的，不懂啊。""志愿者是什么？"不，当时不仅仅是磐城，在整个日本，几乎没有地区艺术节，美术制作志愿者的概念更是几乎不存在。

于是，志贺这样说：

"蔡先生，还是不能让人觉得'艺术很难'，应该用通俗易懂的语言来解释。"

蔡很快就领会了这个意图，第二天就把简短的话语写在纸上：

　　在这片土地上创作艺术作品
　　从这里与宇宙对话
　　与这里的人们一起创造时代的故事

仅三行文字，简单而有力地表达了对作品的感情。志贺觉得"与这里的人们一起"这句尤其好。

"太好了，蔡先生。就这样吧。"

依托这些话语，"实行会"成员开始呼吁周围的人给予协助。

第六章 时代的故事开始了

《木星》

蔡按照自己的节奏做事。虽然创意的规模很大，但他并不是以其魅力来推动周围人的类型。早上醒来，蔡就先去便利店买饭团和玉米汤做早餐。在中国，没有吃冷饭的习惯。为了吃饭团，温暖的玉米汤是必不可少的。

"钱应该不宽裕，但蔡先生身上并没有悲怆感。"磐城市立美术馆的平野说。

但"地平线计划"很快就碰到了暗礁。毕竟，这个想法充满了"水与火"的科学矛盾。

"蔡先生只说了让我们在海上做点什么，我还以为他知道各种方法呢，没想到什么都不知道！"志贺有些怀念似的苦笑道。

蔡提出了一个没有科学依据的主张。

——把火药放在一条塑料袋里，然后一个接一个地引爆，塑料自然会裂开，水会进来，但火比水的速度更快。所以我相信会成功的。

——嗯，蔡先生，这不太可行吧。

面对这种自相矛盾的回答，两位"实行会"成员对项目的未来感到不安，早早离去了。

与此同时，志贺也无法着手他最喜爱的工作。当时，志贺专注于某些汽车配件的批发销售。该产品是美国开发的一种特殊的车身保护剂，其销售口号是一旦使用，汽车在未来五年内都不需要打蜡。

志贺接触这个产品的故事也相当有趣。该产品的进口商C公司的一名销售人员听说东北机工卖了很多手机，于是前来拜访。

他说："八年前我们开始进口这种外部保护剂，并一直在各汽车商店销售，但销售一直没什么起色，特别是在日本的东北部，其销售业绩让人头疼。可以的话，能请您进行销售吗？"

听了这话的志贺，想着如果不用打蜡、洗车的话，应该对环境有好处，便答应了下来。他把之前积累的经验和技术体系化，试着营业后，马上感受到效果，便认真投入进去了。

可是，连这个营业活动，此时也被迫按下暂停键。志贺无论何时都忠于自己内心指南针所指的方向。现在的指南针指向的是"地平线项目"。

"喂，蔡先生！早上好！"

志贺早上一起床，就去悬崖上的房子，在玄关处大声打招呼。

蔡在门口一露面，他便开口问道："今天做什么？"蔡在经常结冰的楼梯上一路打滑之后，坐进了车里（蔡后来很怀念地说"我不知道有多少次在那里摔倒"）。

"好了，我们走！"

当志贺启动发动机时，车上总是播放着霍尔斯特的《木星》。从那时到现在，《木星》一直是志贺钟爱的管弦乐曲。后来，加上了歌词，由歌手平原绫香演唱的《木星》，大受欢迎。这首曲子歌唱的，是在广阔宇宙中，星星与星星奇迹般相遇、共同追逐梦想的美好。它与志贺、蔡两人的际遇完美契合，再贴切不过。

寻找船的墓场

在开始准备个展时，蔡说："我想要一艘废船。"而且这艘废船最好是很久以前使用过的木船。

"船？那我们去找找吧。"志贺把车开向四仓港。

船是蔡作品中多次出现的代表性主题之一。蔡出生在海上丝绸

第六章 时代的故事开始了

之路的泉州,从小看着大量木船进出港口。磐城同样是港口城市,但木船已经消失,取而代之的是金属船。他说,想让已成为过去的木船作为磐城的象征复活。

志贺他们一到四仓港,正好看到一艘木造渔船被废弃在一旁。他们对造船厂的员工说:"我们想要那艘船。"对方回答:"拿去吧。"船头部分虽然已经被切断,但保存完好,应该可以复原。于是他们请求"请先帮我们暂时保管",便离开了港口。

改日去收船时,他们大吃一惊——船头部分不见了!

"因为碍事,所以烧掉了。"造船厂的员工很干脆地说。这样一来,就无法用于作品创作了。

蔡垂头丧气,即便在旁边看着就很可怜。

"没关系的,素材不见了,是为了让我们找到更好的。"

志贺一边这么安慰着蔡,一边带着他在渔港转了一圈。这一带海岸线长达六十千米,港口众多。本来想着别的地方应该还有一两艘木船,便驱车前往,结果,不管怎么打听,再也找不到木船了。

或许那是一艘奇迹般的船……

志贺每次离开一个港口,就多一分焦躁。最后剩下的只有小名浜港。它是福岛县最大的港口,从渔船到国际集装箱船,有许多船只进出。

对了,说到小名浜,不是有那家伙在吗?

志贺想起了一个人。他是成人学校时代的朋友、经营着潜水作业公司"拿破仑企业"的佐藤进。志贺决定顺便去佐藤的公司。虽然是突然来访,但佐藤还是欢迎两人,给他们倒了茶。

"我在找木造废船,你知道哪里有吗?"

听了这句话,佐藤爽快地回答道:"那种废船,想要多少都有。"

据说地点就在附近的神白海岸。蔡大喊:"我们马上去看看

075

吧！"于是佐藤当向导，一行人立马驱车前往。

到达时，天已经黑了，四周一片漆黑。
只有海浪拍打的声音哗哗作响。
他们用手电筒照着脚下走路，突然发现沙子里埋着一个巨大的物体。
"哦哦！是船啊，有船！"
志贺开心地大声叫道。
那是一艘曾经和渔夫们一起前往堪察加半岛的北冰洋鲑鱼捕捞船。
昭和初期，木船还是主流，渔民从废弃的船上拆掉引擎，抽走机油，连同铅坠一起沉入海里。随着时间的推移，由于潮汐，很多船被冲到了这片海滩上。数了一下，好像有十几艘。
志贺说，那简直就是船的墓场。
夜晚的海边，响起了蔡久违的兴奋的声音。
"就是这个，我想要的就是这个！"

这是漫长的一天。
两人终于松了一口气，顺道到志贺的家休息了一下。窗外开始下雨，不久就呈现出暴雨欲来的景象。蔡开始坐立不安。
"船会不会被海浪冲走？我很担心。"
"哎呀，应该没问题吧。"志贺说。蔡"嗯"了一声后默不作声，继续忧心忡忡地望着窗外。
静下心来想想，埋在沙滩上几十年的船，怎么可能轻易被冲走？用这样合乎逻辑的解释说服蔡，应该并不难。但是，感受到蔡对千辛万苦所觅得的船万分担心的心情，志贺想给他一些安慰。
"那我们去用绳子固定一下吧。"

"就这样吧!"

两人在雨中开车,飞也似的回到神白海岸。风雨越来越大,两人全身湿透,把绳索一头挂在船上,另一头拴在消波块上。蔡终于露出松了一口气的表情说:"这样就放心了。"志贺虽然想这就像用线把大象拴起来一样,但最终也没有说出口。

"给您添麻烦了,拜托了"

导火线、重型机械、塑料袋等,需要的东西还有很多。每当蔡提出新的作品构想时,志贺就会去寻找可能拥有这些材料的人,问他们能否无偿提供。他深深地低下头,重复道:"给您添麻烦了,拜托了。"蔡见状,便拜托他说:"志贺先生,请您教我那句话。"然后两人一起说:"给您添麻烦了……"蔡的日语词汇量并不多,但还是尽量自己来表达。

"我和那里的人一起对话,创作很多作品。我觉得这很好。"

面对着如此热情,很多人都爽快地答应下来。

志贺一直在思考怎样才能让人们愉快地合作。志贺的信念,是如果不能开心地去做每件事,那么志愿协助也失去了意义。

于是他想到了"记录"。在这里,记录了二十年以上志贺和蔡活动的人物,名和良登场了。名和经营的"影像记录社"就在东北机工的正对面。有一天,相熟的志贺突然来访。

"名和,能不能帮我拍一下记录?"

名和说,当时的志贺留着满脸的大胡子,"简直就像吼叫着的狮子"。"狮子"热情地介绍了项目的情况,并且说:"不用勉强,只要名和你能来的时候来就行了。"

"哎呀,如果让我出钱的话,我也许会拒绝;不过我想,让我

这个摄影师拍拍录像还是可以的。"（名和）

就这样，在展览会准备的间隙，所有人围着召开"上映会"，观看之前拍摄、剪辑的记录视频。志贺端上美酒佳肴，慰劳协助者们。大家看着录像，"啊，拍到某某先生了""啊，竟然发生了这样的事"，越说越兴奋，之前的辛苦变成了快乐。志贺说，像这样感觉到有人在看着自己，人就会更加努力。

同样，志贺还拜托摄影师小野一夫拍摄记录照片。小野的工作重心是在摄影棚里拍摄广告照片，虽然觉得"抓拍不是自己擅长的领域，自己的本职工作也很忙，有点辛苦"，但还是接受了。"美味的菜肴"和"活动记录"，这些都是志贺之后一直珍惜的东西。

打捞被埋在沙滩里的船是一件特别辛苦的事情。经营潜水作业公司的佐藤进带来了当地建筑公司"大木土建"的社长。志贺他们说只能请他当志愿者，大木爽快地答应："好，好。"

建设公司的职员们把挖掘机等大型重型机械搬到了沙滩上。佐藤也穿上潜水服，胸部以下大半个身子浸在冰冷的海水中，带头指挥打捞。

志贺说："蔡先生也帮了我很多，比如用铲子挖东西之类的。"本来是蔡的项目，"帮"这个说法很奇怪。

在相关人员的注视下，大木连续几个小时操作挖掘机，但船纹丝不动。船里有大量的沙子和水，比预想的要重得多。

"怎么也挖不出来，我还在想该怎么办。第二天，大木先生带来了更大的重型机器。人啊，并不靠钱驱动，只要能让他们展示出自己的能力，他们就会尽力而为。"（志贺）

寒冷的海风吹得人浑身发冷，于是大家在一旁生起火，一边喝着猪肉味噌汤取暖，一边继续工作。红虹也亲手做了水饺和甲鱼汤，带着四岁的女儿文悠来到海边。

上图：磐城市立美术馆个展《来自环太平洋》宣传照中拉起废船的照片。举手者是蔡。（一九九三年）
下图：作业的间隙。左起第二个为蔡。最左边为名和良，此时正在摄像。
Kazuo Ono摄

"那个，那个，很好吃啊。（红虹做的）那个，完全抓住了我的胃。"一整天都在录像的名和笑着说。

第二天，他们在船首开了个洞，挂上绳子，准备用两台巨大的挖掘机把船拖走。

"好——走——好——走！"

佐藤大声喊着。挖掘机持续缓慢移动。

终于，一艘足有十几米长的船，像一条被拖上岸的鲸鱼，终于显露真容。其重量约九吨。

但是，接下来更为不容易。要运船，必须先把船拆解成几大块，然而船里塞满了沙子，不留一丝空隙，不是用链锯就能轻易锯断的，要用水冲洗沙子，一遍遍地研磨锯齿，再来切割船只。但是，也不能一味地乱锯乱砍。木船结构复杂，要巧妙地利用木材的强度和柔韧性，保持绝妙的平衡。如果不小心切断某处，则有可能再也无法复原。因此，对木头特性了如指掌的，当地建造神社、寺庙、宫殿的木匠师傅和年迈的造船匠也加入了作业。

冬天的海风吹得大家瑟瑟发抖，但所有人都夜以继日地持续作业。现在蔡只能在一旁守望。最终，打捞和切割工作耗时一周。据说，在所有工作结束后，蔡向建筑公司的大木致谢时，大木笑着这样回答：

"哎呀，所谓的'志愿者'，不就是指不收钱吗？哈哈！"

艺术真冷啊

蔡还酝酿着一个计划，想用家院子里种植的菊花煮成茶，并且用菊花田的泥土来制作茶具。

"在中国，菊花是可以用来泡茶喝的。菊花对眼睛有好处，喝了之后(地平线)就看得很清楚了。所以,我们就把它泡好,在展示会上拿出来吧。"

于是,蔡这次委托协助的是住在茨城县的陶艺家真木孝成。一开始,真木并没有成为志愿者的想法,但他仔细倾听了蔡和志贺的话。

当他问蔡的想法时,蔡说:"我想做一种古色古香、粗犷感十足的茶具。"

真木便提出了自己的建议:"那么,这样做怎么样?"蔡听了后,满面笑容:"真不错,真木先生!那么,请按照这种感觉来做吧。"

真木深知,身为一名艺术家,如果自己不去制作,是无法获得自己想要的作品的,于是便同意制作茶具。等他回过味儿时,才发现自己也在不经意间被蔡的不可思议的魅力吸引过去了。(《蔡国强通信》第六册)

后来,真木完成了二十余件茶具、陶壶、火盆。它们和蔡想象中的一样。

就这样,借助许多人的好意,展览的筹备工作继续进行。蔡回顾以前奔走于向各色人等求助的日子,说那是"人生的修行"。

话说回来,对于后来作为艺术家大获成功的蔡来说,"修行"没有问题,但对志贺来说,又如何呢?一个上了年纪的男人抛掉自己的工作,埋头于不感兴趣的艺术作品制作,确实令人费解。当我向志贺提出了这样的疑问时,他回答道:

"我完全没有画画的才能,但是,蔡先生很有趣啊。他在创作中会遇到各种问题,但是一点也不气馁。这也是作为艺术家的条件之一吧——创意才会不断扩大,没有放弃或缩小。蔡的创意取之不尽。而我一直在考虑如何在不花钱的情况下实现这些创意。考虑这些很有趣！"

看来，对志贺来说，与其说是修行，不如说是一个快乐的挑战。不求回报，为他人而低头，让苦行变成乐趣，这亦是少有的才能吧。或许，这和长期上门推销的工作经历也有关系。也许正如横尾所写的"苦越"那样，志贺相信，或许只有越过苦难，前方才会出现某种无可替代之物吧。

同时，这也是因为志贺完全为人的才能所着迷。以前的志贺被横尾的推销才能吸引。这次，他同样被艺术家蔡的想象力吸引。能和拥有这些超凡个性和能力的人们一起做点什么，对志贺来说是一件喜悦的事情。

不过，"快乐"的感觉，或许对很多磐城市民也是一样的。每次碰壁，大家就凑到一起商量。蔡一听完大家的意见，就马上灵活地重新构思，之后拿着用画笔重新绘制的图纸笑嘻嘻地出现。

最终，要开始制作那令人却步的五千米导火线了。项目资金仍然不足，但多亏向市民呼吁以每米一千日元的价格购买导火线，总算完成了制作。

制作车间是山里面的工厂旧址。由于实行了自由参与制——"即使是短时间参与，也非常欢迎"，所以很多人在工作之余前来帮忙。

一位六十多岁的粮食店女店员感慨地回忆说："总之很冷啊。"由于使用了大量火药，因此严禁生火。用冻僵的手把导火线装入塑料袋里，重复如此单调的工作。尽管如此，现场的气氛还是很欢快。

"什么啊，艺术这东西，好冷啊！"

"是啊！"

大家开着这样的玩笑，哈哈大笑起来，到了晚上就吃热腾腾的咖喱。后来，博物馆馆长和前来采访的电视节目工作人员都参与了制作。最终，人换了一拨又一拨，总共有数百人参与了这项工作，花了两周时间才完成。

在参与制作的市民之外，也有以破坏环境等理由反对"地平线项目"的居民。有一天，报社、美术馆及蔡那里都收到了"停止项目！"的匿名信。在这次多方采访中，有保存着那封匿名信的人。我看了一下，那是写了好几页信纸，可以说是威胁的文章。工作人员不知如何应对，蔡说："反对者也是参与者，还是重视为好。"

美术馆馆员平野如此评价蔡的工作方式：

> 蔡的项目在内部保留各种矛盾和混乱的情况下推进。这与整齐划一、按部就班的风格相去甚远，就连各种各样的异己分子也被视为项目成立的必要因素。在蔡看来，矛盾值得肯定，甚至产生混乱的无秩序才是这个世界的必然。
>
> （个展《来自环太平洋》）

实在是耐人寻味的想法。一般来说，当我们为了达成某一目标，我们会掌握必要的技能和召集必要的人才，并排除阻碍目标实现的因素。但对蔡来说，遇到的每一个人、在场的每一个人，都是作品得以成立的要素。与其说蔡接受这个世界是混沌的，是无法控制的，不如说他欣然投身于混沌之中。

奔跑在海面的微弱火光

一九九四年三月六日，蔡移居磐城四个月后，个展《来自环太平洋》顺利地迎来了初展日。由于蔡创作的作品太多，以至于楼梯间和电梯里都被用作展示场所。

电梯里有一件名为《宁静的地球》的装置艺术作品，有着独特的概念。"现在想想，是相当领先时代的作品。"（平野）

电梯的墙壁完全被纸覆盖，墙上安装着一个奇妙的装置，可以把从宇宙拍摄的地球照片投影到墙壁上。照片是在宇宙中看到的地球夜晚的样子，并且在细节处加以用心，只把人类活动所在的城市用灯光布置成实际闪耀的样子。

这部作品的构思是这样的：当有人搭乘电梯，在电梯门关上的同时，照片中地球的灯光突然熄灭，地球被黑暗笼罩。两秒钟后，地球再次恢复到灯光四射的模样。蔡对这部作品的寄语如下——

> 在过去的千年里，人类为了照明，消耗了庞大的能源。用仅仅2秒时间，人类让地球休息，将它归还宇宙，与其他行星一样拥有黑夜与宁静，也使地球跨越时空，与千年前、万年前，甚至原初的自己相连。1999年12月30日24时59秒至2000年1月1日0时1秒之间，熄灭地球之光2秒钟。从太空看，地球变得漆黑一片（作者注：如果是2秒，应为31日23时59分59秒）。
>
> （《给蔡国强〈宁静的地球〉之寄语》，来自个展《来自环太平洋》）

地球因人类活动而精疲力竭。因此，蔡在作品中呼吁人类关掉所有照明，即便瞬间也好，让地球休息片刻。

之后，来到展厅，那艘历经磨难的废船也凛然地矗立在那里。船身外侧的木板已经被拆除，露出了被称为"龙骨"的架构。尽管几十年来一直被海浪冲刷，但骨架依然很坚固。这"龙骨"正是古代造船师傅智慧的结晶。作品被命名为《回光：龙骨》，寓意龙骨重放光芒。

展厅里，指挥木船解体和组装的年迈造船匠也穿着肥大的西装出现。蔡很高兴，与他一起拍了纪念照。

美术馆的室外，设置了三个大的立体作品，名为《三丈塔》。这是利用废船外侧的木板制作的。虽然塔的外观看起来有些粗犷，但从不同角度看上去，就像一个张开双手的巨人，非常幽默。塔的高度约三点三米。三点三米大约相当于"一丈"，因为有三个，所以被称为"三丈塔"。

也就是说，海边古老的捕鲸船变成了船和塔这两件作品。这些都是蔡在故乡泉州每天所见的物品。蔡向重要的朋友、磐城的人们展示了自己再也回不去的故乡，就像蔡的父亲在火柴盒上作画一样。

那个夜晚，"地平线项目"终于正式开始。守望大海的"实行会"成员脸上流露出担忧的神情。

"最后，我们用装牛蒡和葱的农用长塑料袋把导火线包了两层，但是否行得通，谁都不确定。"（志贺）

的确，一听到是用装牛蒡的袋子，就觉得很不放心。而且，连接部分只是用胶带封住，只要有一点水渗入，就此剧终。在迄今为止的实验中，一次也没有成功过。

蔡则戴着一顶完全盖住耳朵的帽子，以平静的口吻反复说道："失败也没关系，过程很重要。"蔡的这种"失败也无妨"的姿态，不是摆姿势或安慰，而是在之后的艺术家生涯中也一以贯之的。蔡的作品以天空和大海为舞台，其成败往往取决于天气。实际上，蔡的项目后来也多次因强风或暴风雨而中止或失败。这种不可抗拒的自然力量，正是蔡想要融入作品的东西。

但是，"实行会"方面有不能失败的现实原因。实际上，磐城市市长为了这个项目，新拨了二百万日元的补助金。"实行会"感受到莫大的压力，既然花费了税金，被很多人期待，就一定要成功。

到了傍晚，不仅是当地人，东京的美术界人士也聚集在海边。到底会发生什么事呢？每个人都在海风中瑟瑟发抖，翘首以待。但是，唯独今天海上波涛汹涌、海浪滔天，相关人员都很担心。这种状况肯定会失败的。与海上保安厅商量之后，决定将项目延期到第二天。通过喇叭广播得知延期后，人们失望地回去了。

第二天，与前一日截然不同，海面变得风平浪静。对大海了如指掌的佐藤进高声宣布："就是今天了。今晚能成功！"

下午三点，蔡、志贺、平野、佐藤等人分别乘四艘船，开始在离海岸线二点五千米的地方进行放置导火线作业。

傍晚时分，游客再次聚集到海边。人数大概有五千人。海面上有好几艘监视船。这是因为在导火线漂浮的五千米之内，有好几个小港口。渔船经过的话，有可能会割断导火线，所以也要求渔船暂时停止作业。

那天的晚霞很美。

六点，在海上放置长长的导火线的作业终于结束了。终于要点火了。夕阳沉下海面，海边被深深的漆黑所笼罩。摄影师小野也在海边架起相机，焦急地等待着。

一瞬间，海的另一边，一道微弱的光"啪"的一声爆裂，传来"噼噼啪啪"的声音。火焰开始在波浪间奔跑。

那是比想象中要细得多的火。人们不由得凝神望去，有好几次都以为火焰要熄灭了，但回过神来，发现它还在水面上奔跑。"太

第六章 时代的故事开始了

好了,别熄灭了!"海边的人们加油道。不知不觉间,人们都在喃喃自语:"加油,加油!"小野设置在海边的照相机,一刻不漏地捕捉着黑暗中的微光。

加油,加油。

"像条龙,又像脉搏在跳动。"

在船上的蔡,语气平静地小声说道。

看似被波浪吞没的火焰,伴随着噼噼啪啪的爆炸声继续奔跑。

加油,加油。

加油,加油。

是无数的祈祷起作用了吗?点火两分钟后,火顺利到达终点。船上的"实行会"成员们发出"哦!""成功了!"等欢呼的声音。"地平线项目"成功了。然而,虽将它称为一场"活动",但光芒太过于微弱,一瞬即逝。

尽管如此,黑暗的海滩充满了欢呼声,人们用甜酒干杯。蔡回到海滩上,"蔡先生,恭喜你""恭喜"的声音不绝于耳。蔡觉得应该向磐城的人们道喜。不知为何,他显得有些害羞。

在这片土地上创作艺术作品
从这里与宇宙对话
与这里的人们一起创造时代的故事

以这段话为起点,蔡和磐城人历经了四个月的挑战。

个展落下帷幕时,共迎来两千八百三十九名来馆者。作为磐城市立美术馆现代美术系的策划展,这是非常平常的来馆人数。

蔡怀着感激之情,对帮助的人们分别赠送了自制的画作。给潜水作业公司佐藤的画中,画了从船上放导火线的样子。画上写着:"作业船牵引的是少年的梦想和男人的浪漫。"

蔡回到茨城后，磐城再次回到了"一无所有的地方，真正的日本"。离开山坡上的房子时，蔡留下了一句话："希望十年后，我们再一起做点什么。"在海面上奔跑的微弱火焰残像，已经深深地烙印在人们的心中——

听了这些话之后，我问平野："现在，回想起那个时候，你有什么感想呢？"采访时已经升任副馆长的平野喜笑颜开，仿佛事情就发生在昨天。

"我觉得（火焰）最终能跑到终点很好啊。用'感动'这两个字是无法形容的。"

"是啊……只是对于一般人来说，这是一部很难理解其意义的作品，您是怎么理解的呢？"

面对这个充满主观臆断的问题，平野惊讶地摇摇头说："不，并不是那样的。'地平线上的一束光'，我觉得是非常容易理解的。这部作品，并无现代美术的晦涩难解之处。因为是光，所以能从感官上捕捉到。"

这句话让我豁然开朗。光很美。那种美，谁都能凭本能感受到。不管蔡的意图为何，这是毋庸置疑的。也许正因为他是能产生"光"的人，人们才会聚集在他的周围——因为想看到黑暗中浮现的光芒。

平野突然露出笑容。

"蔡那时候通过创作作品，形成了自己的人际圈子。也许这才是他最大的作品。如果美术馆的资金充足，可能会成为完全不同的作品。没有资金，反而是好事。"

展览会后的第二年，即一九九五年，蔡离开熟悉的日本，移居美国纽约。身为一名艺术家，这意味着一个新的起点。

第七章
有蘑菇云的世纪　纽约·一九九五年

不眠街的小家庭

虽然成长经历、国籍、职业都不同，但志贺和蔡互相吸引，一起向宇宙放出光芒。如果他们是宇宙中飘浮的星星，那么志贺像是稳重的木星，蔡就像是拖着闪亮尾巴飞行的哈雷彗星。在广阔无垠的宇宙中偶然相交的两颗星星，现在正以惊人的速度远离对方。志贺留在磐城，蔡则去了满是摩天大楼的都市。

"很明显，二十世纪是美国的世纪，所以我认为在美国生活一段时间似乎也不错。"（《蔡国强》，菲登出版社）

纽约拥有来自世界各地的移民，是美国自由、梦想和繁荣的象征。自由女神像高举火炬，一百余年来一直守护着来到这个城市的移民。据说，穿越大西洋而来的欧洲移民，从船上看到这尊雕像，才切实感觉自己来到了新天地。

纽约在二战后从巴黎手中夺取了"艺术之都"的称号。安迪·沃霍尔、罗伊·利希滕斯坦、杰克逊·波洛克、唐纳德·贾德和其他二十世纪的主要艺术家曾在这座城市生活过一段时间。

至今仍有数不清的艺术家追寻着他们的背影拥向这座城市。仰望被高楼大厦切割出的四四方方的天空，以尖厉的警报声为背景音乐入眠，追寻梦想。

弗兰克·辛纳特拉在《纽约，纽约》中这样唱：

> 我想醒来
>
> 在那个不眠之城的角落里
>
> 我要成为第一
>
> 直到登上顶峰
>
> 如果你能在这座城市取得成功
>
> 在任何地方都能成功
>
> 现在就看你了
>
> 纽约，纽约

（作词：弗雷德·埃布，日文版翻译：川内有绪）

蔡和红虹、长女文悠一家三口抵达纽约，是在一九九五年九月。蔡在日本将近九年的活动得到认可，获得了亚洲文化协会（ACC）的奖学金。ACC是以支援国际文化交流为目的的非营利组织，曾支援过草间弥生、村上隆等引领日本现代美术界的艺术家。

蔡定居在ACC所有的公寓里。在村上隆刚住过的房间里，他继续使用村上隆留下的碗筷。

我听到"一九九五年九月"，不由得兴奋起来。我十五岁去中国，大学毕业后再赴美留学，同样是在一九九五年九月。飞机降落的第一站是纽约。当时的我，对这座城市情有独钟，无法自拔。就像弗兰克·辛纳特拉唱的那样，我想在那个不眠之城的角落里醒来。但遗憾的是我与纽约无缘，最终还是去了另一个城市上学，毕业后直接就职于那座城市的企业。即便如此，在我六年的美国生活中，去纽约的次数也数不胜数。也许有那么一次，和蔡一家在街角擦肩而过。

蔡和我正好相反，似乎并不打算在美国住那么久。他原本打算在一年的奖学金期间结束后回日本。

作品制作基地选择在纽约皇后区的MoMA PS1（PS1当代艺术中心）。这里既不是美术馆，也不是画廊，称其为现代美术的巨大试验场更为合适。这个原本是小学校舍的建筑，聚集了世界各地充满干劲的艺术家，他们为从"初出茅庐的艺术家"群体中脱颖而出而展开激烈的竞争。

虽然蔡在日本美术界已经小有名气，但在美国还属于寂寂无闻之辈。而且，因为之前没有学习英语的机会，他和周围人的交流也没有把握。所以，蔡必须再次从"异国来的语言不通的男人"的状态开始，而且这次连年幼的女儿也是一样。

辛苦的不止蔡一人。红虹说："在不懂语言的情况下养育孩子……是的，非常辛苦。"长女文悠回顾当时的情况也说："在完全不同的环境下，经历了一个艰难的转变。"总之，就在前几天，他们还在茨城这样悠闲的小城镇，然后就突然从一到深夜只有便利店和几个酒馆亮着灯光的小镇，被扔进了挤满七百三十五万人口的"不眠之城"。

问题不仅仅在于知名度和语言，还有美国的美术馆和作品制作体系与日本完全不同。

"在美国，现代美术就像是一个产业。打个比方的话，现代美术在美国是'正规军'，在中国是'游击队'，在日本则是'民兵'。在日本可以和市民一起活动，普通人和（身为艺术家的）我一起工作。在美国不一样，一切都是专业的。如果你想在墙上挂东西，你需要得到许可。让别人去捡石头，也需要得到许可。所有事情都必须做得'专业'。这大概改变了我的工作方式。"（《蔡国

强》，菲登出版社）

过去那种与市民共同作业的方式似乎已经无法实现了。有必要好好思考一下，用很少的预算就能够独自制作不用语言说明也能直观传达的作品，让对艺术挑剔的纽约人惊叹的作品。

——那么，做什么呢？围绕着这个问题，蔡开始了思考。

马可·波罗遗忘的东西

我认为蔡作品的魅力之一，就是有品位的幽默。让事情变得严肃容易，让人扑哧一笑却很难。尤其在文化背景各异、语言不通的情况下，更是如此。这种引人发笑的人性化部分，也许就是蔡的作品在全世界受到喜爱的理由之一。有一部作品很好地体现了这一点——让我们把时钟往回拨一些吧。

移居美国前夕的一九九五年夏天，蔡的身影出现在那著名的现代美术盛典——威尼斯双年展。这个世界上最古老的国际美术展览，也被称为"当代美术界的奥运会"。在主会场贾尔迪尼（城堡花园），各国展馆林立，被选为国家代表的艺术家们进行展示。会期结束时，还会对优秀的展馆和个人颁发奖项。这也是它被称为"奥运会"的原因所在。

这一年，中国还没有正式的展馆，但蔡被邀请参加双年展的后援策划"超国度文化展"。以异文化之间的交流为主题，有来自澳大利亚，以及非洲等地的十五人参加。

蔡发表的作品是《马可·波罗遗忘的东西》。

"马可·波罗从泉州出发，通过海上丝绸之路回到威尼斯，到今年七百多年。他从东方带回了许多珍品，却没有带回精神。所以我想借此机会把马可·波罗遗忘的东方精神带到威尼斯来。"（《东京人》，一九九五年七月号）

——那么,没有从东方带回去的东方精神到底是什么呢?

马可·波罗出生于十三世纪五十年代的威尼斯。身为商人的他走遍了印度和中国等地,将在那里看到的神秘文化和风俗写成了《马可·波罗游记》。在蔡的故乡泉州,马可·波罗也很有名,很多孩子都读过《马可·波罗游记》。但蔡本人对其内容感觉有些别扭。因为在这本书中,东方被描述为有着奇异习惯的诸多国家。

这股别扭劲儿一直萦绕在他的内心深处。时光荏苒,出生于泉州的蔡终于有机会在马可·波罗的故乡威尼斯发表自己的作品。于是蔡想:"好吧,现在正是我把东方精神传达给欧洲的时候。"

首先,蔡回到中国,找到了一艘旧的木制帆船送到威尼斯。这艘木制帆船与近七百年前访问泉州的马可·波罗看到的基本相同。

艺术节开幕当天,来自世界各地的游客看到一艘奇特的古船扬帆,徐徐驶入运河。

那是什么?

这是一场巧妙的演出,宛如戏剧开场。蔡在船上周密地计算风向和速度,配合着开场时间,让木制帆船入港,令众人大吃一惊。

"大家都没见过那么古老的中国船,都吓了一跳。那很有意思。"

蔡至今说起那天的事,仍调皮地笑着。

但是,接下来才是正式的演出。蔡把木制帆船开到运河沿岸的画廊外,从船上吭哧吭哧地搬下来一个大大的麻袋。那个装束,就像是从中国来的商人,袋子里装着一百公斤的人参,给恰逢百年的双年展"补气"。

蔡把人参做成代表东方精神的"补气"中药汤,分给来访的客人。这便是本次展览的作品,提供的是与中国的中医商量后配制的正宗中药汤。同时,还设置了日式自动售货机,销售瓶装中药饮品。

前来艺术节的人们在运河凉爽的微风吹拂下，战战兢兢地喝着特制饮品，并将马可·波罗忘记带回的"东方精神"融入身体。

"威尼斯双年展的会场太大、太累了，所以想让大家在展厅里放松一下。"正如蔡所说的那样，虽然作品让人感受到用心和幽默，但仔细一品，他是把文明发现史、异文化交流、中国传统、日式自动售货机等过去和现代、欧洲和亚洲的元素巧妙地融合在一起，既能让一般观光客和市民享乐于其中的"通俗易懂"，也让美术界人士惊叹不已。

"蔡的想法很宏大。是大陆式的创想。驶入真正木制帆船的想法，以及将中国的中药带进现代美术的世界并让观赏者参与其中的做法，非常新颖。蔡用独特的方式吸引人们参与艺术，使与艺术相关的人们的身心逐渐产生变化。"

说这话的是国立新美术馆馆长（采访时是横滨美术馆馆长）逢坂惠理子，她也是亲身体验过《马可·波罗遗忘的东西》中药饮品的人之一。

威尼斯双年展的一年前，逢坂在水户遇见了蔡。一九九四年四月，逢坂到水户艺术馆担任策展人，蔡也参加了不久后在该馆举办的集体展览。正如逢坂所说，东方精神和中国传来的中医，是蔡作品中反复出现的主题之一。回顾过去，在磐城用菊花制茶也是基于中医的想法。蔡在"信仰风水的城市"出生长大，于萨满巫师的教诲下立身处世，将自己国家的传统融入作品的核心。有时被认为是陈腐的传统，正是蔡想要珍惜和传承的东西。

"对我来说，中医和风水都是宇宙的一部分。人类也是宇宙的一部分。"

蔡乘着古老的木制帆船在运河上来回穿梭，让游客大饱眼福。

有一天，蔡正在船上坐着，突然听到有人大声说道："蔡国强！你得奖了！"

一开始我完全不知道怎么回事，还在画廊外面划着木制帆船。大家对我说"恭喜"，我才知道获奖的事。我问"那个奖有奖金吗"，大家停顿了一下，回答说："有的，有的，有的。"后来，我把这艘从泉州来的木制帆船赠给了威尼斯海洋历史博物馆。这样，东方来的船真正成为他们的东西。

（个展《船家族》）

蔡获得的是第一届贝尼斯奖。该奖项由国际交流基金和总干事福武总一郎（时任贝尼斯集团董事长）设立的福武学术文化振兴财团（二〇一二年起更名为公益财团法人福武财团）共同主办。奖品除了现金以外，还可以在濑户内海上漂浮的小岛——直岛（香川县）停留并创作作品。蔡在直岛创作的是名为《文化大混浴：为二十世纪作的计划》的作品。这是一件有趣的沉浸式装置作品，以三十六块基于风水布置的岩石为中心，设置混合中草药的大型按摩浴池，任何人都可以进入。偶然在同一个场合的人们泡在同一个浴池里，意在让不同文化和背景的人们相遇。按摩浴池至今仍在运转，入住贝尼斯酒店的客人可以进入。

有蘑菇云的世纪

让我们回到一九九五年的纽约。

在没有大量资金、朋友和美术馆支持的新天地，蔡想到的是去内华达州的沙漠地带。

如果说威尼斯的作品表现的是"过去的光"，那么这部作品就是"现在的影"。

到了内华达州，蔡的头顶是一片晴朗的蓝天，眼前是一望无际的荒凉沙丘和峭壁。这里没有任何生物的痕迹。大地上布满了无数像陨石坑一样的洞口，以奇妙的图形模样堆叠着。

这里是美国代表性的核试验场，大地上描绘的图案并不是给外星人的信息，而是数百次重复地下试验的痕迹。

即使这样，一介艺术家竟得以进入如此警备森严的地方。

"因为有ACC的帮助，所以取得许可并不难。我成为第一个进入核试验场的'持中国护照的人'。"

在那片不毛之地，蔡站在可以俯瞰沙漠的高地上，顶着强风，取出了一个传真机用纸的纸筒芯，筒芯里面装有少量鞭炮。

就是现在——

蔡用右手举起小筒，点燃里面装的火药。

砰！伴随着爆炸声，白色的烟雾在空中升起。它看起来就像一个小型的蘑菇云。

这是《有蘑菇云的世纪：为二十世纪作的计划》系列作品的开始。

"随着二十世纪物质文化的飞速发展而诞生的原子弹，让我们认识到了这一点：人所创造的物质文明，最终甚至可以毁灭人类自身。"（个展《第七届广岛艺术展》）

蔡的新天地——美国是世界上屈指可数的拥核国家。而且绝大多数的核试验都是在这个内华达核试验场进行的。

之后，蔡到美国具有象征性的各个场所，拿出细细的纸筒，不断制造小蘑菇云。红虹和女儿文悠也同行，温情地守护着蔡奇妙的表演。这一连串的行为被拍成照片和影像，变成后来在美术馆展出的作品。照片和视频中，蔡背对着镜头，手边升起小小的白色蘑菇云。说起来，这就是一部如此简单的作品。

但是，让人联想到某种不祥意象的视觉冲击是巨大的。这部作

上图：《有蘑菇云的世纪：为二十世纪作的计划》，摄于内华达。
（一九九六年）
下图：纽约，眺望曼哈顿岛。（一九九六年）所使用火药量均为十克。
Hiro Ihara摄，蔡工作室提供。

品引起了极大轰动，照片还被用在《一九四〇年以来的艺术：艺术生存的策略》一书的封面上。一名来自中国的无名男子，向世人证明了：即使是一个小行为，也可以创造出具有巨大影响力的作品。

二十多年后的现在，再次审视这一系列照片时，从另一个意义上感到不寒而栗。在这一系列照片中，有一张是从曼哈顿岛的对岸拍摄，照片的背景是巨大的世贸双塔，一个蘑菇云腾空升起。

蔡根本不知道在那之后仅五年，这两座巨大的塔楼会冒着浓烟倒塌。因此，他拍摄世贸双塔，也只是巧合。尽管如此，这个带有不祥预言的作品，随着时间的推移，评价也越来越高。

蔡在预定逗留的一年时间即将过去时，下定了决心不回日本。

"我接到了很多美国展览会的邀请。而且，一旦用中国护照回日本，就很难再回美国，所以我决定留下来。"

虽然有这样现实的原因，但蔡也说很喜欢纽约自由豁达的氛围。一九九六年，蔡在画廊林立的苏豪区附近成立了"蔡工作室"。在砖瓦结构的雅致建筑里，第一次雇了一个女助手。

这艘漂流到纽约的名为蔡国强的帆船上，美国的风越吹越猛。

一九九六年，蔡在古根海姆博物馆的苏豪分馆发表了作品《龙来了！狼来了！成吉思汗的方舟》，被提名雨果·博斯奖。翌年，蔡又在纽约的皇后美术馆举办了于美国的首个美术馆个展。由此，蔡跃升为美国美术界的主流。

美术评论家、艺术总监清水敏男解释了蔡的作品在美国被接受的原因。清水在水户艺术馆和之后的上海双年展（二〇〇〇年）担任策展人，是长期与蔡保持交流的人之一。

"蔡先生的作品，即使不详细说明其背景，也有很多能产生共鸣的地方，有直接（对身体和感觉）产生影响的地方。美国有来自不同国家和文化的人，本来就各不相同。例如美国电影会多用花哨的动作，是因为其容易跨越文化差异，获得理解。有各种各样背景和文化的人，即使大家都不一样，蔡先生的爆炸作品也能在人类的根源处产生共鸣。"

美国不是唯一一个接受蔡的作品的国家。大约在同一时间，在南非、意大利、澳大利亚、日本等，蔡在不同的地区都成功举办了展览。蔡的创意无穷，体力和精力十分充沛。正与他曾经梦想的一样，"大脚印"越过国境，开始环游世界。

虽然越发忙碌，但蔡希望尽可能多地和家人在一起，所以大女儿文悠有时不得不向学校请假两周。文悠在自己的手记中写道，自己几乎是在美术馆长大的。

> 每次，我被带去美术馆，都像是"儿童职场参观日"。我所知道的职业只有艺术家、策展人、美术馆馆长和技术人员。这些工种和孩子想象中的"普通职业"不一样，但我当时并不知道。我也不知道自己将来是否有可能成为医生、律师、消防员或宇航员。不，也许我甚至不会想象自己每天起个大早去同一个地方上班。
>
> （蔡文悠，《可不可以不艺术》）

"蔡先生好像很努力啊。"志贺和藤田不时提起蔡。一般情况下，到这里，"世界级艺术家与磐城市民交流的故事"应该就要被收藏进回忆纪念册里了吧。但是，磐城人的心里还惦记着蔡，他们想知道蔡在美国过得如何。于是志贺和藤田决定不定期出版《蔡国强通信》，分发给大家。蔡得知此事，非常高兴。

"我这艘'船'从磐城的港口出发，前往世界各地的港口。现在，我想让大家知道我在海外有怎样的感受，希望磐城的人们一直在远方守护我，（通信）让我很幸福。"

第八章
最北之地　雷索卢特·一九九七年

来北极吗？

在蔡让蘑菇云出现的第二年，也就是一九九七年，志贺这颗行星的轨道发生了巨大的变化，踏上了遥远的旅程。前往的地方是——北极圈。

事情的发展连当事人都没有预料到。因为有人拜托他说："志贺，能来北极吗？"目的地是加拿大的雷索卢特。它位于加拿大北端，北纬七十四度，是最边远的、与邻村相隔五百千米的村庄。村中人口两百人，其中有八成是因纽特人。

"去北极的故事，真的很好地展现了志贺先生的品性。他是一个喜欢思考如何去实现一般无法做到的事情的人啊。"在"地平线项目"中负责录像拍摄的名和感叹道。

这句评价抓住了核心。我在写蔡国强和志贺忠重的故事时，犹豫了很久，是否要绕个大圈，写下看似毫不相关的关于"北极"的部分。但是，在北极的日子几乎最能体现"志贺忠重"这个人物，也成为他今后人生中无数挑战的基础，所以我想好好地记录下来。

第八章 最北之地

事情始于出发去雷索卢特的几个月前。志贺在朋友家打开电视，NHK的节目《人物地图》中出现了一个拉着雪橇的男人。他的名字叫大场满郎，是一位四十三岁的冒险家，志在独自徒步横跨北极。

志贺漫不经心地看了起来，不久视线就离不开节目了，中途还拜托朋友将节目录了下来。

那次冒险，就是大场在海面冻结的冬天里，徒步穿越俄罗斯和加拿大之间的一千七百三十千米的北冰洋。

说是行走在冬天才会出现的冰面上，然而，海面可能没有完全结冰，或者呈冰沙状，或者冰面很薄、容易裂开，因此行走起来危险的地方很多。漂浮在海面上的冰层很不稳定，加上强风之下，浮冰不停地流动、碰撞，还有被称为冰间水道的裂缝和数米高的冰壁等各种障碍，阻碍着前进的道路。

过去，已经有好几位冒险家使用狗拉雪橇、雪地摩托车到达北极点，但独自徒步，而且是从一端到另一端"横跨"北冰洋的，仍旧是前无古人。大场过去三次挑战全部失败，其间手指和脚趾被冻成黑色，以致两根手指和全部脚趾被切除，但他仍没有放弃，想要进行第四次挑战。节目组追踪报道了大场的第四次挑战。

——尽管失败了好几次，但还面带笑容啊。

那神清气爽的表情让电视机前的志贺无比佩服。大场也差不多是四十五岁的同龄人，这一点让他心动。一般来说，这个岁数正值盛年，为何要"冒险"呢？

志贺之所以会有这些想法，是因为此时的他正值事业的鼎盛时期。他已经不再做手机代理，正集中精力销售原先做过的汽车外饰保护剂。

原来，C公司将商品批发到汽车用品商店，再销售给个人客户，但"销售额没有增长"，因此来向志贺咨询。志贺觉得，将产品埋没在那么多的蜡制品里太可惜了。于是，他想到了向新车经销商推销。几经兜售后，志贺获得了大量合同。对自己的想法有了信心，他又前往丰田、马自达等大经销商处进行销售，并成功签下了大宗订单的合同。

志贺像变戏法一样的销售成功了，C公司的社长也十分佩服，亲自打来电话：

"我想知道你是怎么做销售的。你能给我的员工演讲一下吗？我想让他们听听。"

"好啊。"

演讲结束后，他又被请求每周向营业员进行实地培训。报酬并不丰厚，取而代之的是约定把日本东北六县，以及新潟和茨城，共计八县[①]的销售全部由东北机工经手。由此，越来越多的钱源源不断地汇入东北机工的账户里。

志贺看到冒险家大场满郎的纪录片，正是在这样一个新事业步入正轨的时期。节目结束后，大场的脸在他的脑海里挥之不去，当他回过神时，已经不知按过几次视频回放按钮。

大约一个月后，志贺联系了NHK，得到了大场事务所的电话号码。

"我看了电视节目。我想帮忙做点什么。准备得还顺利吗？缺少什么吗？"

听了询问，大场用东北人特有的朴实直言道："谢谢。现在缺少的是雪橇和金钱。"大场打算把所有物资都放在雪橇上，拉着走。

---

① 日本的"县"在行政区划上相当于我国的省级行政区。

"雪橇啊。我有一位朋友，在茨城县矶原经营着一家生产FRP的公司。我试着拜托那家公司看能不能做个特制的雪橇。"

这位朋友就是前面提过的飞行伙伴铃木武。当时的志贺也接受铃木经营的JON72公司的经营咨询，所以拜托起来也比较容易。大场听了这话很高兴，决定一起拜访JON72总部。

就这样迎来了初次见面的日子，大场至今仍记忆犹新。

"我在矶原站的检票口见到了志贺先生。他马上把信封交给了我，说请用这个。"

大场问他是什么，志贺坦率地答道："我的公司东北机工将成为你横跨北冰洋的赞助商！"

大场打开信封一看，里面是一张一百万日元的支票。

"请等一下。"大场把信封退了回去。

大场笑着说："那架势吓了我一跳。"在那之前，他遇到了很多支持者，但没有第一次就带着巨款来的。另一方面，志贺本以为对方会很高兴地接受，所以感觉非常扫兴。

大场虽然在初次见面时无法掩饰自己的疑惑，但也对志贺的耿直性格抱有好感（一百万日元后来也收下了）。

"志贺先生从初次见面开始就有独特的风格。磐城位于太平洋一侧，与我居住的内陆地区（山形县最上町）不同，有着明朗豁达的氛围。"

想笑着死去

在这里，我想稍微说说大场的故事。

一九五三年，作为三兄弟中的长子，大场出生于山形县最上町的一个农民家庭。据说，让农家子弟成为冒险家的，是村落里弥漫的闭塞空气和外出打工风气。在大雪封山的冬季，村子里的男人们全都到城市打工。大场喜欢种地，讨厌外出打工，但只要他说"不想去"，就会被父亲大骂："笨蛋，不去就没法生活！"

有一年冬天，大场在下水道施工现场吃着冰冷的便当，少年时听过的一句话像耳鸣一样萦绕。

——不做自己喜欢的事，最后就不能笑着死去，按自己的心愿正直地活下去吧。

这句话是他中学时遇到的一个驯鹰人说的。在大场眼里，这个驯服凶猛老鹰的老人就是"自由"本身。

"爷爷（驯鹰人）告诉我，别人说什么都没关系。所以我开始思考怎样才能变得像爷爷一样。"

但是，作为农家的长子，做自己喜欢的事是很难的。大场二十岁时父亲去世，作为长子的他继承了家业，为了不用外出打工，冬天靠卖土鸡蛋过活。但其他男人都不在，他在村里连说话的对象都没有。大场对日本农家被迫与家人分离的生活方式产生了疑问，想知道其他国家是怎样的，于是下定决心去西欧和非洲旅行。在欧洲，他看到的是农民在优美的风景中悠闲生活的情景。他们即使不使用大型农业机械，也能享受长期休假。

一回到日本，他就对村子里的朋友说："日本的农业能不能发展成欧洲那样更为独立的农业呢？"结果反而被当成怪人："你在说什么梦话？"这时，大场感到自己和周围人之间有一道难以填平的鸿沟。

接下来，他想看看南美的农村，于是想出了乘木筏下亚马孙河的大计划。当然，兄弟姐妹和亲戚都强烈反对。家庭会议上发生了纠纷，大场最终被迫与家人断绝了关系，但他的计划仍在进行。

出发前夕，他拜访了久违的驯鹰人，说了要去亚马孙河漂流的事情。驯鹰人唰唰地在彩纸上写下语句赠予他："不迷惘，勇往前

第八章 最北之地

行,走正直之路。"

大场结束了乘自制木筏沿热带大河(亚马孙河)漂流六千千米的冒险之旅,接着又动身前往北极圈。他成功地独自徒步穿越格陵兰西海岸。之后,他多次在北极圈冒险。而作为一系列冒险的集大成者,他决定独自徒步横穿北冰洋,实现这一前所未有的壮举。

大场在对我讲述自己的冒险故事时,总是反复说"我是冒险的外行"。冒这么大的险的人说自己"外行",让我感到有些不协调,但是在交谈的过程中,我明白了其中的意思。许多冒险家和探险家大都属于大学探险社团或各地的登山会,积累跨越雪山、海洋、极地、丛林等经验,学习冒险的实用技能。但是大场从农家起步,直接孤身前往亚马孙,之后又去了气候和冒险类型都完全不同的北极圈。这次更是直面横穿北冰洋的挑战。"外行人"的挑战成为连续的试错,就像电视上介绍的那样,经历了三次失败,付出了失去两根手指和所有脚趾的高昂代价。而这次是第四次挑战——

出发前四个月,也就是一九九六年十月,雪橇完工了。这是JON72为这次冒险而特别定制的产品,可以像小船一样漂浮在海上。大场和志贺进行了让雪橇在海上漂浮前进的实验。

实验顺利完成后,志贺和大场一边泡温泉,一边悠闲地聊天。大场一根脚趾也没有,脚的形状像一个圆圆的拳头。

"大场先生,你很奇怪啊,失败三次了居然还要去!"

"不如志贺先生你呢!还没有人看到电视就突然打电话给我呢。"

"是吗?哈哈哈哈!"

如此相视而笑之后,大场说起了迄今为止的冒险经历。志贺也讲述了自己驾驶超轻型飞机的经历。同样是四十多岁、不顾生命风险的两人,竟然有几分相似。

105

两周后的十一月上旬，志贺的手机响了。
"你好！"
志贺接电话的声音总是充满了朝气。电话那头传来了大场那没有开场白的话语。
"志贺先生，你能来北极吗？"
"咦！北极吗？怎么了？"
"我想让你把补给物资带过来给我。"
在这第四次挑战中，大场决心采取与上次不同的策略。在此之前，他只依靠雪橇或背包携带物资穿越。然而，携带大量的行李在冰上移动是很困难的，这次他决定中途接受一次食物和汽油等补给。地点是横穿行程的中间点，也就是北极点。
"你坐飞机，把补给物资带来给我就行了。你能来雷索卢特两周左右吗？"
雷索卢特是世界冒险家前往北极的前沿基地。
"嗯……太突然了。"
志贺还经营着公司，所以对离开日本两个星期感到犹豫。"没有其他可以拜托的人了吗？"
"虽然有些人有空闲，但如果我没有收到这个包裹，就会危及我的生命，所以我想拜托个信得过的人。"
志贺是一旦被人拜托就不会拒绝的性格，对有趣的事情也毫无抵抗力。"明白了。那就让我去吧。"他想都没想就回答道。
话虽如此，他对极地和冒险一无所知——不知道大场穿什么、吃什么，补给物资是什么，怎么联系大场，如何安排补给飞机。
一想到这里，他就感到不安，但大场用愉快的声音重复道："别担心，就是帮我带点物资过来。"

如果说大场是冒险的外行，那么志贺便是支援冒险的外行。就这样，两个外行人手拉着手，想要实现前无古人的徒步穿越北冰洋之旅。

漏洞百出的计划

一九九七年二月十一日，大场出发前往俄罗斯，与志贺在成田机场简单地碰了头。志贺那时已成为大场的代理人兼基地经理，也负责资金的用途，以及判断横穿中止的责任。万一大场遇难，也将由志贺领回遗体。

"大场先生，准备好的资金都用光了可以吗？没有回来后必须要还的债吗？"

"全部交给志贺先生。没有债务。回来没有工作的话，请让我在志贺先生的公司工作。"

大场微笑着，与其他去国外的旅行者一样，看起来非常期待接下来的旅行。

二月二十三日，大场进入俄罗斯的共青团岛，开始在白茫茫的世界里行走。之后，他将穿越俄加边境，踏上北极点，预计在五月末，于北极冰层融化之前到达终点沃德·亨特岛。这是一个长达三个多月的漫长而孤独的旅程，气温低的时候达零下三十五摄氏度。

大场遭遇了猛烈的暴风雪和乳白天空[①]，前方还不时出现数米高的被称为"乱冰带"的冰山。虽然也遇到了北极熊，好在最后用防熊喷雾，把它们赶走了。

---

① 又名"乳白景象"，是一种由极地的低温与冷空气相互作用而形成的天气现象，地面景物和天空均处于白茫茫一片，会使人的视线产生错觉。

漫长的一天结束后，大场在帐篷里休息。他常常会梦到自己放弃横穿北极，醒来后发现自己仍在冒险的途中，松了口气，不禁暗自庆幸"啊，太好了"。

另一方面，志贺从成田回到磐城后，便开始忙碌地处理工作。北极点的补给应该在四月二十三日前后，所以他和大场约好在这个时间点进入雷索卢特。因为要离开日本两周，须提前处理的事情堆积如山。除了汽车用品的销售，还有英语酒吧"杰克与贝蒂"的事情也要考虑。"杰克与贝蒂"一直亏损，已经差不多到了该关门的时候了。

就在出发前忙得不可开交之时，北极的事态突然发生了巨大变动。三月三十一日，大场发出信号，要求"派出补给机"，比计划提前了三周。但这一天，志贺还在磐城。

"啊！为什么会陷入这种状况呢?！"

听到这里，我不禁提出疑问。志贺告诫似的回答道：

"北极是个完全不知道会发生什么的地方。那一年，北冰洋俄罗斯一侧的冰层很薄，潮水流速很快。大场担心会有危险，所以为了轻装上阵，扔掉了雪橇和行李，滑着滑雪板前进。他一定是着急了吧！"

原来是这样啊。大场不时丢弃食物和行李，却没有任何途径向外界传达信息。而且，食物也快要吃光了，所以发出了"派出补给机"的信号。他的脑子里已经完全忘记志贺来雷索卢特的日程了，一心想着只要补给飞机来了就能放心。但是……

话说回来，大场携带着四种通信设备。第一个是阿尔戈斯（ARGOS，卫星数据采集系统）（大），用于传递大场的位置信息。与在基地的志贺联络时使用的是阿尔戈斯（小）和伊帕布

第八章　最北之地

（EPIRB，紧急无线电示位标）这两种。阿尔戈斯（小）的信号是"派出补给机"，伊帕布的信号是"救命"。特别是伊帕布，在发出信号的同时会向各国的海岸警卫队等发出救助请求，只会在紧急情况下使用。最后是对讲机，用于如补给时等极短距离内的通话。大场为了减轻行李重量，没有携带能够与基地直接通话的无线设备，也就是说，他能做的，至多是单方面发出信号。

志贺在日本接收到这种简单信号，却没有抱着特别的疑问。但是，"没有无线设备"意味着外部的人几乎不知道大场的情况。而且，大场比预定的时间提早了三周发出阿尔戈斯（小）的信号，是紧急情况。

幸运的是志贺已经把一部分补给物资委托给了之前的飞行伙伴——全日空员工，让他们运送到雷索卢特。接收行李的是大场的朋友彼得·罗宾逊。也就是说，碰巧一部分补给品已经在雷索卢特了。然而，问题在于补给飞机的安排。

这一年，从加拿大出发前往北极的冒险队一共有七组。第一航空公司承包了全部补给飞机的飞行任务，在定期航班航行的间隙应对各冒险队的补给请求。但是，如果天气不好，或者委托重叠的话，补给飞机往往在请求的几天后才能起飞。然而，大场从未接受过补给，完全不知道这种情况。他相信只要提出请求，飞机马上就会来。所以，到了第二天补给飞机还没到，万分焦急的大场把对志贺的焦躁情绪发泄在日记里。

> 我已经处于食物用尽的状态了，你到底在做什么呢？是通信机的故障、天气，还是人的问题？
> 我想，志贺先生让我功亏一篑。
> 好生想想我的话。请马上让飞机飞过来。
> 志贺先生，你到底怎么了？恕我冒昧，请原谅我这个北极

呆瓜。这关系到我的性命。

（《北极万里无云的晴空》）

东京的大场事务所也不明白为什么这么早需要补给，不知如何应对。这时，又一颗炸弹落了下来。这次，是用伊帕布发出的求救信号。

志贺听到这件事的时候，觉得"有点不对劲"。现在就求救，不管怎么说都太早了。

但是，志贺还在磐城，无能为力。第一航空公司立即派出了救援飞机，日本报纸也报道称"大场放弃横穿北冰洋"。

"听到这个消息，我很失望，但另一方面，不用去北极也让我松了一口气。但是，正因为失败了，我才想去迎接大场先生，所以决定提前买票，马上前往雷索卢特。"

然而，在最后关头，帮忙接收物资的彼得留了个心眼——"以防只是单纯的补给请求"，他在飞机上装载了少量的补给物资。这机智的决定，真是外场本垒打。实际上，大场只是对补给机迟迟不来的事态感到焦虑，用伊帕布发出了信号。

大场从飞行员手中接过补给品，继续横穿之旅。同时，他把之前写的日记和拍摄的胶卷托付给飞行员。

"请交给基地经理志贺先生。"

听到大场继续冒险的消息，志贺高兴得跳了起来。

"现在回想起来，这是第一次走钢丝。"

此时大场所携带的食物是二十天的量。这样下去，在极点附近又需要补给。志贺也飞往雷索卢特。逗留时间按计划是两周。顺带一提，第一次的补给所花费的金额是六百万日元。

第八章 最北之地

"竹枪"队

到达雷索卢特后,志贺第一次体验到零下三十摄氏度的世界,无比惊叹:走在雪地上会发出金属般的声音,呼出的气息立刻冻住,粘在胡子上。大场就是一个劲儿地在如此严寒的天气里行走吗?一想到这儿,志贺就觉得有些紧张。

但是,比起寒冷,还有更令人震惊的事情。那就是与其他冒险队支援状态的差别。特别是与同时期立志徒步到达北极点的日本冒险家河野兵市一队的差距,非常明显。

"如果河野先生的团队是现代部队,那我们就是'竹枪'的程度,差别很大。河野先生的团队有专用的电话线,在当地放置了电脑,获取阿尔戈斯数据(冒险家的位置数据),甚至可以获取气象信息。"(《大场满郎 世界首次单独徒步穿越北极 支援记录》)

此外,其他冒险队无论到哪里都有无线电设备,基地经理们根据气象信息发出指示,如"明天开始天气会变坏,趁现在前进"等。而大场的团队,没有电脑,没有电话线,甚至连北极圈的地图都没有,要说信息,只有飞行员拿回来的大场的日记。

——好吧,"竹枪"队有"竹枪"队的做法。志贺很快开始行动。从一无所有开始组织战略,是志贺的拿手好戏。

志贺首先仔细阅读了从飞行员那里拿回的大场的日记,掌握了现在大场拥有的物资数量和身体状态。然后,从其他队伍那里打听到了今年的北极冰层的状态,又从飞行员那里打听到了补给时大场的情况。

对飞行员说的内容,志贺大多都是初次听说。例如,补给飞机必须有长三百五十米的冰原才能降落;另外,即使能着陆,最多也只能在当地停留四五分钟。但是,当时的大场并不知道这个情况,万一他处于不能着陆的乱冰带等情况,必须立即将补给改为"空投"。而且，据飞行员说，大场的鼻子好像严重冻伤了。

志贺把冻伤的药追加到下一次的补给品中，手绘了地图，根据各种情况进行了补给模拟。虽然大场说"只要坐飞机到北极来就行了"，但实际上要做的事和要学的东西多如牛毛。

如果没有正确的知识和信息，就会判断错误，判断失误会直接导致大场先生的死亡。志贺到这里才明白自己的责任重大。

即便如此，像冻伤药这样急需的物资，在两百人口、距离附近的城镇五百千米的雷索卢特获取是极其困难的。在这里，决定命运的第三个人物出现了。他便是以加拿大班夫为基地，经营影像制作公司的莲见正广。

莲见的身材健壮魁梧，"想在加拿大一边滑雪、一边工作"，二十九岁时来到加拿大，在当地居住了十八年。莲见受日本节目制作公司的委托，前来随意地拍摄一些大场的影像。

"我在去之前就听说过志贺先生。据说大场团队里有一个很有个性的基地经理。"

但实际见面后，发现志贺是个"正儿八经的人"。而且年龄都是四十七岁，二人很合得来。

"志贺先生身为社长却可以来这种地方待两周，这一点很有意思。比起大场先生，我对志贺先生更感兴趣。"

原本莲见计划过来的时间只有一周，后来不管他是否情愿，都被拉入了"竹枪"队。

另一方面，大场在越来越接近北极点的时候，陷入了迄今为止最大的危机。早上，他被狂啸凛冽的暴风雪吵醒，走出帐篷后，发现脚下的冰正以惊人的速度被冲走，极点反而离他越来越远，而且食物和汽油都所剩无几。大场慌忙发出请求补给的信号。他在日记中祈祷似的写道："志贺，实在拜托了。请装载所有补给物资，马上飞过来。我真的很不安。"但是，如前所述，补给飞机的安排是需要排号、需要时间的。志贺虽然接收到了信号，但只能等着。

大场因寒冷、饥饿和不安而颤抖地仰望天空，却看不到补给飞机的影子。就在这期间，脚下的冰不断地被冲往西南方向。

我会去到哪里呢？

大场和上次一样，带着"请快点来"的心愿，按下了伊帕布的按钮。咔嚓。

大场的这一无心之举，让在雷索卢特的志贺面临着最终的抉择。问题就在于大场用伊帕布再次发出的（救援）信号。第一航空公司的飞行员这样告诉志贺：

"大场先生上次也为了补给按下了伊帕布。如果这次飞机也让他优先，就只能接他（救援），而不是补给。如果并不希望救援，那么补给飞机将在两天后起飞。"

如果派出救援飞机，冒险就到此为止了。于是，志贺拼命想象着大场现在的处境。

——大场先生真的希望救援吗？

不，我觉得不可能。

对大场来说，这是第四次挑战。志贺认为他不会那么轻易放弃。

志贺苦恼地思索一阵之后，说："不，请取消救援。两天后让补给飞机起飞就可以了。"日本海上保安厅也对救援请求进行询问，但志贺通过东京的事务所表示，请忽略伊帕布的信号。

这是一场危险的赌博。

——如果大场先生把食物和燃料弄丢了呢？如果掉进冰海，真的需要救援呢？

自己的一个决断关系到大场的生命。

113

但是，志贺也是有根据的。他不厌其烦地读着飞行员带来的大场的日记。日记里写满了上次发伊帕布的紧张心理状态。

大场先生一定是食物快用完了，和上次一样慌慌张张地用伊帕布发出了（救援）信号。

虽然志贺对自己的判断有信心，但是补给飞机怎么也没轮到。过不了两三天，大场的食物应该会耗尽。

大场先生，请无论如何都要活下去。志贺只能不停地祈祷。

豁出性命的补给

请求补给后的第三天，终于轮到志贺了。他和负责摄影的莲见等人一起坐上一架可以深入未经开垦地带的小型飞机DHC-6。

从雷索卢特到大场所在的北极点相当远。首先飞行三个小时，到北美大陆最北边的燃料补给基地尤里卡过夜，再经过五个小时的飞行，抵达北极点附近。因此，即便是从这个意义上来说，大场以为的"只要发出信号，补给飞机就会马上来"的想法从根本上就是错误的理解。

机舱内弥漫着的汽油味和充斥着耳朵的螺旋桨的轰鸣声，让志贺感觉自己的脑袋像被紧紧勒住一样生疼。志贺自己也坐过很多次飞机，对这种在苛刻条件下飞行的危险性十分了解。从窗口俯瞰北冰洋，到处是一望无际的白色世界。雪原上出现一个个小黑点，仔细一看，原来是一群麝香牛。高达数百米的冰山绵延不绝，群山之间延伸着一片冰川。

飞了又飞，依然是同样的景色。

第二天早上，从中转站尤里卡起飞五个小时后，机长发出了准备用对讲机的指示。距离大场所在的地点好像已经很近了。志贺拿出对讲机："大场先生，能听到吗？请回答。我是志贺。"但是，无论怎么叫都没有回应。

"大场先生，能听到吗！"

十次，二十次……志贺越发焦虑，不断提高嗓门。

突然，"我听到了，志贺先生，我是大场！"的响亮声音传来。

太好了！他还活着！

正好那个时候，从飞机上也看到了帐篷。

"我们要着陆了，请告知跑道的状态。有三百五十米以上的平坦跑道吗？"

大场回答说："我到外面去找一下，请等五至十分钟。"志贺焦躁起来：补给飞机的燃料有限，没有时间慢悠悠地寻找跑道。机长不容分说地让飞机降落在离帐篷三千米的地方。

在不熟练地用对讲机进行对话的过程中，补给飞机已经进入起飞状态。看来他们已经放弃直接递交，改为空投。"睡袋里有留言，请读一读。"志贺匆匆忙忙地告知大场。

飞机飞上天空，开始盘旋。志贺打开机舱门，零下三十摄氏度的风疯狂地灌进机舱。他从被强风吹得快要关上的机舱门里艰难地探出身子，想把重达三十公斤的纸箱扔下去，但风使劲地拍打着机门，没能成功。看到如此拼命的行为，负责摄影的莲见也中断了拍摄："我来帮忙！"他帮忙按住了门，志贺终于把五个纸箱推了出去。

大场在这次补给中获得活力，再次开始向北极点进发。

然而，在松了一口气的同时，志贺心里又涌起了新的担忧。按照这个速度前进的话，接下来还需要几次补给吧。一次补给至少需要四百万日元，照现在的情况来看，资金迟早会短缺。

115

必须避免因资金不足而放弃横跨的事态发生。

志贺一口气写了一份名为"来自现场"的报告,并委托东京的事务所将其传真给各大赞助商。

他呼吁道:"大场先生正在逐步接近北极点,现在正是支援赞助的最佳时期。"结尾处,他写道:"我们这些支援大场的工作人员也在自己力所能及的范围内,不留遗憾地进行补给、记录、传达,这对正在北极努力的大场先生来说,将是莫大的鼓励。"

第九章
冰上再会 雷索卢特·一九九七年

巫师的巫术

在大场离北极点仅剩十九千米的时候,志贺给在纽约的蔡发去了传真。志贺原本和蔡约好,从北极回来后就前去纽约这个素未谋面的城市拜访,但现在已经很难实现了。

> 蔡先生:对不起联系晚了。我的朋友大场还没有到达北极点。四月二十三日,他已经来到了距离北极点十九千米附近……因为这样的情况,我去纽约的日程还没有确定。
> …………
> 另外,蔡先生的工作很顺利,我也很高兴。我很高兴意大利的人们也能看到《三丈塔》……现在去不了的可能性很大,所以请蔡先生以自己的日程为主。对不起。
> (《大场满郎 世界首次单独徒步穿越北极 支援记录》)

蔡那边,也向雷索卢特发去支持大场的传真。正如之前志贺的传真所说，利用废船建造的《三丈塔》，在今年春天重生为新作品《龙来了！》，被送到了威尼斯双年展的会场。只是，磐城的人们即使看到了也未必能注意到那是《三丈塔》。现在，塔身从天花板上横向吊下来，看上去就像木制的火箭。

好怀念啊……想起《三丈塔》和"地平线项目"，志贺暂时从紧张中解放出来。

《三丈塔》是一部命运颇具趣味的作品。一九九四年在磐城市立美术馆展出后，《回光：龙骨》被安置在了小名浜的公园里，然而《三丈塔》却无人接手。志贺等人找不到地方保管高达三点三米的三座巨塔，无奈之下，只好将它们曝露在磐城的山野之中。

第二年，蔡拜托志贺："因为要在东京都现代美术馆展出《三丈塔》，请帮我运送过来。"于是志贺把塔送到了东京，和磐城画廊的藤田一起去帮忙布置。但是，那个展览结束后，又找不到保管的地方，就放在了茨城的山中。到后来，在志贺去北极的前一年，即一九九六年，应蔡"请寄到意大利"的请求，又用集装箱把它们运送到了意大利。这就是《三丈塔》离开日本，变成横向悬吊火箭的缘故。

此后，《龙来了！》相继在休斯敦现代美术馆（美国）、里昂现代美术馆（法国）、根特市立现代美术馆（比利时）等世界各地巡回展出，最后被雅典（希腊）的德斯泰现代美术财团购买。

听了这个故事，我觉得很不可思议。原来《三丈塔》是被冲到海边的垃圾。它作为作品获得重生之前还好，但会期一结束，就被曝露在山中。当它在世界级的艺术节上崭露头角后，它又变成了有价值的东西，并作为收藏品被购买。这简直就像变戏法或炼金术一样。蔡至今仍是一个相信巫师的男人，蔡自己也像巫师一样。

只是，巫师的法术并不总是成功。蔡的作品利用火药和自然的力量，其成功与否，有时正如"任风而行"的字面意思一样。例如，在英国巴斯艺术节（一九九四年）上，由于当地教堂保存的著名的雅各的天梯浮雕，使蔡更坚定要在山丘上用热气球开启天梯，便将用五百米长的导火线做成的梯子拉升至云层（正式名称为《天梯：为外星人作的计划第二十号》）。

在展示日之前，蔡花了很长时间通知民航局和各航空公司当天到场，但唯独那天刮起了强风，使导火线无法顺利升空。操纵热气球的是冒险家安迪·埃尔森和他的助手。虽然他们在一九九一年时创下世界上首次乘坐热气球飞越珠穆朗玛峰的纪录，但即便拥有如此技术，他们在那天也无法升起热气球。这个也被称为《天梯》的项目，后来在上海（二〇〇一年）和洛杉矶（二〇一二年）也进行了尝试，但都连续受挫，以至于成为蔡毕生事业中的执念。

另外，在北海道策划的群展《带广市国际当代艺术展：Demeter》中，蔡的作品《天空中的飞碟和神社》（二〇〇二年）计划用氦气使飞碟状的飞船（UFO）飘浮空中，通过设置在UFO内部的放映机，向地面投影北海道的移民史。但是，当天台风接近，天空狂风大作。在注入氦气的过程中，突然刮起了大风，UFO被强风吹走了。蔡自己拉着绳索，像拍动作片一样，和UFO一起嗖地飘到了几十米的高空。"蔡先生！绝对不能松手！"尖叫声响起，很多人匆忙赶来拉住绳子，设法将它系在了附近的卡车上，最后用美工刀把UFO割开，使其坠落了下来。

蔡的项目遇到的中止或失败，不计其数。但即使不顺利，蔡也不会闷闷不乐，也不会想着下次再制作更结实的作品。

"对于燃放烟花的人来说，成功和失败，所付出的辛苦都是一样的。而且，即使进展顺利，最终也只能归功于偶然。"

对艺术家来说，失败也是作品的一部分。

站在地球的顶端

　　失败和成功都"任风而行"。从这个意义上来说，冒险相较于艺术更是如此。那么，横穿北冰洋的大场，到达最初的目标——北极点了吗？

　　根据大场的记录，在出发后的第七十天，也就是五月二日的傍晚，同时期以北极点为目标的日本冒险家河野兵市到达极点的喜讯传来，雷索卢特一片欢腾。就在同一天，大场距离极点还有五千米。志贺虽然对大场没能先到达极点感到有些失望，但还是等待着"差不多该发出的补给信号"。

　　但是，与预想相反，无论怎么等都没有收到补给请求。不仅如此，连告知大场位置信息的数据也突然中断了。在大约八个小时的时间里，完全无法掌握大场的动向，"竹枪"队也陷入了混乱。好不容易位置数据再次开始传入时，大场不仅在离极点更远的地方，而且还向着与极点相反方向的西边前进。

　　"发生什么事了？冰面又被冲走了吗？"

　　"没能到达北极点吗？"

　　面对这矛盾的举动，志贺和莲见都感到疑惑。正好这时结束冒险的河野被接回到雷索卢特，志贺向他征询意见。河野看了数据后回答说："这不是在向（终点）沃德·亨特岛前进吗？"

　　——是吗，大场先生可能在空白的八个小时里到达极点了。

　　那个解读是正确的。实际上，大场比河野晚了一天抵达北极点，拍完纪念照后，淡定地向终点走去。

　　显而易见，大场成功到达了北极点。于是，社会的关注度也迅速提高，日本方面陆续收到了支援。莲见位于班夫的公司，已经以赞助商的姿态奋斗着。莲见和下属多次往返班夫和雷索卢特，运送

第九章 冰上再会

橡皮艇和滑雪板零件等补给物资。

但是，在热闹的背后，志贺非常烦恼。按照当初的计划，完成北极点的补给后就返回日本，因为原本听说"只要补给一次"。但是，据其他的冒险队说，前方的冰层会变得更薄，无法一次性搬运大量的行李。也就是说，今后还会有很多次的补给请求。那个时候，如果自己不在的话，怎么办呢？

志贺心想，不行，不能回去。基地经理的责任之重，等同于大场的生命。志贺心中的指南针咕噜咕噜地转动一圈之后，终于停止摆动——他下定决心，要留在雷索卢特，直到大场的冒险结束。

这是一个很大的决定。毕竟，之后还有将近两个月的时间可能会像罐头一样，被封闭在雷索卢特。

工作会怎么样？会失去信任吗？公司倒闭了怎么办？不久，他的内心有了答案。

倘若如此，那也没办法，到时候再重新开始别的事业就好了。难道自己从前不就是这样才活到现在的吗？比起工作，现在这个瞬间，这里有更迫切需要自己的人。为了那个人，我要待在这里。

话虽如此，志贺并不是完全将日本公司的事务抛诸脑后。实际上，志贺经常给公司和家里发传真。从公司接到销售业绩没有增长的报告后，他提出了很多具体的想法，还发送了鼓励的传真。

而大场，并没有顾虑到志贺的这种心境，只是专注于与北极冰层的搏斗，有时甚至还乐在其中。

"走着走着，有一种穿越到冰河时期的感觉。在冒险期间，我想起了很多事情。"

大场曾经有一个约定结婚的女子，她因为癌症去世了。

"也想起了恋人吧。也许不想起来比较好，但我想也没有必要强制抹除回忆吧。啊，我还想过，果然（比起北极）还是日本好之类的。虽然在日本会有很多争执，但我觉得只要活着就好了。"

最终写下遗书

五月十日，也就是开始横穿（北极）后的第七十八天，大场患上了雪盲症（因雪的反射而角膜受伤的状态）。他一边流着眼泪，再次发出了请求补给的信号。这一次，他可以一边好好寻找能作为飞机跑道的平原，一边等待补给。

在等待的过程中，大场反复阅读了志贺在上次补给时留下的信件。信里写着补给最快需要两天，最长需要八天。然而，他手头的食物所剩极少。

三天过去了，第四天了，也没看到飞机的影子。对于大场而言，束手无策地等待不知何时才到来的救援物资，是一段绝望而痛苦的时间。在饥饿难耐时，他把背包的每个角落翻了个遍，但再也找不出一丁点儿新的食物。

为什么补给飞机不来？难道是通信设备坏了吗？不知何时，大场开始产生这种可怕的念头。如果是这样，无论等多久，飞机都不会来。一旦开始有这样的念头，就很难从心头驱散。

在北极这种超越人类极限的寒冷天气中，即使只是躺着，体力也会如沙漏般不断地快速流失。到昨天为止，死神似乎还在远处窥探情况，然而不知何时已经悄然潜入大场的身体里。

同样的内容已经不知道写过多少次，但现在我是真的很不安。如果能回去的话，我想马上放弃（冒险），回到日本。

梦里出现的都是食物。正在做着美梦，吃浓香的年糕、纳豆糕、豆沙糕、芝麻糕、核桃糕、豌豆糕等的时候，就醒了过来。醒来后只能不断地吞下苦涩的口水。

这次我可能真的很危险。我虽然不想这么想……还是趁有体力的时候写好遗书吧。

(《北极万里无云的晴空》)

体力和精力都在一点一点地缓慢下降。大场在极度饥寒中煎熬着，拿起了笔。

我不需要坟墓。我的坟墓在宇宙里。田地、山里、城市、天空、大海、河流，到处都有我。大家要健康快乐地度过一生。

(《北极万里无云的晴空》)

志贺确实收到了补给要求，当然也想尽早把物资送到。但是，由于天气恶劣，飞机无法起飞。等到终于可以起飞，这时已经是第七天。想到明天就是第八天了，志贺的不安和焦虑达到了顶点。

翌日，补给飞机一抵达大场附近，志贺就用对讲机呼叫："大场先生，能听到吗？"但是，对讲机只发出沙沙的噪声。
"大场先生，我是志贺！能听见吗？"
志贺持续大声喊了二十分钟，却没有任何回应。
沙——沙——
时间在补给飞机的盘旋中流逝，志贺心中不祥的预感越来越强烈。
就在那时，志贺透过飞机的窗户拼命地寻找，在一片白色的景色中看到了一个孤零零的黄色物体。
"有了！帐篷。"
旁边还有穿着红色衣服的人影。
"是大场先生，还活着！就在那边！请着陆！"

飞机砰地弹跳着,猛烈地着陆在雪原上。

"这里距离大场一点八千米。"

听到飞行员的话,志贺下了飞机,开始朝着帐篷的方向走去。他的背上背着装满食物的背包:大场一定很饿了,我要尽快赶过去。

但是每走一步,脚就会深深地陷进雪里,疲劳和寒冷使人喘不过气来。走了一会儿,一条浑浊的绿色河水从巨大的冰隙中倏地露出来,让志贺直打寒战。

这就是冰间水道(冰的裂缝)吗……

志贺继续设法往前走,终于清楚地看到了大场的身影。

"大场先生!"

"咦,志贺先生?"

"你还在呢。"

"哎呀呀!"

这与戏剧性的重逢相去甚远。大场的语气"就像在田间工作时被朋友搭话的感觉"(《北极万里无云的晴空》)。当时大场以为志贺已经回日本了。所以当志贺出乎意料地出现时,他不由得愣住了。

根据记录,两人在北极的正中央重逢时,进行了这样的对话。

"鼻子没事了吧?"

"治好了,那个药有效。"

"要吃点什么吗?我带来了热水和杯面。"

"不,这四天里几乎只有热水和盐,突然吃会坏肚子,等会儿慢慢吃。重要的是你带雪橇来了吗?"

大场原本决定,补给飞机到达的时候,如果自己还活着的话,就在这里退赛。他饥饿得如此厉害,以致身体十分虚弱,情绪也很低落。但是,一见到志贺的脸和补给物资,他马上又鼓足了精气

第九章 冰上再会

神,想继续完成冒险之旅。

这时志贺微笑着对大场说:"大场先生,我会一直待在雷索卢特,直到你完成穿越。我觉得北极太有意思了,有意思得不得了。大场先生,我也能在这里待到最后吗?"大场说,这给了他很大的勇气。

"志贺先生绝对不会说因为担心我才待在这里的话。如果说因为担心才留下来的话,会让我感到不安。志贺先生是绝对不会让我有这种不安的心情的。"

短暂的会面结束后,补给飞机飞走。大场打开背包,发现了烹调好的牛排,另外还有巧克力、苹果、拉面,甚至还有虎屋①的羊羹。真是体贴入微。大场那已经四天没吃东西的身体,被脂肥味美的食物沁入。检查了一下物资,发现接下来继续横穿北极所需的所有物品都被整齐地塞在补给包里面了。

飞机上的志贺,俯瞰着下方大场逐渐变小的身影,在心中呐喊:"大场先生,万岁!"

大场吃完大量食物,再次站起来,开始往前走。刚才的悲怆感消失了,他浑身充满了力气。

"那时候我意识到,人最需要的是希望和梦想。"

被吹走的帽子

这次补给,志贺也在纸箱里放了无线电。这样一来,志贺和大场终于可以定期通信了(志贺上次也把无线电放进空投的补给物资中,但因为通信不畅,大场就将其留在原地了)。

通信的主要内容是确认身体、天气的状况和剩余物资,有时也

---

① 虎屋是一家日式点心店,于日本室町时代成立于京都,并在后阳成天皇时期成为日本皇室御用糕点店,在日本明治时代迁移至东京。

会说一些普通基地经理不会说的话。

有一天，志贺若无其事地问道："大场先生，这次旅行是大场先生的旅行吧？"

大场一边想着"都到这个时候了，说这个是什么意思呢"，一边回答"是啊"。

"是的呢，所以你可以在任何时候停止这次旅行。"

起初，大场完全不明白志贺想说什么，但马上恍然大悟。

是啊，这是我的旅程。这一切都从我开始，并不是谁命令我来的。如果我想停止，就可以停止。

这样一想，大场的心情变得轻松起来。

志贺补充说："我们还有大约一千万日元的资金，还可以让飞机飞三次。""大场先生的位置通过卫星可以看到，请安心。"志贺不厌其烦地重复着。志贺从之前大场的日记中冷静地分析出，当大场先生不确定自己是否得到可靠的守护时，他就会变得焦虑不安。所以志贺几乎每次通话时都反复说"我好好地关注着你呢"，以此给予他勇气。

"志贺先生在守护着我。一想到他随时能为我提供补给，我就感到非常安心，能够尽情享受当下在北极的时光。在北极徒步是如此有趣。"

两人原本是冒险和基地经理的"门外汉"，此时已经不再是"门外汉"了。

大场的步伐比当初预定的要慢一些，此时已经进入六月，北极圈也即将迎来春天。冰层越来越薄，薄到大场的滑雪板滑过后便积雪融化，可以清晰地看到海面的程度。到处都是冰间水道，大场屡次被迫迂回或滞留。

六月五日，志贺等人前往进行最后的补给。虽然天气恶劣，但还是投下了物资。在从机舱门往下扔纸箱的危险作业途中，志贺的帽子被强风吹掉，飞得很远很远。

距离终点沃德·亨特岛还有一百千米时，大场踏上了冰间水道和乱冰带丛生的最危险地带。

> 六月十六日，海冰状况最恶劣。随着乱冰带越来越多，冰间水道也越来越糟糕。总之已经不能连续直行。海冰上的雪已经变得软绵绵的，只要脚或手搭上去，就会立刻崩塌。
>
> 六月二十一日，乱冰带里的雪已经湿漉漉的，呈沙冰状，一滑雪就下沉，雪板上也沾上雪，无法滑行。根本无从下脚。而且，雪橇也整个陷进雪里，转弯的时候，也不按我的意思动。步行的话，膝盖，甚至到腰部都陷进雪里面。
>
> （《北极万里无云的晴空》）

志贺从补给飞机上观察到冰层的严酷状态，无数的冰间水道像网眼一样散布着。从北极点回来的其他冒险队也说，今年的冰比往年融化得更早。雷索卢特的阳光也变得强烈起来，各处的花也开始绽放；积雪融化，在道路旁形成了河流。这意味着大场能走的地方正在一刻不停地消失。

前面冰层不稳定，飞机不太可能着陆。即使大场请求救援，也已经帮不上忙了。总之，要走到坚硬的大地——这成为大场能活着回去的唯一可能。

现在回想起当时的情景，大场十分感慨：

"志贺先生看着（裂缝很多的）冰的状态，应该会想，'大场先生，这个不能走啊，成功率大概是百分之三吧'。但是，他不会（通过无线电）跟我说的吧。如果他这么说，我就放弃了。如果知道没有飞机可以降落的地方，普通的基地经理，就会说'太危险了，结束吧'，或者反过来说要我更加努力。但是，志贺并没有叫我加油，太好了。虽然我想让大家为我加油，却不希望志贺这么说。"

志贺一边重复着"有橡皮艇和食物，请放心吧"，一边不断祈祷着大场无论如何都要走完。

六月二十二日，距离终点还有七千米。

但是，无线电一方传来大场悲痛的声音："这是到目前为止最糟糕的情况。雪质太重，无法正常行走。"大场身处严酷的乱冰带，每前进一米就要花上一分钟。雪很软，一落脚就嘎吱一声，连膝盖都陷进去了，完全无法前进。

翌日，也就是二十三日，大场不小心踩破了薄冰，泡在冰海中，但还是拼命爬上了冰面，勉强继续走着。就在他对严酷的冰面状态感到厌烦的瞬间，风景突然一变，他来到了一望无际、延伸到地平线的大雪原上。大场大叫着"太棒了"，乘着滑雪板奋力前进。

那时，在雷索卢特的志贺突然被一种预感所包围："莫非大场先生已经到达终点了？"那天早上，大场没有回应定期通信的呼叫。虽然还没到下一次通信的时间，但志贺打开无线电开关，好像听到了微弱的声音。

"大场先生！你在的地方是沃德·亨特岛吗？如果到了的话，请回答'收到'。"

于是，他听到了大场那混杂着严重杂音的声音。

"……收……收到……收到！"

啊，大场先生到终点了!!

"太好了……真是太好了!"

志贺此时还没有对现实中的情况反应过来,一时不知道说什么,只是道:"恭喜你。真是太好了。"为了准备接大场回来,志贺与他进行了几次通信,确认了那边的天气。

"有云吗?"

"没有云!完全是蓝天。万里无云的晴空啊。万里无云!"

那是大场爽朗的声音。(摘自《大场满郎 世界首次单独徒步穿越北极 支援记录》)

就这样,世界上首次独自徒步穿越北冰洋的一百二十二天的冒险结束了。

一九九七年六月二十五日,大场和志贺在沃德·亨特岛重逢的照片登上了《朝日新闻》早报的头版头条。照片中,两人带着羞涩的笑容注视着对方。

"哎呀,太好了!"志贺一边握手,一边说。大场回答说:"哎呀,托您的福。非常感谢。"没有戏剧性的拥抱,也没有眼泪。对目睹这次重逢的人们来说,两人的对话相当平淡。但是,他们的心中洋溢着温暖——两个多月的心灵交流,已经不需要语言了。

两人上了飞机。

大场像是想起什么似的,抬起头说:"我把志贺的帽子带回来了。"

"什么意思?"

志贺愣住了。"你看。"大场指着戴在头上的帽子说,"这是上次补给时从天上掉下来的。"

令人惊讶的是这正是志贺投放物资时掉落的帽子。

"从那以后我就一直戴着。我正因为丢了帽子而发愁呢,正

终点的握手。左起为志贺、大场、莲见。（一九九七年）
Hiroko Saitou摄

好。"大场笑着说。

了解了漫长冒险的全过程后，我再次感到不可思议。大场为什么要把如此重要的基地经理一职委托给刚认识不久的志贺呢？

"志贺先生乘坐过飞机吧。我听说他的同伴坠机身亡。冒险需要的是瞬间的判断力。我想志贺先生能瞬间知道必须做什么。只是……哈哈哈，说实话，我之前也没想到这是一个如此重要的角色。也许正因为如此才好吧！"

原来如此，正所谓"车到山前必有路"啊——

在我看来，大场、志贺、蔡这几个人物很相似。他们热爱只有在没有依靠的挑战中才能获得的自由。正因为他们旅行的目的地是谁都未曾去过、谁都未曾见过的，所以没有人知道如何到达终点。但是，一旦决定要做，他们就不会畏首畏尾，即使遭人白眼，也不会放在心上。他们愉快、鲜明地越过"常识"这条轨道，让人以为马上就要脱轨时，却又不知不觉地辗转到达令人惊异的地方。然后——最重要的——他们深深沉浸在那个过程中，彻底享受那一瞬间，以及那一瞬间看到的风景。所以，蔓延在他们眼前的，是只有专注于某件事的人才能看到的无穷绝景吧。

原来，从这里看到的风景是这样的啊。

看到他们如此干脆的脱轨和疯狂的热情，就连素不相识的人也想为他们莽撞得出奇的旅程加油助威。

艺术也好，冒险也好，乍一看，或许不是人生中的必要之物。但是，没有艺术和冒险的世界是多么无聊啊。正如大场所说，它们将"希望与梦想"赋予日常生活。

横穿北极回来的两人，收到了很多祝福。志贺每次去汽车销售商处推销时，对方都会跟他说"我看到报纸了"。而大场在当地受到了狂热的追捧。山形县授予大场县民荣誉奖，国道沿线到处立着

"横穿北极的大场满郎故乡"的巨型招牌。

  让我高兴的,是成功横穿北极回到村子的时候。街道办事处说服了母亲,带着她来参加庆祝会。虽然断绝了关系,但每当我去冒险旅行时,母亲每天都会在佛龛前为我祈祷平安。

(《南极大陆的单独横断行》)

  从那时到现在,志贺和大场已经见过很多次了,但从未好好聊过冒险的日子。不过这两个多月来,他们已经超越了距离,心灵相通,所以也就没有必要重新回顾了吧。

  只是,大场对我这样说过:

  "志贺先生就像释迦牟尼一样,什么都懂。我感觉在志贺先生的手中翻滚着就能够到目标,一点都不用担心。只要想到志贺先生会守护着我,我的恐惧和焦虑就消失了,能够愉快地走下去。"

  志贺也从大场冒险的态度中学到了很多东西。

  在后来播出的电视节目的采访中,志贺回答说,在这个不知道做什么才能满足人生的时代,自己通过参与这次冒险,知道了如何拥有梦想和挑战梦想。

  还有一点,那就是人生需要希望和梦想。

第十章
旅人们 磐城·二〇〇四年

船的礼物

蔡称之为"蘑菇云世纪"的二十世纪，出人意料地悄然落幕。

蔡曾在磐城发表作品《宁静的地球》，呼吁在迎来二〇〇〇年的瞬间关掉世界上的所有灯，让地球休息两秒。当然，实际上地球一刻也休息不了。诺查丹玛斯的预言也落空了，千年虫问题也没有造成什么大影响，全世界都沉浸在庆祝千禧年的气氛中。

但是，二十一世纪的开幕之年二〇〇一年，纽约和华盛顿等地发生了九一一事件，造成近三千人死亡。蔡当时虽然身在欧洲，但大女儿文悠就读的学校就在世贸中心附近，文悠在千钧一发之际逃过一劫。

那时，我自己在离另一个恐怖袭击目标五角大楼（弗吉尼亚州）不远的公司工作。事件发生后，乘坐的通勤巴士空荡荡的，商店的卷帘门关得紧紧的，现在回想起来，街上安静得令人毛骨悚然。从那以后，美国政府宣布"与恐怖分子战斗"，开始了对阿富汗的空袭。一个充斥着不安气氛的时代拉开了帷幕。二〇〇三年，以美国为首的多国部队以伊拉克拥有核武器和大规模杀伤性武器为由，开始对伊拉克发动攻击。但是，直到最后都没有发现大规模杀伤性武器。

事件发生后不久，我从美国的公司辞职（与九一一事件没有直接关系），回到了日本。回过头来看，日本虽然向伊拉克派遣自卫队一事多少引起一些争议，但大体上还是如"平成"的年号那般，街道上一片祥和，到处都是拿着折叠手机打电话的人，到处都在播放《还有明天》①的翻唱版，二〇〇二年韩日世界杯的气氛也异常热烈。另外，经济环境遇冷，我因新入职的日本企业的繁重工作而搞垮了身体……这就是我回忆起的二十一世纪的开端。

这个时候的志贺，在中国和日本之间来回奔波忙碌。原来，他在为自己长久以来参与经营的JON72在中国设厂而奔走。此外，志贺为了改善在中国认识的年轻工人们的生活状况，与朋友们共同出资，在海南岛成立了免费就读的日语学校，希望学习日语能对他们的生活有所帮助。志贺已经五十四岁，却依然在为实现别人的梦想而奔走。

二〇〇四年二月——

咔嗒咔嗒咔嗒……志贺东北机工公司的传真机里吐出了几张纸。发件人是蔡在纽约的事务所"蔡工作室"。根据志贺的记忆，传真里面大致写了以下内容：

> 五月将在波兰的扎切塔国家美术馆举办个人画展，现在正在做准备。可以的话，你能再挖一艘船送给我吗？我想再现一次我和磐城人创造的故事。波兰这个国家的命运，经常被邻国

---

① 一九六三年时由坂本九首唱。之后出现各种翻唱版本，其中以二〇〇〇年时可口可乐公司销售的罐装咖啡GEORGIA的广告曲最为有名。"还有明天"一词还进入了二〇〇一年日本新语、流行语大奖前十排名。

的历史掌控,有时还被孤立。所以,我想借船对它表达开启命运的新希望。

哦,是蔡先生发来的消息。

原来如此,船嘛……

之后,志贺去了令人怀念的船的墓地。那片海滩看起来和十年前一样,许多船只静静地接受着海浪的洗礼。

志贺想起来了。在磐城市立美术馆的个展结束后,蔡即将离开山丘之家时,留下一句话:"希望十年后,我们再一起做点什么。"那个"什么"开始了——志贺被这样的预感包围着。

"好嘞,我们把这个打捞上来吧。"

"即便如此,为什么我们要把船送给有钱的蔡先生呢……"志贺不解。

正如志贺所说的"有钱人"一样,蔡已经不缺钱了。他以纽约为据点,将活跃的舞台扩展到了世界各地,早已在现代艺术界走上了出众的明星之路。

稳固蔡的声誉和声望的,当属一九九九年在威尼斯双年展上发表的作品——《威尼斯收租院》。让我们暂且把故事的时间拉回到二十世纪的一九九九年吧。

那一年,在宽阔的威尼斯双年展会场中,蔡的作品,就在一座古老的造船厂深处。观众走进昏暗的会场,十来个表情严肃的中国人正在默默地创作雕塑作品。在那个空间里,工具散落,乱作一团,俨然是一个车间。而一旦将目光投向他们制作的精致雕塑,观众就皱起了眉头。

国立新美术馆馆长逢坂惠理子看过实际作品,据她说,当时产生了一种强烈的不和谐感:

"我一开始想，为什么要做这样的作品呢？工匠模样的雕刻家默默地制作写实的雕刻。后来想想，那是蔡先生独有的做法，是对现状敏锐理解的表现。"

他们制作的一百多个雕塑，每一个都露出了苦闷的表情。翻着白眼、紧紧抱住拐杖的老婆婆，半裸着拉板车的瘦弱的男人，无精打采、怅然若失地走着路的孩子。它们就像是来自二十世纪的亡灵。不，制作作品的男人们也一样。他们的雕刻手法娴熟，像渗入体内一般，说明了这不是昨天、今天现学现卖的技术，简直就像是在这里雕刻了几十年。

他们到底是什么人？

观众们都困惑地注视着这些风采各异的男人。

现代美术界的顶峰

还记得吗？这是以"文化大革命"时期大力制作的宣传作品《收租院》为蓝本的表演作品。《收租院》表现了在资本主义中被剥削、受苦受难的人民。蔡在小学的时候，经常目睹当地的雕刻家们模仿制作这些雕塑。"文革"结束后，《收租院》消失在历史的波涛之中，却被牢牢刻入蔡的记忆里。于是，在世界最大的现代美术盛典上，蔡将《收租院》作为自己的"作品"复活了。

"那时的作品中最重要的不是雕塑，而是雕塑家。展现雕塑家的命运，展现雕塑制作本身。谁来创作？人来创作。我想把这些人的命运作为主题展现出来。"

蔡如此道出作品的真意。正如"命运"一般，参加双年展作品制作的人中，有一部分真的是参与"文革"时期《收租院》制作的人。那么，蔡到底怎么找到他们的呢？

"其中一位雕塑家是朋友的亲戚，他告诉了我联系方式。"

第十章　旅人们

时隔三十年，蔡为曾经的艺术家们准备了威尼斯双年展这个舞台，拜托他们在展览开始后继续雕塑创作。一般来说，这种黏土雕塑在成型后需要铸造模具，然后将熔化的铜水灌入模具才得以完成，但那时雕塑就以黏土的状态放置在那里。人形雕塑会干燥开裂，随着时间的推移慢慢崩塌。这个过程就像是一出超现实主义的戏剧，一场没有情节的表演。

在正统的绘画和雕塑等同于灭绝的现代美术盛典上，这种充满现实主义的雕塑和真实人物的登场，反而给人以强烈的冲击。

"那个时候，正统写实的表达方式在现代美术的世界里被认为是过时的。在这种情况下，蔡先生大胆地模仿中国农民的形象，推出了写实的、宣传性的雕塑。通过创造违和感，（使观赏者）自发地进行思考。而且，通过现场雕塑，让我们再次确认了何为'表达'。"（逢坂惠理子）

蔡凭借这部作品获得了威尼斯双年展颁发的最高奖项——国际金狮奖。那是现代美术界的"珠穆朗玛峰"。

在到达威尼斯之前，我开始"担心"自己会获得什么奖。所以，为了以防万一，特意去买了西装。作为双年展的惯例，在举行颁奖仪式的早晨，双年展的事务局会发传真到获奖国家的艺术家所住的酒店，要求务必出席。所以，颁奖当天在吃早饭的时候，大家碰面就会互相询问："嘿，收到传真了吗？"但是，那一年，双年展的事务局担心我看不懂英文传真，担心我在颁奖仪式之前就走了，所以在前一天就通知我去参加颁奖仪式，然后悄悄给了我一个提示："会有大事发生。"颁奖仪式当天，我和妻子、女儿一起在运河上坐了贡多拉船①，为了

---

① 威尼斯传统的木制黑色小尖舟。

在威尼斯双年展上展出的《威尼斯收租院》。用六十吨的黏土制作一百零八个真人大小的雕塑。
（一九九九年）
Elio Montanari摄，蔡工作室提供

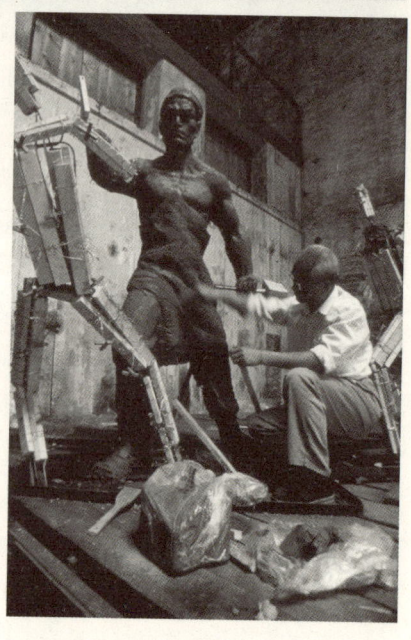

对长期以来的支持表示感谢。

(个展《船家族》)

这次获奖，在中国国内也成了大新闻。然而，那不是对获此殊荣的艺术家的祝福。实际上正好相反，一些艺术家和教育家对蔡的作品产生了强烈的排异反应。他们认为该作品攻击了中国文化，被西方政治所利用，更侵犯了知识产权，还批评蔡本人几乎没有参与雕塑的制作。他们认为作品里没有蔡自己的创意，不属于"蔡国强"的作品，并在中国的法院提起了诉讼。

蔡当然反驳。

"我不是在做雕刻，而是在表演'做雕塑'。作品是利用原创作品的形态和制作方法的概念艺术。对《威尼斯收租院》的评价与其说是针对雕塑本身的成就，倒不如说是对超越物质和实际部分的'表演'和'概念'的评价。"(朱其的文章《我们对奖项都太敏感了！——蔡国强和〈威尼斯收租院〉的版权纠纷》)

从现代美术的观点来看，蔡的主张不无道理。就算有一位中国雕刻家制作了精细的雕塑，也不一定会在艺术节上得到很高的评价吧。正因为是实时表演的表现形式，雕塑被赋予了新的气息。而且，蔡是否实际动手（至少在现代美术界）与作品的好坏没有关系。因为概念本身就是作品本身。艺术节的首席策展人哈拉德·泽曼也支持该作品。

"如果说蔡的作品侵犯了知识产权，那么模仿了很多商业形象的安迪·沃霍尔不也是这样吗？"(朱其的文章《我们对奖项都太敏感了！——蔡国强和〈威尼斯收租院〉的版权纠纷》)

在现代美术的世界里，本就存在着将现有的商品利用为作品的"现成品艺术"流派。这是被称为现代美术之父的法国艺术家马塞尔·杜尚创造的概念，他只在小便斗上签名，就将其命名为

《泉》，进行展出。乍一看只是个普通的小便斗，但从现代美术的语境来看，它是"作品"，与"何为表达"的争论一起，成为在现代美术界掀起潮流的划时代作品。只是，对不熟悉现代美术想法的人来说，蔡的作品很难被接受。最终，诉讼被法院驳回，风波平息了。

即便如此，回过头来看，这场风波对蔡而言委实是幸运的。那时候，"蔡国强"的名字频频出现在中国的报纸和媒体上，很多中国市民第一次知道有一位叫"蔡国强"的艺术家活跃在大洋彼岸。更重要的，是通过这场风波，更多中国人发现了"现代美术"这一新的表现形式。而且，这在他们的脑海中刻下了"提起现代美术，就是蔡国强"的印象。

进入二十一世纪后，现代美术的形势发生了戏剧性的变化。那时中国的经济发展如火如荼，即将跃升为世界大国，与之相呼应的，是此前一直被压抑的中国现代美术（蔡称之为"游击队"）也将铿锵有力地走向台前。这意味着，蔡可以在祖国大显身手的时代已经到来。

二〇〇一年，"收租院风波"过后仅两年，亚太经济合作组织（APEC）领导人非正式会议在中国上海举行，蔡担任闭幕式烟花大会的导演。看到那绚烂烟花的人们，肯定无法想象，仅十三四年前，蔡还在自家的浴室里将玩具烟花捻散进行创作吧。

就像船儿回港

虽然说明有点长，但这就是志贺说蔡先生成为"有钱人"的原因。这句话中隐含着的并不是羡慕或揶揄，而是真诚的惊讶与称赞，听起来就像是在说"人生充满了可能性""当艺术家也很有趣"之类的。

第十章 旅人们

蔡与磐城的人依然是朋友。蔡每次来日本都会去磐城，志贺和藤田也会去参加蔡在纽约举办的烟花活动，去欣赏在上海美术馆、新潟·越后妻有"大地艺术节"举办的作品展览。

而在二〇〇一年，就像船儿回到港口一样，蔡再次在藤田运营的"磐城画廊"进行展览。在被世界认可之后，回到无名时期的小画廊展览的艺术家相当罕见吧。在题为《磐城九十九个塔》的参与式展览中，参与者将通过捏土来制作蔡素描的九十九塔。三十人参与，完成了蔡所说的"精湛的艺术品"。

这时，当其中一名参与者问道："对了，蔡先生，为什么是'九十九'呢？"蔡回答说："九十九意味着无限。一百是完结，九十九是永续。"

虽然这句话在将来具有重要的意义，但这里还是暂且按下不表。传真的内容是来自大洋彼岸的朋友久违地发来的请求。志贺想，既然如此难得，就送他这份礼物吧。

于是，这次他叫来了关系很好的侄子，经营土建公司的志贺武美，让他看了埋在海边的木制渔船。

"武美，你能把这艘船挖出来吗？"

武美原来在东京的土建公司工作，积累了经验后，回到磐城继承了老家（志贺的大哥）的土建公司"丸北志贺组"。武美话不多，但技术能力很强，深得志贺的信赖。

"武美虽然学习成绩不怎么样，但脑子非常好。在做别人未曾做过的事情方面，是很厉害的。"

之后，志贺又召集曾经的"地平线项目实行会"成员，商量"礼物"的问题。但一开始提到费用，"实行会"的成员就沉默不语了。即使以志愿者形式要求大家进行支援，但是如租赁重型机械、集装箱等也需要很大一笔费用。而且志贺觉得，既然蔡拜托自己送他礼物，就不能向他收钱。

怎么办呢……

上次打捞废船时，蔡也在现场帮忙作业，双方都有一个共同的目标——"展览会"。但是，这次情况不同。在没有蔡和美术馆的吸引力的情况下，进行如此费力的工作，甚至需要自行筹措资金，志贺对此感到负担沉重是理所当然的。

正在志贺烦恼的时候，蔡却突然失去了联系，似乎是因为展览会到处飞来飞去。

就连一向沉稳的志贺也焦躁不安起来，给蔡打电话，却打不通。

就在志贺更加烦恼的时候，终于接到了蔡打来的电话。

"因忙碌的行程，这次我无法与磐城的人们一起并肩作战。一想到给他们带去的负担和辛苦，我无法轻易开口拜托他们。如果大家想放弃，也完全可以的。"

他的语气真挚，又似乎带着些许痛苦。"原来如此。"志贺想，"蔡先生真的很想要磐城的船啊。"他心中的天平反而往帮蔡实现的方向倾斜。

志贺再次召集同伴，原封不动地传达了蔡的话。他心里想，哪怕只有一个人说想放弃，那还是放弃吧。这种事，如果不开心，做起来就没有意义。

"我赞成送船，但没钱啊""如果付那么多钱，生活都过不下去了"……大家直率地表达自己意见的同时，也接连出现"不过，还是想做""好兴奋啊"等积极的意见。于是话锋一转，最后决定打捞所需的约一百五十万日元，由七名赞同的同伴平均承担。由于有些成员无法马上拿出现金，所以暂时先由志贺全额垫付，然后各自偿还。

志贺回信给蔡说："做吧。"

漂流的船

这次准备打捞的船深埋于沙中，预计打捞工作的难度将超过上次。武美租赁了一台极少使用的大型重机，带着八名工作人员来到海滩。

此时，负责监控工作的是菅野佳男，新的"实行会"成员。他原本是警察，中途因故辞职。此后，他成为自由职业者，以教电脑、设计宣传册和网站为生。

他与志贺，是大约在四年前，即二〇〇〇年左右相遇。志贺回忆起当时说，菅野身材瘦小，"刚离婚，钱很紧，虽然比我年轻很多，但看上去像个老人"。

"他是个好人，就是因为性情急躁，和上司合不来，把警察工作辞了。开始创业后，却并不顺利，把退职费都花光了。"

志贺鼓励他："这种事总会有办法的。"他们一起思考重整旗鼓的办法。据说，原本已经看不到人生出口的菅野，听到这话时，似乎又鼓起了一些生活的勇气。

事实上，菅野并不是第一个向志贺寻求如此严肃建议的人。志贺注重人情，又擅长经商，于是经常接到诸如陷入经济困难的餐厅老板等人悲鸣般的求助。他们当中的很多人，由于听从了志贺的具体建议，成功地重建了他们的业务［其中一人告诉我，他现在还活着，要归功于"老师（志贺）"］。

听说菅野在当警察的时候曾经使用电脑处理事故，还教身边的警察使用电脑，志贺便建议说"办电脑教室怎么样"。于是他便和菅野一起制作网站和传单进行宣传，教室里渐渐聚集了一些人，菅野也开始有一些稳定的收入。菅野原本就性格开朗，待人和善，这样一来，又完全回到年轻的状态了。

另外，志贺还将《蔡国强通信》的设计工作也委托给了菅野。于是，菅野前往作业现场，希望在最新一期上刊登打捞船只作业的情况，整理成"作业日志"，通过邮件发给蔡。菅野满心期待着"世界级艺术家"的回信，结果根本杳无音信。据说，他内心不满地想："哪怕只有一句'你辛苦了'也好啊。"

但对我这样一个没有参与十年前"地平线项目"的人而言，对蔡先生还是不太了解。

（《蔡国强通信》第六册）

待到一切尘埃落定，蔡对菅野这样说道：
"我对打捞废船一点也不担心。为什么这么说呢？因为交给了磐城人，没有什么需要担心的。"

到了此时，菅野才意识到"原来如此，正是因为信任才没有回复啊"。

一艘重达十五吨的大船缓缓从沙中现身。大家仔细地清洗船体，小心翼翼地拆解船只。木船因为吸足了水，拆解下来的各部分都重达一吨。

但是没过多久，船就失去了目的地。三月六日，船装上货柜一个小时后，蔡发来一份笔迹凌乱的传真，大意是"请不要运送"。他判断波兰扎切塔国家美术馆的建筑无法承受船的重量，因此中止了船的展示。

费尽千辛万苦挖出来的船，就这样安静地沉睡在港口附近的仓库里。

九个旅人

这一年,志贺的父亲忠之去世,享年八十六岁。因此,二十三岁的大女儿织惠的婚礼推迟到第二年举行。志贺用忠之银行账户里留下的一百万日元,帮助织惠和她的同学们完成了心愿,成立了一支梦寐以求的、只由女性组成的念佛舞盂兰盆舞队①——"樱花杜鹃会"。志贺很早以前就在织惠的同学中被称为"王"(因为羽毛球比谁都强),深受爱戴。

"一百万日元,一用就没了,所以想用来做点有意义的事。"

念佛舞是流传于磐城地区的传统艺术,由当地的青年组成队伍,在迎接新盆②的人家屋檐下表演舞蹈。只是,仅由女性组成的队伍基本没有先例。志贺用父亲留下的存款给成员们置办了太鼓和服装,还经常陪她们练习舞蹈。

就这样,在一个早已把仓库里的船忘得一干二净的夏日,志贺再次收到了传真。船的新目的地似乎正式定下来了。寄件地址是美国首都华盛顿哥伦比亚特区的史密森尼研究院(通称"史密森尼")。

史密森尼是美国具有代表性的国家博物馆集合体,由十九个博物馆、美术馆、动物园组成。拿日本来说的话,它与位于上野的东京国立博物馆相类似,汇集了美国这个国家的文化、历史、科学技术。蔡要在其中一个美术馆举办名为《旅行者》的个展。

船再次被装进集装箱,踏上了横渡太平洋的漫长旅程。通过海

---

① 指敲打太鼓和铜锣,伴随节奏,跳盂兰盆舞。
② 是指家人离世、过完四十九日祭后迎来的首个盂兰盆节。

路到达美国西海岸后，再通过横贯大陆的铁路运送到东海岸。

但是，这并不是终点。不用说，被解体的船还需要在当地组装。蔡问道："美术馆没有人能做到，你能来吗？"但是，没有日薪，完全是义务劳动。

好吧，去帮蔡先生吧！志贺和藤田很快就决定去美国。此外，除负责摄像的名和、摄影家小野、陶艺家真木之外，还加入了武美这一新成员。而且对武美来说，这是他第一次海外旅行。

"啊，真的是大家都去了吗？"听了这话，我无法掩饰自己的惊讶。

二〇〇四年十月，包括另外三名负责作业的年轻人，总共九名旅行者开始了艺术创作。

和美术馆的工作人员沟通了之后，等待他们的是令人遗憾的消息。船还滞留在海关，美术馆方面好像也不知道什么时候能运到。拍摄这段交涉的名和说："美术馆的工作人员给人一种冷漠的感觉。很明显感觉到自己被当作'工人'来看待。"

第二天船也没到。组装最少需要四天，照这样，作业时间会越来越短。志贺他们也不知道如何打发多出的时间，就在街上散步。

到了晚上，蔡也来到宾馆，大家挤在狭小的房间里畅谈。蔡说起在最近举办的展览中，巴西市民也参与其中。志贺听了之后，深深地点了点头。

"蔡先生的工作，真的是一份好工作啊！"

听到这么一说，蔡就像被老师表扬的学生一样，单纯、开心地笑了。

第三天船也没到。为了做一些力所能及的事情，磐城的人们在展室的地板上贴上胶合板，并涂上涂料。可是，这工作一结束，

第十章　旅人们

也没有什么可做的了。不久,蔡也来到了空荡荡的展厅。回首过去的两年,对蔡来说倒霉事不断。在法国、中国等推进的大型项目由于种种原因全部中止;还有不能将船运到波兰,如今又出现船无法送达展厅的问题。一般来说,这是一个让人相当焦虑的场面。但是……

蔡当时的样子,留在了名和拍下的视频里。视频中,蔡的神情表现得实在是放松。

——蔡先生,收到礼物的心情如何?

志贺用逗乐的口吻,像记者一样提问。他所说的礼物,当然是指这次的船。

——好不容易收到的礼物,却出不了海关!那太难过了。快递一直不送来,很不开心吧。等待着生日礼物,却还没来。不开心!

——是啊。那你觉得这次组装能顺利吗?

——没问题,磐城的人来了,就等于成功!

所有人一同大笑起来。

恶魔吃了月亮

又过了 天。到了晚上,船终于到达美术馆。

时钟指向晚上九点。会场将于后天早上十点开放,能用于组装的时间只有三十六个小时。

集装箱门打开的同时,一艘被拆得七零八落的船只现形。吊车准备好了,把船的部件吊上高空。看到这一幕的女策展人吃惊地嘀咕道:

"恶魔吃了月亮。"

仰望夜空,完美的月食正在发生。

当巨大的部件终于通过展厅狭小的入口时,掌声自然而然地响

147

了起来。

组装工作终于开始了。船体由于长时间被埋在沙子里，整体倾斜着，左右不对称。可以预见，如果不沿着倾斜的角度进行组装，零件之间会产生间隙。起始只要产生一丁点偏差，它就会随着组装的进行而变大，之后就不可能修复了。

志贺一边看着整体情况，一边招呼大家说："即使时间紧张，也要安全第一！不要受伤，开心地做吧。这里是我们不熟悉的地方，作业时，我们要想着这里比平时更加危险。"

在船体上开个洞，用铁板将相邻部件固定在一起。旧船的一部分破烂不堪，里面有沙子流出来。

"是垃圾，扔了吧！"志贺他们这样说。但是美术馆馆员说着"这也是作品的一部分哟"，就像捧钻石一样仔细地把沙子收集了起来。

在满是粉尘、火花、噪声的不眠不休的工作中，船一点一点地恢复了原来的样子。

这个时候，志贺特别重视的事情，还是吃饭。一听到有成员抱怨"美国的饭好难吃"，就立马去唐人街买来电饭煲，决定自己做饭。

到了定好的时间，成员中的两人回宾馆，做咖喱和猪肉味噌汤。浴室变成了简易厨房，电饭煲、卡式炉、食材等散乱在房间里，非常混乱。菜被送过来后，大家一起坐在美术馆旁边的地上，匆忙地扒拉着吃完。

关于这次搭建，还留下其他有趣的逸事。就在工作开始前，志贺突然问："蔡先生，我们有没有买（预防作业事故相关的）保险？"

"啊？没有。"

第十章 旅人们

听到这儿，志贺说："那么，我们和日本联系，马上买一个吧。"蔡说"不，我来办"，说完马上就去办手续了，然后向志贺抱怨道："哎，来这边后你怎么不马上跟我说保险的事呢？"

"我认为给帮忙的人买保险不是义务，而是'爱'。自己没法问'你爱我吗'之类的吧？"

蔡用惊讶的表情回答："哈，是爱啊。"

第二天早上，美术馆为彻夜工作的磐城人提供了早餐。

"呀，今天有提供早饭吧！"

蔡看起来很高兴，走到大家身边——好像是蔡拜托美术馆的工作人员给安排了早餐。

"被问到为什么需要早餐，我回答说'这是爱'！"

那是蔡特有的道歉方式。志贺也忍不住笑了："哈哈哈，太好了。"

就这样，在船顺利组装完毕后，从中国运来的大量白瓷盘和瓷塑像被搬进展厅。它们被敲碎后，撒在船的周围。听说快没有时间了，美术馆里的工作人员聚集在一起，像史上最大规模的夫妻吵架一样不断地敲碎盘子。

作品完成于开幕式前夕。展示室的灯光一亮，志贺就屏住了呼吸。

船，在发光——

不知是从哪里来的精灵，好像将生命注入沉没于黑暗海底的船。

被汹涌的海浪击碎，不为人知地腐朽下去，是这艘船本来的命运。然而，它经历了漫长的旅途，来到美国，沐浴在阳光下。或许是因为无数白色瓷塑像的缘故，作品宛如一艘从海里打捞上来的宝船。

上图：丸北志贺组的号衣①在史密森尼当地工作人员中很受欢迎。
下图：被注入生命的磐城废船。（二〇〇四年）
Kazuo Ono摄

---

① 手艺人、工匠等所穿，在领上或后背印有字号的日本式短外衣。

第十章 旅人们

"感觉已经不是我们自己的船了,不能碰了。"

这艘船被命名为Reflection。英语中的"reflection"指的是光的反射。这次的船和第一艘《回光:龙骨》一样,被赋予了寓意回转之光的名字。顺带一提,该作品的中文名《回光》,似乎也有完全不同的意思,指的是人死之前恢复意识,死后灵魂回归,与这艘船不可思议的命运不谋而合。

晚上举行了开幕派对,磐城的每一位成员都出席了。出席者都穿着礼服或西装等正式服装,但磐城的人们以为只是来帮忙干活,所以并没有带西装。他们穿着号衣、T恤、工作服,按各自所好打扮,明显吸引了大家的目光。

作品随后展示了六个月。正如蔡曾说过的:希望十年后,我们再一起做点什么。

那个展览结束的时候,织惠延期的婚礼也在磐城顺利举行,冒险家大场满郎也出席了婚礼。大场没带西装,最后还是从会场借的。顺带一提,彼时往前追溯六年,也就是一九九九年,大场成功完成了单独徒步横穿南极大陆四千千米的壮举。其世界首次单独徒步横穿两极的功绩得到认可,获得日本第四届植村直己冒险奖。这恰巧与蔡获得威尼斯双年展国际金狮奖是同一年。志贺看着自己支援的两个人站在了各自的顶点,在祝福的同时,不禁想到:"哎呀,和我相遇的人运气都暴涨啊!"

因为是作品的一部分

不过,他们与蔡的作品合作,其实并没有就此结束。第二年即二〇〇六年,蔡再次联络志贺。

"这次是在加拿大美术馆举办个展。再一起创作吧。大家能来组装吗？"

据说，在加拿大国家美术馆沙威尼根分馆举行的展示会上，将展出磐城的船。

"蔡先生，恭喜你。我问问大家。"

志贺激动地想，这次是加拿大啊，和蔡先生也好久没见了。但是，和上次的成员商量后，大家的表情有点犹豫。

"这次可能去不了……如果离开日本一周或十天，就没法工作了。"其中一人小声吐露了心声。

几乎所有磐城团队的成员都是个体户或公司经营者。在海外逗留不仅成本高，而且不在日本的时候收入也会中断。志贺觉得大家说得很有道理，便把情况告诉了蔡。

"蔡先生，长时间不在日本，我们会变穷的，这次好像去不了。"

蔡对这个出乎意料的回答感到惊讶，思考之后提出了这样的建议：

"那么，我和美术馆商量，对作业发日薪。但是，叫很多人肯定不行，能不能只请您和武美先生两个人来？"

这是一个现实的折中方案，由志贺和武美担任现场指挥，实际操作则由美术馆的工作人员进行。

志贺当即摇头。

"不，我觉得记录员和负责伙食的都一样重要。不管少了谁，团队都不能正常运转。团队由大家构成，两三个人是不行的。"

蔡坦率地回答："原来如此，那我明白了。"

过了不久，喜讯传来。

"大家都可以来参加了！"

据说蔡是这样向美术馆解释磐城团队的。

第十章　旅人们

"他们不是工人，是作品的一部分。"

这是一个绝妙的说明。现代美术还确立了一种"参与式艺术"的表现形式，即在制作和欣赏过程中，他人也参与其中。如果艺术家说这是"作品的一部分"，美术馆也只能把这"一部分"搬来现场。因此，美术馆除了同意负责年轻工匠等在内的全体十一个人的机票和停留费用外，还将按日发放作业薪资。

志贺他们一眼就喜欢上了沙威尼根的街道——在森林和河流的环抱下，充满了生机勃勃的气息。在六月的阳光下，人们享受着散步和骑行，还有人在河里划皮划艇。来来往往的人目光交汇时，彼此微笑回应。经历了长途旅行的磐城团队的成员们放松了心情，感叹"真是个好地方啊"。

蔡以一如既往的微笑迎接一行人，这回却罕见地戴着眼镜。

蔡说是老花眼镜，志贺问道："蔡先生，你几岁了？"

"四十九岁了。"

"哎呀，我们也老了啊。"

说着这句话的志贺，当时也已经五十六岁了，头发也稀疏了很多。

于此，我们再来梳理一下此次七位主要成员的职责。

志贺是组长，负责整体作业的指挥。武美是现场督导（本人自称木匠师傅），丸北志贺组的蓝色号衣就是他的公司的商标，叉车等重机械的操作也是其拿手活。"磐城画廊"的藤田，因为过去也有架子工的经验，负责组装作业，并兼任翻译。陶艺家真木也同样负责组装。小野（摄影）和名和（摄像）是记录员，工作是回国后整理照片和影像资料。最后一个是新成员，原警官菅野，其任务是对组装的图纸和作业工序进行全面的记录和管理。志贺搭茬儿说，菅野有高超的电脑技术，可以胜任。最后，伙食是全员轮班负责，菜单则各自负责。

没有悠闲的时间了。这次，实质上必须在三天内完成船的组装作业。和美术馆的商谈开始后，志贺就发现这次美术馆的工作人员给人的感觉很好。加拿大本来就有很多友好的人，但这次又增加了一个因素——如今磐城的人们已经成为"作品的一部分"，只要是作品的一部分，就连垃圾和虫子的尸体都要细心地处理，这就是美术馆。也许是这个原因，由此见微知著，志贺感受到了美术馆的用心。比如，磐城团队的成员说想抽烟的话，他们就会在院子里准备好帐篷和长椅；说想自己做饭的话，就开放了美术馆的厨房。

在作业方面，美术馆也做好了万全的准备，配备了四名能够操作重型机械的技术人员。多亏了这些，组装得以高速进行，竟然在第一天完成了七成的工程。

第二天，大家开始处理困难的船头部分，但也很顺利。

下午，陶艺家真木甚至有了空闲，去点沏抹茶招待美术馆的工作人员。抹茶大受好评，最后连馆长都说："也给我一杯。"也许是因为这杯茶的效果，协同作业始终进行得很顺利。

就这样，第三天，船组装完成了。在这次的展览中，作品的名字在《回光》的基础上稍微加以改变，为《回光——来自磐城的礼物》（以下简称《来自磐城的礼物》）。

蔡的记者招待会预定在第二天早上。就在即将开始之前，志贺再次去看了作品。这时，他在光线有点暗的展室里看到了人影。志贺将当时的情况详细记在了手记中。

人影是蔡、红虹和他们的小女儿文浩。

三个人紧紧地靠在一起，伫立在船的旁边。"reflection"一

站在完成的作品《回光——来自磐城的礼物》旁的蔡、红虹和他们的小女儿文浩。
摄于加拿大国家美术馆沙威尼根分馆。（二〇〇六年）
Kazuo Ono摄

词,在英语中除了光的反射之义外,还有回顾过去的意思。

一定是在回顾过往的人生……

这样一想,志贺不敢与他们打招呼。

不久,蔡回过头来,打了招呼。

"志贺先生,这次的船怎么样?"

"比在华盛顿时候的更漂亮。"

"好的艺术家,即使再次创作同一个作品,也一定会比之前的更好。"

两人一边对话,一边开始往记者招待会的现场走去。沿着走廊前行,蔡细细品味似的说:

"人生中有这样的瞬间,真是太棒了。有一种完成夙愿的感觉、惺惺相惜的感觉,真是幸福啊。"

志贺回答:"你说得对。"

出席开幕仪式的还有加拿大前总理和多位小镇上声名显赫的人士。开幕仪式进行到一半时,蔡也发表了讲话。因为是中文,志贺他们听不懂,但"磐城"这个词在讲话中出现了好几次。

接下来,轮到志贺代表装配组发表讲话。

主持人在介绍"志贺忠重先生"时,将其说成是"作品的一部分",引起人们投来好奇的目光。连他都感觉到自己紧张得不得了。

站在话筒前,志贺首先向蔡和美术馆工作人员表达了感谢之情。

"我坚信人与人之间的信赖是超越地域、超越时代的。使用我们祖先留下的废船和中国泉州瓷器制作的作品,继华盛顿之后在这个美术馆复活,我感到非常高兴。"

最后,他这样总结道:

"我想用从古代流传下来的念佛舞的旋律来表达我的高兴和感动。请大家欣赏!"

一刹那,一群穿着号衣的年轻人冲上前,表演了一场声势浩大的念佛舞。

这天晚上,当他在酒店房间里一打开电视,念佛舞的旋律便传来,画面上正好播放的是成员们击鼓的场景。

"喂,我们上电视了。"

志贺在高兴的同时,也为展览如期开始而松了一口气。就这样,加拿大的《来自磐城的礼物》的搭建工作也顺利结束了。

第十一章
我想要相信　纽约·二〇〇八年

龙登高处

蔡作为艺术家在全球的声望，已经不可动摇了。

不仅在美术馆里，在艺术市场上也是一样的。二〇〇七年，在香港佳士得拍卖会上展出的一套十四幅草图《为"APEC景观焰火表演"所作十四幅草图》，创下（当时）亚洲出身的现代艺术家最高拍卖纪录，以约十亿日元的价格成交。

"当时蔡先生说，我的作品好像是十亿日元。话语间给人一种飘然物外之感。"

说这话的是文化记者玉重佐知子。她是一位精力充沛的女性，从二十世纪八十年代末开始以伦敦为基地，执笔杂志报道和制作纪录片节目。为追逐世界艺术场景，曾与包括蔡在内的多位中国艺术家一起，在巴黎郊外的AIR（艺术家驻留）空间中共同生活。另外，为了深入了解中国的现代美术，她也曾到中国香港和内地等地方进行长期的旅行采访。

"当时，如果去北京等地方访问，就会发现以沃霍尔为榜样，描绘政治波普（波普艺术和社会主义现实主义相结合的风格）的画家非常受欢迎。也有艺术家毫不讳言会翻开拍卖目录，按价格来选择作画的风格。但是，蔡先生与这种商业主义的艺术无缘，他是真正地忠实于自己的灵魂进行创作。若论从宇宙的视角思考宏伟的事情，他比谁都通透。而他成为艺术家的思考重心，并不是为了出名或成为有钱人。老实说，他创作的是看起来最不畅销的（火药）作品。但他坚持着，直到几乎所有艺术家都消失了，而最终站到世界之巅的是'蔡国强'。"

如今蔡的作品，已经成为想买也很难买到的东西。不过，不要误会，前面提到的约十亿日元并不是进了蔡的腰包。艺术市场包括艺术家与画廊、美术馆和收藏家直接进行交易的一级市场，以及通过佳士得和苏富比等拍卖公司进行销售的二级市场。二级市场在作品所有者（如收藏家等）"想要脱手"时，进行拍卖。《为"APEC景观焰火表演"所作十四幅草图》，是在二级市场拍卖会上出售的，所以一分钱也没有到蔡那里。

美术评论家清水敏男说，也正因为如此，拍卖会上的售价，未必与作品的好坏直接相关。

"因为那个级别的美术作品和金融产品、公司股票是一样的，公司业绩好，股价就会不断上涨。蔡先生走势良好，作品极佳，肯定会被载入史册，而且他还年轻，还有很大的发展潜力，因此大家都会投资吧。这不是IR（投资关系）信息，基于这些原因，大家都付钱。"清水笑着说道。

他证明，处在这狂想曲中心的蔡，和之前并没有什么变化。

"以前头发乱蓬蓬的，现在最多就是经常去理发店吧。"其实是蔡每天给自己理发。

尽管如此，蔡周围的温度持续加温，是毫无疑问的。蔡工作室的规模变大了，工作人员的数量也增加了。不过即便事务所变大了，蔡也很注重家庭氛围，让厨师在事务所内做饭，午饭大家一起吃。此外，大约在这个时候，他有了更多在中国工作的机会，并在北京购买了传统的四合院（似乎风水很好）。

接下来的二〇〇八年，对蔡来说是值得大书特书的一年。

他将在代表美国的现代美术馆——纽约古根海姆博物馆举办个人展览。这是中国艺术家的首次壮举，也是蔡将以往主要作品汇聚一堂的回顾展。要实现这一目标，需要将世界各地的博物馆和收藏家所拥有的众多作品租借过来，其中也包含好几吨重的作品，因此总预算高达三亿日元。如果简单地与十四年前磐城市立博物馆时相比，是它的一百五十倍。展览标题是 *I Want to Believe*，翻译过来就是《我想要相信》。

在回顾展上，还将展出《来自磐城的礼物》。原以为在加拿大落幕的项目，没想到还有下文。磐城的男人们从成田机场起飞，前往冬天的纽约。

倒时差的男人们

当时的蔡，才五十岁，正处于鼎盛时期。回看艺术家人生的"回顾展"虽然感觉有点早，但从年轻时就多产的蔡，已经发表了与回顾展数量相称的作品。

但是，一个中国艺术家的作品能吸引多少人还是未知数，对美术馆来说也是一个挑战。

当地时间早上十点到达纽约后，磐城的人们因时差和长途旅行，迷迷糊糊地坐上了前来迎接的车。时差有十三个小时，此时在日本正好是进被窝的时间。

第十一章 我想要相信

汽车穿过布鲁克林大桥，淹没在摩天大楼里。街道井盖里冒出白色的热气，道路堆满了积雪。

办理完入住手续后，他们还没来得及休息，就立即坐出租车去了美术馆。目的地位于中央公园前面的第五大道八十八街。这里是大都会艺术博物馆等主流博物馆聚集的"博物馆大道"的一隅。下了出租车的男人们，一眼就看到被称为"白色蜗牛"的幽默建筑。

弗兰克·劳埃德·赖特设计的古根海姆博物馆，呈白色旋涡状，从外面看简直就像是迫降在地球上的飞碟。它原本是矿业大王所罗门·R.古根海姆为了摆放自己的艺术收藏品而建造的。内部采用环绕中庭的螺旋结构，观众在沿坡道缓慢上下行时可观看展览。这里与四四方方、了无生气的传统展厅不同，是可以获得与众不同的鉴赏体验的地方。

志贺等人一到美术馆，就看到入口处贴着一张巨大的海报，上面写着"有蘑菇云的世纪：为二十世纪作的计划"。海报使用的图是蔡在内华达核试验场摄制的发射白色烟雾的背影照片。

蔡笑嘻嘻地迎接一行人："我带大家参观里面。"便将他们请进正在策展中的美术馆。这时离开幕还有一周。大部分作品已经搬入，布置工作渐入佳境。

沿着斜坡往上爬，以往只在图录中见过的蔡的作品一一呈现。志贺看到一件作品，不由感叹道：啊，就是它！那是名为《楚霸王》的作品。它一九八八年在磐城画廊的展览《火药画的气圈》中也展出过。这幅用火药和油画颜料描绘出巨人残像的作品，在磐城售价为一百六十万日元。

现在到底是多少钱呢，志贺略微一想。原来，志贺一直很喜欢《楚霸王》，九年前曾提出"想购买"。

据说蔡还为此专门问过他为什么。

"呀，我手头没有这么大的作品，而且当我想到要是有一天

《楚霸王》从磐城消失，就会觉得很失落，所以我想拥有它。"

事实上，志贺在那个《火药画的气圈》展览之后也购买了一些蔡的作品，现在也是拥有数量可观的蔡作品的收藏家之一。只是其中大部分都是小作品，没有《楚霸王》这么大的。听他这么一说，蔡有些发愁。

"志贺先生，这个作品现在美国大约是五万美元（约五百万日元）。"

"这样的话，五万美元也可以，我想买。"

对志贺出乎意料的坚持，蔡想了想。

"买了之后做什么呢？"

"不，什么也不做啊。只是想买而已。"

这么一听，蔡回答说："不，志贺先生，还是算了吧。"

虽然不知道蔡的真意，但藤田分析道："大概是自己也喜欢，不想放手吧。"现在遥不可及的《楚霸王》，在美术馆里闪闪发光。

斜坡上，同时饱受赞赏和批评的《威尼斯收租院》的纽约版制作也已经开始了。这一次，中国雕塑家也在努力塑造苦闷的老人和孩子们的形象。

但与之前的展览规模完全不同……

志贺也感受到这点，不禁紧张起来。之所以这么说，是因为这次与以往的组装工作有很大不同：古根海姆美术馆的搬运口是迄今为止美术馆中最小的，因此需要将船切割成更小块。组装的部件随之增加，使用刀具的次数越多，船受损就越严重，组装作业变得复杂起来。

一、二、三!!

切割成小块的船被搬进了顶层的展室。房间里全是船的部件，连个落脚的地方都没有。展厅里，当地的工作人员正焦急地等待磐城团队的到来。

"为了保持船的角度，首先要固定后侧。"

志贺说明了步骤，侨居纽约的日本翻译将其翻译成英语。当地的工作人员都很有个性，有的留着长发，有的胳膊上有刺青。首先，日美混合队齐心协力，将各个碎片移动到要求的位置。

"预备——起"的口号，很快就变成了"一、二、三"。

"一、二、三！"

"一、二、三！"

如同建立金字塔一般的原始人海战术仍在继续。

即便如此，志贺总觉得怪怪的，完全使不出力气。其他的磐城团队成员也完全没了锐气。就在思考为什么这么困的时候，睡意不断袭来。看来完全是时差造成的。

在这样的状态下，作业完全没有进展。到傍晚六点，一个地方都没有组装好。与上次在加拿大时相比，这是一个令人不安的速度。"不，正因为累，才不能勉强。"于是，志贺结束了当天的工作。

另一边，蔡没有时差，来邀请磐城团队："我受邀到朋友家庆祝春节。我们一起去吧。"

大家忍着睡意，跟着他到了一间从大窗户可以一览曼哈顿夜景的豪华公寓。蔡的朋友、公寓的主人——一位中国商人准备了丰盛的中餐来欢迎志贺一行。

蔡向磐城团队介绍这位朋友时说："他有喷气式飞机，每次回中国的时候都会带我一起。"愉快的夜晚转瞬即逝。

第二天大家还没有从疲惫中恢复过来，忍着哈欠，说着"真的特别困啊""时差倒不过来啊"。结果，有人在房间角落里睡着了,也有人短时间内差点受伤三次。

第三天也是一整天重复"一、二、三"！随着作业流程的推进,每进行一道工序,美方工作人员向志贺确认："这样可以吗？"志贺一边以蔡先生的角度揣摩着可否满意,一边反复检查作业。

终于,最棘手的船头部分组装完毕,作业也接近尾声。蔡显得很开心："做得真漂亮啊。"

在一切看似顺利的第四天,蔡环顾船只之后,神情变得难以捉摸："船的侧面是不是比以前更倾斜了？"

这么一说,志贺也有了这种感觉,马上和在加拿大时拍的照片做了比较。

"组装的顺序、方法和之前一样。"志贺也有些困惑,但他立刻想到了原因。这次,为了接合切割得更小的碎片,用铁板进行了加固。受此影响,船体的角度发生了微妙的变化。这样的话,就无法成为蔡预期的作品。

"我疏忽了。是我的责任。"志贺陷入了沉思。

现在修改的话,已经赶不上展览会首日了。工作人员凑在一起商量解决办法,但没有找到突破口。现场弥漫着沉闷的空气。最后还是蔡打破了这一局面。

"今天就结束吧。明天再想！今晚去吃日本料理怎么样？"

在这句话的推动下,大家一起去了日本餐馆。吃着久违的生鱼片、天妇罗,在日式榻榻米的房间里放松下来,蔡露出怀念的表情,说："哎,那时候的海胆盖饭,真美味啊！"志贺想到,蔡说的是十四年前"地平线项目"时吃的海胆盖饭。他脑海里浮现出当时的情景：在刺骨的冬季海上进行打捞作业,制作绵延不绝的导火线,照亮海平面的亮光……

是的，他们经历了很多。但是，不是都有好结果吗？这次也一定会有办法的，志贺的焦虑消失了。那天晚上，他来纽约后第一次睡得很香。

穿着号衣的大叔们

过了一夜，到了作业的第五天。

磐城团队、美术馆的工作人员等二十多人聚在一起，开始了侃侃谔谔的讨论。美术馆工作人员说，现在纠正船倾斜的唯一方法是用千斤顶抬起船体，但是没有工具。

"那我想试试用现有工具能做的事。"志贺主张说。"不，这样也没用。"反对意见也很强烈。讨论进入白热化，只有时间在不断流逝，而工作的期限是明天晚上。

最后，蔡做了决定。他拿出一张白纸，沙沙地写下一个想法，所有人都围过来盯着。

"不把陶瓷（白瓷）放在船上，而是将陶瓷铺在船下，（用陶瓷把船）埋起来。如果把陶瓷做得像沙滩一样，（即使在这个角度）也很漂亮。"

结论是不修改船的倾斜度，而是根据当前的倾斜度改变展示方式。转换思路一直是蔡的专长。然而，这一变化伴随着一个问题。用白瓷把船埋起来，让船好像被冲到岸边一样——现有白瓷的数量显然远远不够。

有人提议说："没关系，我们找木匠来吧。"

下午，木匠出现了。在船舷上用胶合板做了一个底座，抬高底部，这样即使是铺上少量的白瓷，也能使船看起来像被埋得很深的样子。此时蔡也全身心地投入这个作品。他先对底座的形状和位置发出指示，再由木匠麻利地制作出底座。

看来起作用了，所有相关人员都放下心来。

之后，全体工作人员将大量的瓷器撒在船的周围。室内粉尘飞扬，大家都在专心地工作。嘎吱嘎吱的尖锐声响起，美方工作人员听不习惯，用手捂住了耳朵。

蔡拿着耙子，专心致志地平整着瓷片。

红虹高兴地录下了这些画面："喂，志贺先生！从录像上看，它就像是真正的磐城沙滩，真是不可思议。"

最后，古根海姆美术馆的托马斯·克伦斯馆长也来了。他穿着黑色西装，戴着灰色围巾，一身雅致的装束，将瓷器用力撒了一地。花费六天的布置工作终于要结束了。

一位日本女性目瞪口呆地望着这个场景。她就是上文提到的文化记者玉重佐知子。

咦！这里为什么会有穿着日本号衣的大叔们？他们在这里干什么?!

玉重历来关注蔡，为了不错过这次回顾展，自费飞到纽约。"蔡先生到底在哪里呢？"她在美术馆里四处寻找，终于在这刺耳的噪声中找到了他的身影。

我见到玉重，是在从这天算起的九年后。她热情地向我讲述了这份惊讶，仿佛就在昨天。

"在飞扬的粉尘中，穿着号衣的大叔们拼命地做着什么。这不是普通的现代美术，让人明显感觉到异样！那可是纽约的古根海姆哟。那里到处都很洁净，是最波普的、每个人都要展示体面的地方哟。而那里居然出现了一个类似工地或建造城堡的施工现场，这既不是应该在美术馆看到的场景，而他们也不应该出现在那里。"

玉重忍不住想和神秘的大叔们说话，可是被现场他们那认真得

第十一章 我想要相信

让人畏惧的氛围所压倒,难以上去搭话。几个小时后,当再次回到展厅,她发现穿着号衣的大叔们已经不见了踪影。

大叔们去哪儿了呢?还能再见面吗?

她再次见到"大叔们",是在开幕派对之时。

　　二十一日的派对,到场人数多达两千四百人。一起帮忙制作的美术馆工作人员和蔡工作室的工作人员,都喜气洋洋,为出色地完成废船作品而高兴。苦于时差困扰所带来的疲劳也一扫而光了。

（志贺的回忆,《来自磐城的礼物》）

玉重在开幕派对里和大叔们搭上话了。

"哎,你们在这里做什么呢?"

"我们是来组装蔡先生的作品的。"

此时,玉重第一次知道了蔡和磐城的关系,而且听说他们从海岸上挖了一艘废船,为了组装而辗转于华盛顿和加拿大。这令她非常吃惊。玉重向志贺恳求道:"我一定要和你再次见面,届时在日本请多多关照!"

实际上,玉重回到日本后,专门去磐城采访了,并向周刊杂志投稿。这是第一篇关于《来自磐城的礼物》的报道。

在派对上,还出现了更有趣的人物。他是瑞士的艺术收藏家,是从蔡那里购买了《来自磐城的礼物》的人。

"真是一个很棒的作品啊!我想在瑞士的山里建造玻璃展室来展示它。"

收藏家兴高采烈地跟志贺他们搭话。

"啊,真好啊。我们去瑞士组装呀!"

这样回应的同时，志贺还提及了珍藏的小故事。

"猜猜是谁出了这艘船的打捞费用？"

"咦？不是蔡先生吗？"

"不，其实是我们。大家平均出钱，不过，那个债还没还完，还在一点一点地还！"

这不是一个笑话。有成员一直无法将分担的钱如数归还给志贺，零零碎碎的还款仍在继续。得知这一消息的收藏家似乎非常惊讶（当然啦）。

另外，除了开幕派对，还举行了只招待VIP（贵宾）的全套晚宴，磐城人也出席了。会场约有两百名宾客就座。

晚会上，蔡也用中文发表了演讲。当它被翻译成英文时，顿时引起了一阵笑声。

某一瞬间，大家看向磐城团队，噼里啪啦地鼓掌，不知不觉中一个个站了起来，掌声变成了起立欢呼。记录显示，蔡的演讲是这样的：

在此，向磐城的朋友们表达感谢。

当我还是一名年轻的艺术家时，我带着一百公斤重的画去到日本。在东京的画廊一家接一家地兜兜转转了一圈，但没有一个人让我打开包，想看看里面（的画作）。他们说不要打开，不要打开，因为像我这样的年轻画家太多了。

之后，我到达了磐城。那里是一个乡村小镇、港口城市。他们既不了解现代美术，也没有去过自己镇上的美术馆……就是这样的一群人。但是他们真的喜欢上了我。我也喜欢上了他们。他们对我的人品感兴趣，并且对我的作品感兴趣，然后帮我在磐城的美术馆举办了船的展览。

十年后，他们又挖了一艘船，送到了史密森尼。从史密森

第十一章 我想要相信

尼到加拿大的美术馆,再到这里的古根海姆美术馆。每次船的旅程到达哪里,他们就帮我把船送到哪里。

人生就像这艘船,是的,就像我一样。感谢磐城的各位。他们就是在那里就座的各位。

(《来自磐城的礼物》)

磐城的每个人被热烈的掌声包围,都显得有些不好意思。而人们注视着他们的眼神是那么温暖。

派对中,红虹走过来对志贺他们说:"今晚不要回去,留下来吧。"人群退去后,红虹在外面轻轻招了招手:"这边。"走到外面,一辆擦得锃亮的黑色豪华轿车停在那里。

豪华轿车开进了纽约街头,停在一栋有门卫的高级公寓前。那里是馆长托马斯·克伦斯的家,此时正在举行只有相关人员参加的二次聚会。

对这一意外的邀请,志贺等人非常高兴,把印有公司商标的蓝色号衣作为礼物送给了克伦斯。克伦斯当场高兴地穿在身上。

"我很喜欢日本,我的别墅里还有日式露天温泉。下次来别墅玩吧。"

蔡和红虹满足地看着两人之间的对话。

早晨出发,志贺他们准备从酒店退房时,酒店员工给了他们一个沉重的纸袋。里面是这次展览的图录,厚厚的七本,还附上了来自美术馆的日语留言:

感谢大家为了古根海姆美术馆的蔡国强展览来到纽约。感谢磐城的每一个人,让我们能够实现《回光——来自磐城的礼物》。非常感谢你们。

（志贺的回忆，《来自磐城的礼物》）

超越毕加索画展

回顾展《我想要相信》一开幕，售票处就排起了长队，不久就一直排到了美术馆外。蔡的长女文悠清楚地记得当时的情形。她就读的学校离美术馆只有三个街区。周边的街道上悬挂着宣传回顾展的旗帜，上面印着父亲举着纸筒、发射"蘑菇云"的背影照片。在学校里，这个"炙手可热的艺术家的女儿"也突然成了大家讨论的对象。

在寒冷的天空下，人们用好不容易买到的票观看的作品究竟是什么样的呢？我想在这里稍微介绍一下。

《不合时宜：舞台一》

进入美术馆，首先看到的是在中庭悬挂着的好几辆车。汽车就像被卷进了龙卷风似的盘旋而起，一根根闪烁着时尚色彩的光棒从车内探出。

这件作品于二〇〇四年在马萨诸塞州当代艺术博物馆亮相，其主题是自杀式爆炸袭击。九一一事件之后，客机、汽车、电车等日常交通工具开始被用于恐怖袭击，造成了大量伤亡。这些日常交通工具被频繁用于恐怖袭击——该作品象征性地传达出了这一点。不可思议的是如果不知道其中含义，汽车看起来也只是在快乐地飞舞。

"二十世纪的战争由于长期化，以致出现了大量伤亡。但是九一一事件之后，我的感觉是二十一世纪的面貌发生了变化。在明亮祥和的街道上，突然有人伤亡，随之电视台进行实时报道。救护车和消防队赶到后,血迹很快就被清理了,行人继续在街上行走,好像什么事都没发生过似的。……在不知敌人是谁的情况下,突然就有某种东西被破坏了。"(蔡的采访,摘自《美术手账》,二〇〇九年一月号)

《撞墙》

美术馆的坡道上,突然出现了一群共九十九头狼(复制品)。狼群好像一边嚎叫着"小心!前方有东西",一边前进。

这是二〇一五年在横滨美术馆展出的现代雕塑装置作品。狼群最前面的那几匹,像要袭击什么似的扑向空中,却撞上了玻璃墙,无力地瘫倒在地。尽管如此,狼还是一只接一只、果敢地冲向墙壁——这是充满跃动感的作品,观众们欣赏时犹如穿行在狼群之中……

这原本是受德国银行委托制作的作品,玻璃墙和柏林墙的高度是一样的。即使墙被拆除了,"看不见的墙"还会继续存在于人们的心中,分裂的民族很难合二为一,消除盘踞于人心的歧视也需要时间。这是有意识地以另一种形式表现P3《原初火球》中"再建柏林墙计划"的设想。

——拆看得见的墙易,拆看不见的墙难。(蔡的讲话,摘自《经济学人》,二〇一五年九月一日)

在电子屏展室里,观众还可以欣赏到过去的爆破作品的记录。其中还有《万里长城延长一万米:为外星人作的计划第十号》和《有蘑菇云的世纪:为二十世纪作的计划》。

这样回看一位艺术家的不同年代的作品,就会发现其表现形式涉及火药画、室内外的现代雕塑装置艺术、影像、爆破等多个方面。

其中，可以被称为蔡作品"心脏"的，毫无疑问是火药画。在二十多年的时间里，蔡用火药描绘的东西，从单纯的图形和线条的组合进化成了更复杂的图案。爆破后的烟雾也被作为"晕染"有效地加以利用，现在连具体的造型物和建筑物，甚至连城市的风景也能描绘出来。

火药画是蔡作为一名艺术家的欢乐根源。他说，这与人类的欢愉"做爱"一样。

"如果说野外的大规模爆破作品类似于革命或大规模的运动，那么火药画则更像是一种私人行为，类似于做爱。放置纸张就像整理床铺一样，在这里、那里温柔地放上火药，慢慢地在纸上梳理，就像恋人们互相对视，欲言又止时的情境那样。一开始有一点点的犹豫，然后是忍耐、不安和欲望，然后一点火，高潮就来了，心脏像是要蹦出来，地动山摇般的，砰！"（个展《我的绘画故事》）

按年代顺序来看，作品的主题也随着动荡的时代和蔡的人生而时刻发生着变化。

在日本的时候，作品的中心主题是与宇宙对话。他殷切期望越过人类制造的国境和壁垒，以漫步天空的巨人之眼来看世界。然后，他思念着居住在遥远宇宙中的人们，不断地从地球向那深邃的黑暗发出光芒。

但是，移居美国之后，蔡的作品主题一下子回到了人类社会。特别是九一一事件以后，其作品与社会的关系变得更加直接，单刀直入地以恐怖主义、战争、和平为主题的作品也明显增加了。在众多艺术家和作家回避与难以言状的大事件，以及政治、宗教的问题直接对峙的情况下，蔡却直白地面对，还不忘他独特的幽默和开朗。

观众在如巨型蚕茧的美术馆的环抱下，顺着螺旋状展示空间观展，最后进入最上层的展示室。

躺在那里的是一艘大船——《来自磐城的礼物》。

在展示室内最高的地方，漂着一艘船。这是一场充满戏剧性的演出，但是，不仅如此。

快要腐朽的船，和瓷塑像一起横卧着，就像漫长而动荡的人生即将迎来谢幕的最后一个瞬间。在这里，漫长流逝的时间，微微升腾而起的潮水气息，以及无数的伤痕，一切的一切都是作品。

船旁边的显示屏上播放着视频。观众看完视频后就会知道，这艘船是日本市民送来的"礼物"，磐城的人们参与了作品的制作。画面上显示的，是他们在寒冷的海滨，将这艘船打捞上岸的情形。

很多人在视频前驻足，显示屏前形成了一道巨大的人墙。

回顾展到此结束。

船的余韵还在心中盘旋着，观众回到了纽约的喧嚣中。

在作品《来自磐城的礼物》中，没有恐怖袭击，也没有看不见的墙壁等清晰的社会信息。但是，作品是在蔡的日本朋友们的协助下制作出来的——这一点是明确的。所以，在不同人的眼中，这艘伤痕累累的船可能才是这个充满暴力、歧视、割裂、纷争的世界所留下的希望。

记者玉重说，与这部作品的相遇是一件非常重大的事情。

"在此之前，我对现代美术界在美术史的潮流和美术界的语境中创作作品的这种特有状况感到厌烦。但是，看了'磐城之船'后，之前对现代美术感到烦乱的心情变得爽朗，让我觉得这才是自己在现代美术中所追求的东西。我的心一下子就被抓住了。'磐城之船'是蔡先生与磐城伙伴之间的友情所产生的作品。即使没有现代美术知识的人和孩子看了，也能产生朴素的感动之情。我认为，最初的艺术，能震撼灵魂的，就是这样的东西。这是一部超越了战略、艺术市场和其他事物，让人想起大家所拥有的灵魂之美的作品，是能让人思考人类共同的主题、对人类来说什么是幸福的作品。"

话虽如此，实际上《来自磐城的礼物》的寓意并不明确。但从"磐城之船"和"中国的白瓷器"这两个要素的组合来看，或许正如玉重所说，他们表现的是超越国境的"友情"。

或者，也可能完全不是这样。

蔡对自己的作品并没有说太多。因为作品的意义终究是观者自己去发现的——像玉重一样寻找友情和幸福也行；认为船太过于破旧，对其视而不见也行；也可以沉浸在与旧友的回忆中。没有对错。在那里感受到的一切都是正确的，对作品的解释由观者自由的感性决定。作品就像一面镜子，反映了观众的内心。

蔡创作出来的多种多样的作品，若要一下子按现有的范畴来概括，并不简单。但是，只要闭上眼睛，每个作品就会变成小小的水滴，啪嗒啪嗒地开始滴落。然后，由此形成的细流，不知不觉变成了洪流，开始传达坚定的哲学。其中蕴含着出人意料的简单信息，只要回想起展览会标题的那句话就可以了——

    I Want to Believe.
    我想要相信。

蔡一贯把超越人类智慧的、看不见的、科学无法阐明的、人力无法企及的、人类无法掌控的东西引入作品中。火药、宇宙、风、海、外星人、巨人、风水、龙、气、中医、和平，还有友情——

所有这一切，即为"我想要相信"。

既不是"我相信（I believe）"，也不是"信念（Belief）"。"I want to believe"，说到底是个人的，是自己内心的流露——就算别人不信，自己也相信的愿望，谁也不能否定。

通过被柔软的旋涡拥抱的大量作品，观众反复听到它们传递的信息。

我想要相信——

我想要相信——

我想要相信——

我想要相信——

我想要相信——

展览会的到场人数，远超当初的预想，超过了迄今为止视觉艺术展的最高纪录——毕加索展，并最终创下了三十五万的参观人数纪录。

巨人的脚印和黑色的烟花

《来自磐城的礼物》在这之后仍作为蔡的代表作继续周游世界。它和磐城的机组成员们一起，在二〇〇九年去了古根海姆博物馆毕尔巴鄂分馆（西班牙）、台北市立美术馆（中国台湾），在二〇一〇年去了尼斯当代美术馆（法国）旅行。

不知不觉间，志贺等人被称为"磐城团队"，在蔡的周围已非常有名。为了布置场地，一群"衣冠不整"的中年男子配套似的跟在一起，真是前所未闻，也令人愉快。他们表演的神秘舞蹈、刚沏好的抹茶自不必说，就连早上的工前操也大受欢迎。

不过，我有一个疑问。

那艘船真的只有磐城团队才能组装吗？他们住在遥远的地方，

也不是组装作品的专家。而且，团队中有三个人是记录员，所以不能说是效率很高的团队吧。

第一个提出疑问的是一位美术工作者。那人说："实际上，即使是美术馆的布展团队也能组装船吧。美术馆的布展团队的技术也非常厉害。即便如此，仍特意把磐城的人叫过来，是一种体贴或报恩吧。"

于是，我试着向队长志贺和木匠师傅武美提出疑问："那……真相如何，别人也能组装吗？"两人说："哎呀，组装可不是那么简单啊！"两人虽然很不服气地回答，但也没有百分之百地否定。

也许，由美术馆的团队组装（虽然伴随着很大的困难）并不是不可能。如果是这样的话，蔡特意叫来磐城团队的本意是什么呢？

问了很多相关人士后，我想，不知从何时起，磐城团队已经成为蔡作品创作的不可或缺的一块拼图，甚至可以说是"心脏"。这不是"参与型艺术"处理方式的问题，而是就蔡本人而言。不，虽然不知道是不是在当初蔡拜托"送船给我"的时候就已经如此，但我想，磐城团队在不知不觉间已经变成了那样的角色。

每次磐城团队来的时候，蔡都会和他们共进午餐、晚餐和下午茶，邀请他们参加派对或到自己家里做客，尽情享受与他们在一起的有限时间。我想，这并不是报恩，归根结底是蔡本身就想这么做。无论是被称为超级明星，还是作品以十亿日元成交，或者是乘坐喷气式飞机翱翔于空中，只要磐城的朋友们在身边，不论何时，总能回到那个"革命的据点"——在那个不被任何画廊理睬，却依然能一心一意创作作品的时期。

蔡和磐城的人们，一直作为单纯的朋友一起度过时光。蔡在日本之初，大家想相聚时，不需要花费很大的力气或找个由头。但是，现在相隔几千千米，大家想长时间地一起度过，则需要某种契机和缘由。所以，船不正好可以作为桥梁吗？不是因为造船才在一起，而是因为在一起才有船。这样一想，我一下子豁然开朗了。

在竞争激烈、企图和金钱大行其道、不三不四之人蠢蠢欲动的现代美术世界里，这也许是过于幼稚的想法，但我想相信这一点。回顾展因此得名。

随着对《来自磐城的礼物》的理解加深，还有一件事让我很在意。这是一个根本性的问题，即艺术作品是为何而存在的，艺术是否会改变社会。这是因为在古根海姆博物馆的展厅里，美术馆的说明是这样写的：这件作品是约瑟夫·博伊斯倡导的社会雕刻的实践。前文也写过，约瑟夫·博伊斯提倡所有人都是艺术家，提倡"社会雕刻"，即通过创造和实践构建未来社会。简单地说，他的目标是用艺术改变世界。

那么，磐城之船，改变了社会的什么呢？

这是个很棘手的问题。从狭义上来说，肯定改变了什么。这个世界一切的一切——不管它多么渺小——都是相互影响的。这次，因为旧船被挖了出来，志贺他们在美国和加拿大有了愉快的经历，展览很成功。但是，如果被问到是否影响了"世界"和"社会"这两大地平线——嗯，答案将会如何呢？当被问及即使是如此努力创造的地平线之光是否改变了磐城的社会时，我也无法给出明确的答案。

我一边亲身经历蔡和磐城的记忆，一边继续思考这个问题。对此依然无法马上得出答案。

回顾过去，在《我想要相信》问世的二〇〇八年，连续发生了一系列事件，可以说是蔡之前所有活动的集大成者。首先是承载了"中华民族百年梦想"的北京奥运会。蔡带领的团队在策划竞选中胜出，蔡由此成为开、闭幕式的视觉特效艺术总监。志贺和藤田也赶到北京。

蔡在开幕式上的想法非常宏大。他的构思：不仅是主场馆，整个北京街道都将燃放焰火，以供广大市民欣赏。

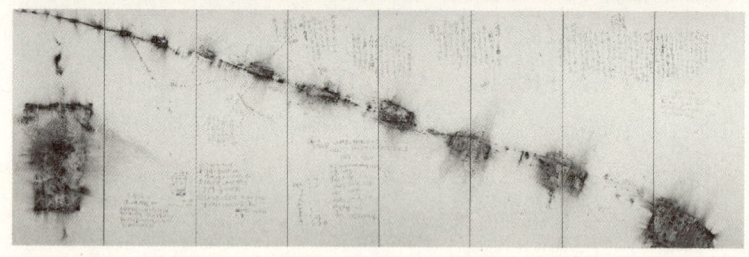

上图：在北京奥林匹克运动会开幕式上燃放的《历史足迹：为二〇〇八年北京奥运开幕式作的焰火》。从下方的设计图到最终实现，经历了十八年的时间（二〇〇八年八月八日）。
Hiro Ihara摄，蔡工作室提供

下图：《历史足迹：为二〇〇八年北京奥运开幕式作的焰火》的前身，在个展《原初火球——为计划作的计划》上展示的作品《大脚印：为外星人作的计划第六号》。材料为纸、墨和火药，宽二百厘米、长六百八十厘米。（一九九〇年）
André Morin摄，卡地亚当代艺术基金会提供最精彩的部分则是《历史足迹》。

对，在空中留下脚印……说起来，就是那个点子。蔡在北京奥运会这个举世瞩目的大舞台上，正面展示了从《原初火球》开始，酝酿了近二十年的"big foot（巨人的脚印）"构想。烟花就像在街上奔跑的巨人足迹一样，是在计算好时机和造型后才发射上去的。

砰！砰！

闪闪发光的巨人足迹，沿着城市中轴线自南向北前进。当在第二十九步到达主会场时，五颜六色的烟花齐齐升起，绽放的光芒笼罩了整个会场。

"大脚印"很难用直升机进行航拍，是通过CG修改过的图像传送到世界各地。因此，虽然引发"是否燃放了烟花"的争议，但北京市民亲眼看到了巨人在天空中奔跑的足迹。

"全球四十亿观众观看了这场设计宏伟、豪华、令人惊叹的庆典，可以说颠覆了庆典的一般概念。"（个展《第七届广岛艺术展》）。

对此，志贺的感想却极为简单。

"蔡先生连这样的国家活动都能参与设计了！我觉得很厉害！"

此外在这一年，日本也带来了好消息。蔡获得了由广岛市现代美术馆主办的第七届广岛奖。这是三年一度、授予美术家的奖项，蔡因通过创作作品来表现和平的方式受到了好评。而且，为了纪念获奖，从十月到次年一月，蔡将在广岛市当代美术馆举办个人展览。

这时候，那个最初的废船作品——《回光：龙骨》也会去广岛旅行。《回光：龙骨》在磐城的展览会之后被安放在小名浜的公园里，将时隔十四年再次在展览会上展出。

磐城团队此时也为了组装船只而前往广岛。

以前的《回光：龙骨》作为在海上行驶的船复活，但这次重生为完全不同的一部作品。船被埋在刚发新芽的泥土里，泥土上静静地开着可爱的白花。标题也变了，被命名为《无人花园》。

空无一人的船行将腐朽。只有鲜花开得正盛，变成花园。

这是一部静谧的作品。

船的后面装饰着高四米、宽四十五米，像舞台背景画一样的火药画《无人的自然：为广岛市当代美术馆作的计划》。该作品描绘的是一个只有黑白两色的水墨画般的世界。阳光灿烂，陡峭的群山耸立，湖畔平静无波，这是个让人感觉不到任何人类痕迹的世界。人站在画的面前，仿佛就会被那风景所吞没。它好像是某个遥远的行星，但又并非如此。其证据，会场的角落里不是漂着一艘船吗？

——没错，作品表现的是人类消失后的世界。

为了配合这个展览，蔡在原爆圆顶馆的上空发射了一千两百发烟花。那是使用黑色火药的纯黑烟花。

在晴朗的蓝天中绽放的黑色花朵。

黑烟在周围混乱地蔓延开去，结成一大块，覆盖了蓝天。一想到这个地方是"广岛"，这是多么强烈的信息啊。许多观众在烟花结束后，仍然默默地仰望着天空。

"明明是烟花，却一点都不兴奋。这就是所说的镇魂吧……只是感觉心变得平静了。"志贺回忆道。

淹没了晴天的黑色烟雾。

人类消失的世界。

无人的花园。

这是一九四五年夏天，人类首次使用核武器引发的另一个世界。永远不要再用核武器，这是包含了如此祈祷的作品。而且，更像是某种警钟长鸣……

上图：二〇〇八年十月二十五日下午一点燃放的，历时一分钟的黑色烟花。
下图：志贺在观赏广岛市当代美术馆所展示的《无人花园》和背面的火药画《无人的自然：为广岛市当代美术馆作的计划》。
Kazuo Ono摄

第十二章
愤怒的樱花　磐城·二〇一一年

和往常一样的日子

展览《我想要相信》之后三年——

志贺说，二〇一一年三月那天，是和往常一样的日子。

"要说奇怪的事情，大概就是手机出了问题，想去修理一下。"

志贺去了手机店，办理了手续。他向来喜欢新技术，苹果手机刚问世时，就入手了，能熟练使用短信、照片、视频拍摄等功能。来电铃声一直设定为霍斯特的《木星》。他骨子里就是个记录狂，非常喜欢拍照留念。

说到纪念照，最棒的一张是二〇一〇年夏天，《来自磐城的礼物》在尼斯当代美术馆展出的时候拍摄的。磐城团队在美术馆入口处悬挂的巨大海报上，发现了超大的磐城之船的照片。大家兴奋地说："在这张海报前拍照吧！"小野设置了自拍，大家一起喊"一、二"，一起跳跃，完成了一张像修学旅行学生一起拍照似的照片。

第十二章 愤怒的樱花

在二〇〇九年古根海姆博物馆毕尔巴鄂分馆（西班牙）的展览中，设计美术馆的世界级建筑师弗兰克·盖里也出现在磐城团队面前。

当时八十岁的巨匠投入地欣赏了展览，蔡说："弗兰克看到我使用展厅的方式后，非常兴奋，像狼一样匍匐着到处跑。"然后，他一看到展室里的《来自磐城的礼物》，就喊了起来：

"——太棒了。作品完美地融入了我设计的空间，就好像被空间拥抱一样！"（《来自磐城的礼物》）

磐城团队非常高兴，簇拥着盖里拍了一张纪念照。

"我感觉蔡先生大约一年和大家见面一次，集中精力做东西，然后举办派对，给大家创造一起相聚的机会。"（志贺）

志贺在手机店办完手续的时候，四周发出咯嗒咯嗒的细微声响，紧接着开始摇晃。志贺想着没什么大不了的，摆出一副安闲自在的姿势，但是摇晃越来越剧烈，怎么也停不下来。不久，他就站不住了。在店员"到外面避难"的催促下，他跟跟跄跄地走了出去。刚到停车场，摇晃达到了最剧烈的程度。他慌慌张张地扶着车，而那辆车也咚咚地猛烈跳动起来。

这可不寻常。而且他也是第一次遇到……

晃动一平息，志贺就急忙开着车走了，到自己公司的停车场时，看见女职员正无力地瘫坐在停车场中间。"没事吧？！"他跑过去一看，发现她整个人都已经瘫软了。

尽管如此，之后发生的事情更加难以想象。志贺回到家打开电视，看到让他目瞪口呆的一幕。画面中，许多房屋和汽车在海浪中漂浮。

第一个告诉蔡"3·11日本地震"消息的，是住在千叶县的蔡的妹妹。

　　蔡听说"日本发生了大地震",调查了一下,了解到受灾地是包括磐城在内的日本东北地区和关东以北一带。他马上给志贺打电话,但无法接通。其实那天蔡本应去日本见老朋友、美术评论家鹰见明彦。鹰见此时已身患癌症,而且是癌症末期,医生宣告他只剩下一个月的寿命。蔡向机场询问航班,却被告知近段时间的航班只用于救援。蔡感到了一丝绝望。

　　当天晚上,志贺看电视的时候,突然开始插播关于福岛第一核电站的新闻。内容是福岛第一核电站因受海啸影响,已经丧失所有电力。核反应堆容器内的水位下降,无法冷却核燃料。

　　"听到消息,我怀疑是不是堆芯熔毁了,然而电视上不断地重复着'请在房间里待命'。我觉得这也太乐观了吧。"

　　晚上七点,日本政府发布原子能紧急事态宣言,两个小时后向福岛第一核电站半径三千米范围内的居民发出避难指示,向十千米范围内的发出室内避难指示。但是,新闻中强调说:"放射性物质没有泄漏,这只是以防万一的措施。"志贺住的地方离福岛第一核电站有四十五千米,远远超出了避难指示的范围。在余震不断的情况下,志贺和妻子悠子在家里度过了不安的一夜。

　　第二天,即三月十二日,福岛第一核电站一号机的核反应堆厂房发生了氢气爆炸,避难指示扩大到了方圆二十千米范围。

　　只有一台福岛中央电视台的无人摄像机捕捉到了这次爆炸的情况。爆炸发生四分钟后,速报在福岛县内播出。

　　"刚才,一分钟前,福岛第一核电站的一号机组冒出巨大的浓烟。大家可以看到烟雾正朝北方飘去。"

　　戴着头盔的年轻女播音员,用紧张到变尖的声音报道着新闻。电视画面显示,箱型建筑被炸开,白色烟雾在空中蔓延。志贺看到这一幕，觉得这真是太糟糕了。他突然想起三十三年前在山居小屋生活时买的放射线测量仪。

应该在某个地方。

志贺冲出大门，向储藏室走去。

他拼命地找了好久，终于在储藏室的深处找到了。换了电池，打开开关，指针就大幅度地摆动起来了。

啊，核泄漏了……他确信。然后，他的脑海中开始回荡起当初促使他下决心购买这个放射线测量仪的朋友的话。

——核电站好像是很危险的东西，而且，即使发生了什么严重的事情，东电和政府也会隐瞒信息，所以如果没有放射线测量仪的话，想逃都来不及。

与此同时，电视上还在不断重复"不会立即产生影响，三十千米范围内的人请到室内避难"。

赶紧逃命！

于是，志贺带着悠子、长子忠广，还有志贺的哥哥武亲一家，一起逃往悠子的老家茨城县高萩市（避难）。虽然老家早已闲置，但房屋应该还可以住人。

而住在附近的居民中也有很多人说："国家都说没问题就不用担心吧。"却也有人陷入了恐慌，"医护人员好像都逃走了""含漱口药水就没事了"等谣言满天飞。

这一天，我身在东京，也带着一种令人厌恶的紧张感，目不转睛地盯着新闻。我母亲的故乡上远野位于核电站西南约五十千米处。地震时，母亲的三个姐姐都搬到了远离核电站的磐城市南部居住，或许"不会立即受到影响"，但有一户远房亲戚住在离核电站三千米的地方，其安危不明。

三月十二日究竟发生了什么事？截至本书撰稿的此时

（二〇一八年），我们所了解到的，是那天早上，"敢死队"尝试冲入福岛第一核电站的一号机核反应堆厂房，进行通风作业（排出核反应堆容器里的气体，降低压力的作业）。但是，由于黑暗和高辐射量的阻碍，没有成功突入。等到通风作业终于实施成功，已是下午三点多。但是，因在此期间未能进行冷却，核反应堆厂房处于失控状态，产生了大量的氢气。氢气充满核反应堆内，爆炸后掀翻了厂房的上层建筑。

志贺他们虽然平安到达了高萩，但家里断电了，也没有水。好像是水管坏了。没办法，那天他们只好使用野营工具，煮了些袋装鱼翅杂烩果腹。过了一夜，又回了一趟磐城。

正当他打算修理在高萩的房屋水管时，三号机也发生了氢气爆炸。与一号机时不同，这次有一股浓密的黑烟升腾至天空中，形成了一朵蘑菇云。

这样不行，逃得更远一点吧。

这次，他决定借助亲戚的关系前往千叶。

福岛第一核电站事故已经升级至原子能事故中最严重的"七级事故"。蔡称之为"很普通的地方"的磐城，以及福岛，已经不再普通了。全世界都在紧张地注视着福岛。这时，福岛变成了"辐岛"。

蔡多次给志贺打电话却一直不通。现在已经不仅仅是飞机的问题了，只能放弃去日本了。

因这次大地震带来的海啸和放射能污染的影响，我无论如何也无法成行了。几天后，鹰见先生去世了。在他最后恢复意识的弥留之际，本应直接交给他的画作和题词《宇宙的兄弟》，通过电子邮件让他看到了，这是唯一的安慰……

（个展《归去来》）

就在这时，志贺和悠子，还有儿子忠广，载着宠物犬出发去千叶了。车后备厢里，放着蔡画的几幅画。志贺担心他不在家时画会被偷，所以慌张地带了出来。

听说国道塞车很严重，志贺特意选择了山路。深夜到达千叶县，志贺和悠子都愣住了。那里，一切都还是平常的样子。加油站灯火通明，没有排队加油的汽车队伍，便利店里有很多食物。从酒馆和卡拉OK店里走出来的，是微醺的人们。

才开了几个小时，居然有如此区别……那为什么福岛什么都没有呢……

那时，愤怒在志贺心中蔓延。

"我听说（福岛）没有食物和汽油是因为司机不想去福岛。我很生气。为什么呢？（福岛）为东京生产电力，现在却沦落成大家都不想去的地方。"

在震灾的几天后，志贺和蔡终于通了电话。

"志贺，你有没有受伤，家人都没事吧？磐城团队的各位也都平安无事吗？"

面对蔡连珠炮般的提问，志贺回答说："部分成员家里的房屋之类的被破坏了，但全部人都平安无事。"然后，他一口气说了核电站事故、汽油和粮食不足等事情。因为担心核辐射的影响，蔡提议："到我泉州的老家避难怎么样？"

"太感谢了，不过太慌乱了，护照也没带。"

"对了，明年，《来自磐城的礼物》在丹麦哥本哈根的展出时间差不多定下来了。大家下次再来啊。"

蔡似乎极力想通过讲述开心的事来鼓励朋友。

想在山上种樱花

不久，志贺在千叶县找到了公寓。他说："我要回磐城。"然后去了超市，买了大量的食材和巨大的锅，装进车的后备厢。他想至少给现在处于痛苦的人们送去温暖的食物。

悠子竭力阻止丈夫回去磐城。

她回忆道："那个时候，几乎都要疯了。好不容易来到这里，家人能在一起，为什么又要走呢？"

这也并非没有道理。志贺等人到达千叶的第二天，也就是十五日早晨，四号机又发生了原因不明的爆炸。现在谁都清楚地知道，大范围内弥漫着高浓度的放射性物质。而且，屋内避难指示扩展到距离核电站三十千米，磐城市的北端也在该范围内。

但是，志贺反而对悠子说："如果我有什么事，就把蔡先生的画卖了度日吧。对了，你也来取回自己的车吧。"

"去水户①之后我就再没开过，害怕得不行。"

悠子叫苦不迭。

"那你为什么要考驾照！说这种莫名其妙的话，我把你驾照吊销了！"

志贺一顿呵斥。悠子哭着回答"知道了"，然后一起回到磐城，再一个人开车返回千叶。

之后，长女织惠带着一个四岁的和一个仍在襁褓中的孩子来千叶的公寓避难，开始了三代同堂的主动避难生活。悠子还听到了一些险恶的传闻，如"只要说是从福岛来的，连车都会被人踢""被人骂'滚回去'"等。福岛县县民并没有犯下什么罪行，却突然受

---

① 水户位于磐城和千叶之间，较靠近磐城。

到全日本媒体和市民的如芒刺般的关注，其迷茫和痛苦是不难想象的。悠子对未来感到不安，就连买条三百日元的儿童裤都开始犹豫起来。

"如果生活困难，我还可以卖掉蔡先生的画。这是我的心灵支柱。"

根据当时的记录，志贺的第一次煮饭赈灾是在震灾后两周，地点是磐城市立夏井小学避难所。有很多在海啸中失去家园的人在那里避难。除了从千叶买来的食材之外，茨城县寿司店的老板也送来了食材（这家店曾一度陷入经营困境，多亏志贺的大力帮助才得以起死回生）。志贺与前警察菅野、念佛舞的团队"樱花杜鹃会"的成员一起，在操场上做了大量的猪肉味噌汤。然而，志贺看到人们接过猪肉味噌汤时的样子，大受打击。

"本以为大家吃了热乎乎的东西会很高兴，但都在叹气。也没什么人说谢谢，大家都没怎么恢复精神，觉得当日活着就已经用尽全力了。我觉得，就算吃了热乎乎的东西也难以恢复力气，因为看不见未来的话，人不会有精神的。"

第二天，志贺前往磐城市立中央台南小学避难所。在这里避难的，是离核电站二十千米范围内的楢叶町的居民。他捏了四百六十个饭团，连同猪肉味噌汤一起送了过去。隔天，他去了磐城市立草野小学避难所。第一核电站所在地大熊町的人们正在那里避难。志贺听说他们也没有热食和蔬菜，于是除了送去猪肉味噌汤之外，还送去了烫菠菜。那天，有老人流着泪跟他说："谢谢。"志贺一方面感到能让大家高兴真是太好了，但另一方面，他的愤怒也越发积聚起来。

为什么要让老人遭遇这种不幸……

为了消除这种愤怒，志贺今天去这所小学，明天去那所中学，不断地驱车往返于各个避难所。他与当天能参加（志愿者活动）的伙伴一起，在操场上劈柴、生火、做饭。

公司的现金日益减少，但他说："我觉得这时候即使有钱也没什么用。"

但他心中的愤怒非但没有平息，反而更加猛烈地爆发了。他在新闻上看到，福岛以外的灾区似乎陆续收到了支援物资。但是，志贺所在的避难所，新鲜的食材等物资都不足，身体不适的人也很多，而精心培育的蔬菜和野菜已经不能吃了。志贺一边忍受着从身体深处腾起的愤怒和悔恨，一边每天坚持煮饭赈灾。其间只在四月九日和四月二十三日这两天中止，因为这两天下雨，他担心有辐射，才暂停了室外烹调。

四月二十一日，志贺等人到避难所，听到富冈町的人垂头丧气地说："明天开始被指定为警戒区域，再也回不了家了。"果然，第二天（二十二日），根据放射线量，之前的避难区域被重新划分为"警戒区域""计划性避难区域""紧急避难准备区域"。其中被指定为"警戒区域"的双叶町、大熊町、富冈町全境，楢叶町和浪江町的大半，川内村、田村市、葛尾村、南相马市的一部分，原则上都是在没有得到许可的情况下，连自己家都禁止出入。

避难到千叶的志贺一家，也在陌生的土地上过着不安的日子。幸运的是织惠的长女咲被千叶的保育园特别接收了。尽管如此，织惠还是说："最让我痛苦的，是与家人的想法发生分歧。"织惠担心放射能的影响，暂时不想回磐城。而另一方面，织惠的丈夫因为工作关系不得不回磐城。他主张说："没事的，回来吧，一家人住在一起比较好。"

"几乎每天都在（打电话）吵架。想要保护孩子的心情是一样的，但想法各不相同。"

咲鼓起勇气去了新的保育园，但她的状态也渐渐变得怪异起

第十二章 愤怒的樱花

来。一开始,她抱怨"肚子疼""头疼",过了不久便大哭着说"不想去"。最后,由于压力过大,她的身体出现了各种原因不明的咳嗽和湿疹。织惠看到这一幕,认为对这个孩子来说,离开父亲是最痛苦的事,终于决定回磐城,结束了大约两个月的主动避难生活。

地震过去两个月,从避难所回到自己家的人和搬到临时住宅的人也增加了,但也有无处可去,直到离世还留在避难所的人。虽说都是"受灾者",但所处的状况各不相同。有人失去了家园,有人失去了家人,有人虽房屋安然无恙,其生意却无法继续,也有人的家园和家人都安然无恙,却因辐射量的原因无法回家。总之,一百个人有一百个故事。

受灾地上到处都是"加油""团结"的标语。加油吧,日本;加油吧,东北;加油吧,福岛。但是,在这种情况下要怎样去努力呢?志贺的怒气越来越大。这时,他突然想起大场横跨北冰洋时的样子。

——没错,人类需要希望和梦想。希望使人振奋。人一旦失去希望,那就完了。

蔡最终放弃了前去日本的念头。于是,他将自己的作品委托北京的拍卖公司变卖,并向磐城团队汇去了共计一千万日元。

"我希望能帮助一直以来关照我的磐城人们修好家园,或者在他们无法工作的时候帮助他们。"

磐城团队的成员们说,在看不到未来的情况下收到现金支援,真的令人备受感动。他们各自修理了房屋和工作场所。

幸运的是,志贺自己的家和公司几乎没有遭受损失。但是,志贺有更想做的事,于是给蔡写了邮件。

他首先对支援表示感谢,然后写道:

"作为支援的用途之一，我想举办面向孩子的绘画比赛。我正在考虑举办一个有现金奖励的比赛，比如一等奖是十万日元等。我想请蔡先生做评委。"

接下来邮件这样写道：

"然后我想用剩下的钱在山上种樱花。"

看到这里，蔡完全迷惑了：啊，这么艰难的时候，为什么还要种樱花呢？日本明明有很多樱花……

将祈祷寄予樱花

志贺萌生在山上种樱花的念头，是在震后一个月。据说那天他也是开车去煮饭赈灾，望向山上时，那里的山樱已经开着淡粉色的花。

啊，春天已经来了。意识到这一点，他的愤怒和痛苦稍稍缓和了一些。

他突然想，要是有更多的樱花就好了。这时，他看到了因树木被砍伐而裸露的山体，一个想法如闪电般掠过全身。

他对一起坐在车里的侄子武美说："喂，武美，要是能在那里种上樱花就好了。那里好像是木村的山。下次去求他吧。"

几天后，两人去找木村，向他请求"让我们种樱花吧"。已经九十多岁的木村沮丧地说："因为今年发生了核电站事故，孙子没来玩。我苟活在令人讨厌的时代啊。"听到有人说想在山上种樱花，他说："可以，但是我不会打理。谁来打理？"

"我们自己做。"

听到这回答后，他点点头说："那好吧。"

五月八日。志贺买了二十多棵树苗，号召周围的人"一起

第十二章 愤怒的樱花

种"。于是，帮忙煮饭赈灾的十多个人聚集到山上。

那是一座普通的村边小山，后来被命名为"一之山"。山顶有像船头一样伸出来的悬崖，在这里，农田、房屋、小学乃至闪闪发光的海面都尽收眼底。乍一看是一片祥和的风景，但是仔细看，很多屋顶都被蓝色塑料布覆盖着。

十几个人拿起铲子，开始在地上挖洞，把显眼的石头挪开，方便树根能够牢牢扎下。也许是在阳光下尽情活动的缘故，大家不时地发出笑声。种完树苗后，大家用赈灾的炊具做了咖喱，一起吃了。

"明年会开花吗？"有人问。

志贺自己也说不清，但只要看到山上站立着新生命，他就觉得阳光一下子照进了心里。

听说志贺在山上种樱花，为此感到困惑的不只是蔡，悠子和织惠也感到不知所措。

"我当时想，他到底在想什么呢。我这边为了生存而拼命，他还去种什么樱花。"（织惠）

"那时完全想不通。他把家人留在千叶，去种什么樱花？"（悠子）

但是，志贺想种更多的樱花。看着故乡被污染而什么都不做，他实在难以忍受。随着时间的流逝，"想种樱花"的模糊心绪，逐渐在志贺的脑中变成一个构想，并开始形成图像。他给蔡发邮件说"想在山上种樱花"，就是在这个时候。

志贺策划了第二次植树会。这次，他来到了避难所。这里聚集着因核电站事故而被迫避难的居民，他让大家把愿望写在木牌上。当他向大家说明"种樱花时会把牌子挂在树枝上"之后，所有人都领取了木牌。

> 我想早点回家。
> 我想见朋友。
> 我希望家人不再分离。
> 不想再要核电站了！

志贺他们拿着木牌，再次上山。种好树苗后，他们把带来的木牌挂在了树枝上。

从那以后，志贺走遍附近山林所有者的家，向他们请求"请让我种樱花"。得到许可后，志贺他们处理杂树和灌木丛，割草开辟出新的植树场所。在坡面很陡的斜坡上割草，是一项残酷的作业。志贺虽然浑身都疼，但一到早上就像被什么驱使似的，又向山上走去；虽然体力上很辛苦，内心却成反比似的恢复了活力。

在第三次植树会上种植的树苗约有一百棵。第四次，约有两百棵。同时，还有四五个人在自己植树。

此刻，出现了一个强大的帮手：在北极冒险时认识的，侨居加拿大的莲见正广。志贺和莲见在北极之行后曾一起旅行，一直保持着好朋友的关系，志贺也曾帮助解决莲见公司卷入的商业纠纷。

在第二次植树会前夕，莲见从加拿大来到磐城。震灾当天，莲见碰巧在神奈川县，但看到核电站情况后，立即返回了加拿大。然而，他感觉似乎只有自己逃离地震，由此产生了罪恶感并焦虑，所以前来帮忙。

莲见住在志贺的家里，帮忙上山种树。他全身心投入此项工作，直到初夏才回到加拿大。

希望不要再发生地震。希望家人不要分离!

希望灾害不要发生。希望日本永远是和平的国度。

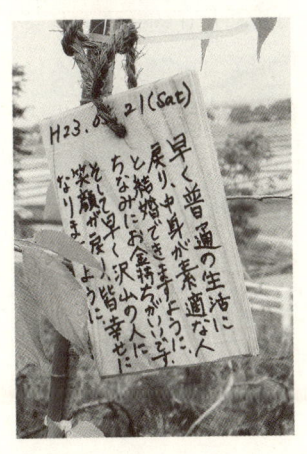

希望早日回归到普通的生活,和内在优秀的人结婚。当然,如果是有钱人就更好了。另外,希望笑容能够回到人们的脸上,希望大家都幸福。

希望能尽快有些积蓄。我想要3OS(学习终端)。希望家人能够永远在一起。希望能早日复职。

写下心愿,系在种下的樱花树上。
志贺忠重摄

病人般的朋友

到了七月,就像与莲见接力似的,志贺身边又出现了另一个帮手。

"咦,品川!怎么了,还好吗?"

志贺走在路上,成人学校时的朋友品川裕二从对面走了过来。地震之后,两人就没见过面。

"哎,棘手啊。"品川答道。

看着朋友很为难的样子,志贺感到奇怪。品川的脸颊消瘦,脸色也很差,简直像个病人。

品川这三十年来一直做潜水员,最初是在佐藤进的拿破仑企业担任废船打捞业务的作业指挥,之后成为自由潜水员,承包了核电站等的建设、检查、护岸工程等。他在公寓里过着独居生活,爱好是种植无农药蔬菜。

"地震后没有(海中作业)工作,蔬菜种出来也没人吃,所以就放弃了。做什么都提不起劲,整天无所事事的,就只看书。身体不动,就没有食欲,因为吃不下,现在瘦了七公斤。"

追问之下,志贺才知道,原来震灾当天,品川也在海上。他在距离福岛第一核电站以南二十千米处的广野火力发电厂进行相关海上作业。

"那天,我们乘一艘小船,两个人一组配合作业。我有船长执照,所以负责接送(潜水)作业人员。然后,船开始嘎吱嘎吱地猛烈摇晃起来……"

后来,品川也对我讲述了当时的情况。

"不只是摇晃啊!铁管什么的都吧嗒吧嗒地(从船上)掉落,码头上也有大片的瓦砾纷纷落下,我知道这绝对是海啸要来了。"

第十二章　愤怒的樱花

品川在想着必须立即逃跑的时候，巨大的波浪迎面袭来，导致他无法动弹。大型船只早已逃到了外海，但海里应该还有潜水员。

"我本来想着一定要救他们的，但回过神来，发现大家都紧急上岸了，胡乱扔掉装备就跑了。上岸时，岸上已经没有人了。我是最后一个。"

那个时候，他听到一个声音："快跑吧，要死了！"他偶然发现了插着钥匙的车，便跳上去，飞奔似的朝高处开。他拼命把车开到发电站内的隧道里，登上了高处。没一会儿，海啸真的从远处过来了。一开始，工作人员还从容地说"去看看吧"，但当看到海啸像巨人一样轻易地越过堤坝，瞬间吞噬了四百辆车和东京电力公司时，顿时吓得大惊失色。

"这、这个家伙一定也会把'大熊'（福岛第一核电站）干掉的。"品川和身边幸存的同伴议论道。

这是品川九死一生的经历，但之后等待他的是更痛苦的日子。在那之后的四个月里，品川像个病人一样闭门不出。

"又没有工作，该怎么办才好呢？我想着找志贺你商量商量。"

虽然没有多说，但志贺一看到品川的脸，就理解了他的心情。他在看不到前景的状况中失去了对未来的希望。

"既然无事可做，要不帮忙在山上割草？我现在正在种樱花。"

两人之间不需要详细的说明。

"哦，明白了。"品川回答。第二天，他就来到山上了。

可能是割了一整天的草的缘故，品川食欲大增，这天吃了很多。从那以后，他们几乎每天都一起割草。

为了向更多的土地所有者和志愿者说明，志贺认为有必要准备一些（纸质）资料，于是重新思考了自己为什么这么想种樱花。那时，他想起了故乡失去的很多东西：清澈的水和大地、美味的大米和蔬菜、新鲜的鱼，还有平静的时间、无数回忆中的地方，以及众多生命……

"在我家附近的灯塔下，能采到很多青海苔呢。以前一到夏天，我就经常带着织惠去采摘。但是，那个青海苔已经不能再吃了。虽然这件事很小，但是我曾经珍惜的每一件东西都被污染了，消失了。"

志贺很爱他的故乡。但是，污染了故乡的，也正是接受了核电站的他们啊。

——正因为现在失去了这么多，所以想在故乡重建一个对世界引以为荣的场所。

他把这份感情融入了策划书。

既然要做，就做世界第一。据调查，日本第一的樱花名胜在奈良的吉野山，其数量为三万棵。既然如此，他决定把目标定为九万九千棵。我的脑海里浮现出蔡说过的那句话：

九十九意味着无限。一百是完结，九十九是永续。

项目便命名为"磐城万樱"。

第十三章
如龙腾飞的回廊美术馆　磐城·二〇一二年

磐城精神永存

　　秋风渐起时，住在加拿大的莲见再次来到磐城，准备认真帮志贺。志贺知道他这次的逗留时间会很长，便问道："不介意的话，住'山屋'怎么样？"那栋房子是女儿织惠一家在地震前一年购买的，但由于四周被杂木林包围，地震后的辐射量很高，织惠他们便放弃在那里居住。现在志贺把它用作上山工作的休息处和材料存放处。志贺他们把这个青蛇栖居于天花板上的房子，称为"山间小屋"，或者简单地称为"山屋"。

　　原本，磐城的秋天是美丽、美味的季节。金黄色的稻穗垂下头，树上结满柿子，秋刀鱼、鱿鱼等海产品也被捕捞上来。但是，被核辐射问题和谣言所困扰的那年秋天，一切都不同了。农家放弃播种，沿岸渔业也持续自我约束（不去捕鱼）。木材贬值，山上和农田里杂草丛生。

　　另外，磐城市内建设了大量临时住宅，约有两千名重建人员停留在此。通往福岛第一核电站的国道六号线，因前往清除放射污染和核电站相关作业的车辆而出现了长时间的堵塞。商务酒店经常客满,闹市区的小酒馆和娱乐设施也很拥挤。这就是所谓的复兴泡沫。但是,新居民的涌入、交通堵塞、繁华街区的拥挤,导致了新老居民的矛盾,让原本的居民焦躁不安。

于是志贺他们躲进山里,与周围的喧嚣保持距离。

年过花甲的志贺、莲见、品川三人齐心协力进行山上作业。在很长一段时间里,罕有人迹的群山上,灌木丛和杂草丛生长得与人一样高,根本不适合人行走。但是,对原本就喜欢活动身体的志贺他们来说,山上作业也是一段无比幸福的时光。他们到了中午就吃便当,喝刚泡好的咖啡。

二〇一二年五月三日,蔡在地震后第一次来到磐城。这时,去年种的树苗正好开出了可爱的花,刚刚散落花瓣。

志贺穿着蓝色工作服迎接蔡。

听说蔡要来,武美、藤田、名和、小野、菅野等熟悉的成员聚集到山上。

"地震之后,我一直想来磐城。"

蔡一见到朋友就这么说道。只是,很遗憾那天下大雨。志贺他们很失望:啊,天气好的话,就能欣赏到山上的风景。但是蔡说:"这是最棒的一天啊,没有比这更令人印象深刻的日子了。"他们穿着雨鞋和雨衣,精神地在山上行走。由于志贺等人的努力,山上建起了步道,还立起了路线指示牌。雨一直下个不停,蔡没有打伞,还在雨中画了好几张素描。

志贺属于冒进型的人。他在这一年全力推进"磐城万樱计划",定期召开樱花种植会。他脑海里回荡着大场告诉过他的驯鹰人的话:

第十三章　如龙腾飞的回廊美术馆

不做自己喜欢的事，最后就不能笑着死去。

希望植树的人一次比一次多。失去家人的人，失去家园的人，与家人离散的人，想为灾区加油的人，附近的小学生……还有从遥远的关西和北海道赶来的人，也有把从东电拿到的补偿金全部捐出来的当地人。

随着植树数量的增加，志愿者的数量也相应地增加。他们的背景各不相同，有公司职员、农民、护士，也有东京大企业的高管，还有在福岛第二核电站担任主任技术人员的人。他们唯一的共同点，就是有想种樱花的念头。

志贺的基本立场是"来者不拒，去者不追"，但也与无条件接受所有人的博爱主义者完全不同：

"敷衍者不要，只要诚实的人。"

志贺对个人背景不太感兴趣，只是喜欢有礼貌、有意志和行动力的人。有些人怀有私心，觉得"我在帮你们当志愿者""我在为你们植树""我在为你们拍摄"。当看透人家的私心时，他也会大喝一声："不要再来了！"另一方面，他也不把这当成"应该做的工作"而强加于人。对不知道该做什么的人，只是轻声跟他们打招呼："做这个试试？"

在雨中行走的蔡和志贺等人，回到山间小屋休息，点燃柴火炉子，烧水，泡茶。地震发生后，志贺尽量用柴火。

身体一暖和，蔡就开始谈论新作品的创意。

"我想把旧椅子放在火箭上，飞向太空。很久以前，中国有人试图在椅子下绑火箭炮飞向太空，结果失败死了。但是我想实现这个梦想……"

说完这个话题后，蔡提起："对了，那个樱花项目……志贺，樱花过于浪漫了哟。日本不是有很多樱花吗？"

志贺想，原来如此，蔡先生尚未认可种樱花的事啊。

这毫不奇怪，正如悠子和织惠所说，樱花并不能马上帮助灾区重建生活。这次我采访附近居民的时候，确实也存在着各种批评的声音："光种樱花能行吗？""复兴还有很多其他事要做""山里的生态系统会崩溃"等。确实，核电站泄漏事故离收尾还很远，想到还有很多人都回不了家，种樱花真是一件悠闲的事。然而，志贺的视野完全不同。对志贺来说，樱花就是对未来的希望。

——如果失去希望和梦想，人就完蛋了。自己这一代给后世留下了放射性污染的负遗产，而只有樱花，能给未来留下希望和梦想。这该怎么表达才好呢……

志贺说了声"等一下"，就抱着一大堆资料回来了："磐城万樱"项目策划书、植树地点地图，以及刊载着植树人的愿望和土地所有者寄语的《磐城万樱通讯》……

蔡什么也没说，花了三十分钟仔细看资料。在此期间，蔡在想什么不得而知。只是，读完的时候，他一脸轻松。

"明白了，我也想植树。"

蔡说着，亲自拿起铲子，种下一棵树苗。

最后，他在木牌上写下"磐城精神永存"。

志贺问："磐城精神是什么？"他笑着说："这样写的话，怎么解说都行。"一句话逗得大家哈哈大笑。

丹麦的森林

八月，为了实现在震后不久就有所耳闻的蔡国强的丹麦展，磐城团队再次出动。策展方林冠艺术基金会刚刚购买了《来自磐城的礼物》（瑞士收藏家似乎很快就转手了）。因此，磐城之船是展览

上图：为丹麦个展制作火药画的蔡。对面站立的是红虹。（二〇一二年）
下图：点燃火药的瞬间。
Kazuo Ono摄

的主角。

磐城团队到达哥本哈根美术馆时,蔡正好要为画火药画而点燃导火线。蔡注意到磐城团队的到来,便暂停点火,一阵寒暄之后再把火点燃。"呲"的一声响起,蔡一溜烟地跑离画作。

随着"砰"的一声爆炸声,火焰如闪电般在纸上奔走。

蔡微笑着说:"火药量有点多了,因为(自己)还年轻。"

这次计划进行四天的组装工作。工作第一天,磐城团队做放松身体的工前操。这是从什么时候开始的呢——我记得这是在西班牙的古根海姆美术馆毕尔巴鄂分馆展出时开始的团队习惯。体操的领头人是菅野。志贺说,这大概是他当警察时学的体操。

"一、二、三、四。"

菅野喊口号,团队的每个人开始活动身体。美术馆的工作人员也询问着"可以一起吗",随后加入了体操。

丹麦和日本的混合团队配合默契,组装进行得很顺利。和每次一样,最辛苦的船头部分也在第三天完成了。红虹对团队表示感谢,说:"好快啊,进行得很顺利啊。"

武美在哥本哈根迎来了四十七岁的生日。

蔡悄悄告诉志贺:"我正在准备蛋糕。"

趁美术馆工作人员和磐城团队聚集在咖啡角时,蔡说"武美,祝你生日快乐",给了他一个惊喜。武美十分感激:"这是我从未经历过的生日。"大家一起吃水果蛋糕的时候,蔡不经意地问:

"志贺先生,磐城'美术馆'准备得怎么样了?"

"啊……"

其实,早些时候,蔡和志贺就酝酿着在磐城某处建一座美术馆。契机是第一届"儿童绘画比赛"。这是震后志贺委托蔡担任评委而举办的。优秀作品可获奖金,并在藤田运营的"磐城画廊"

展出。

"我想要一个能长时间好好展示孩子们绘画作品的地方。志贺先生,有没有老房子?改造成美术馆吧。"

上次蔡到磐城时提了这个建议,志贺随即参观了几处空房子,但没有找到理想的。蔡想知道进展,但志贺还没找到合适的地方。他如此作答,蔡应道:"明白了。"

就这样,蔡在丹麦的个展顺利拉开了帷幕。在美术馆的协助下,会场一角设置了植树报名区。开场时,志贺一边播放视频,一边讲述受灾地的现状,并呼吁听众植树,说"我想在磐城的山上培育出丹麦的森林"。有人一边擦着眼泪,一边认真地听着,最终共有三十人参加了代理植树。

此时,时隔两年重新组装的船只,被摄人心弦的、描绘荒凉的北欧海洋和港口风景的火药画所包围。这已经是第八次展览了,但以蔡先生的画作为背景来展示,《来自磐城的礼物》还是第一次。

距离最早在华盛顿哥伦比亚特区的展览,已经过去八年了。这艘船在这个世界已经游历了七个国家,吸引超过一百三十万人前来欣赏。志贺他们隐约明白,反复解体和接合的这艘旧船,已经接近极限了。也许,这北欧的海域将成为它最终的停靠地,这次也可能是磐城团队最后一次出动了。

龙腾之山

秋天,一个特大新闻传到磐城:蔡荣获第二十四届高松宫殿下纪念世界文化奖。这是由日本美术协会创立的荣誉奖项,授予在绘画、雕刻、建筑等领域取得世界级成就的艺术家,奖金为一千五百万日元。电影导演黑泽明和指挥家小泽征尔也曾获此殊荣。而蔡获得的是绘画类奖项，是首位获得该奖项的中国籍艺术家，同时也是在中日关系因钓鱼岛问题恶化的情况下获奖的。

为了出席颁奖典礼，蔡来到日本。磐城团队也受到了颁奖典礼的邀请，一同到东京。颁奖典礼上，过去曾经拍过关于蔡的电视节目、意气相投的电影导演北野武也到场祝福。

颁奖典礼两天后，在忙于接受采访和致辞的情况下，蔡带着大女儿文悠来到了磐城。"地平线项目"时才四岁的文悠，现在已经二十三岁了。此时，蔡和文悠在山中享受吊床的乐趣。中国电视台的摄像机，则在不停地捕捉他们的身影。

当晚，大家为蔡举办聚会。老朋友们聚集一堂，庆祝他获奖。二十四年前策划过蔡个展的磐城市立美术馆馆员平野也现身了。聚会地点设在俗称"山屋"的院子里。朴素的立餐式聚会，摆满了手工制作的料理。

"美术馆进行得怎么样了？"宴会正酣时，蔡问道。

"这个嘛……"志贺含糊回答。

第二天，磐城团队、志愿者们，以及蔡在"山屋"召开会议。话题一开始，蔡再次开门见山："志贺，种樱花的事……

"目标不要九万九千棵，九千九百棵怎么样？今后要一直坚持下去会很不容易吧。我看，不如把辛苦却有可能实现的数量作为目标比较好。"

志贺觉得很意外，做什么事情都大规模的蔡居然这样说。蔡在全世界做过各类大型项目，很清楚栽种九万九千棵树这样一个惊人之举有多鲁莽。但是，即使有这样的建议，志贺的意志也没有动摇。

"不，我想以世界第一为目标，种九万九千棵。虽然可能活着时无法看到，但我还是想坚持。"

志贺想，就算自己离世后项目会结束也没关系。总之，只要踏踏实实地坚持下去，一定会有人来继承的。而且，他想把现在被说成"不想去"的福岛，变成未来人人想要前往的樱花之乡。

从中看到的是一个男人的决心。

蔡明白了，志贺想把余生都押在樱花上。

接着，在电视摄像机下，话题转到了美术馆的构想。

蔡问志贺："找到可能成为美术馆的房子了吗？"志贺回答："其实，美术馆的事，我还在犹豫。"

管理"美术馆"需要专属的职员，也会产生工资。而且，要打造出让来者心甘情愿付钱的场所，还需要付出很大努力。再者，美术品很难处理。志贺觉得这种精细的管理和运营并不适合自己。

志贺坦白说出这个想法后，蔡恍然大悟。

"仔细想想，最辛苦的是当地的各位。我现在想的，是如果给大家增加负担，会很对不起大家。"

但是，这也是志贺一度觉得不错的美术馆构想。就这样让它自然消失，志贺内心也觉得非常失落。虽然大家都提出了方案，但只是徒劳地讨论。最后，正在拍摄的电视台女导演把镜头对准了品川。

"你有什么建议吗？"

突如其来的提问让品川不好意思："我希望志贺和蔡不要吵架，好好相处！"这回答让大家爆笑，会议就此结束。

同伴踏上归途，蔡前往机场的时间也快到了。蔡提议"最后去爬山吧"，于是和志贺两个人开始爬斜坡。

地震前还是农田的地方，已经不再耕种了。在短短一年半的时间里，芒草和灌木丛生，田地荒芜了许多。

"虽然现在为了种樱花而砍伐了一些木头,但受核电站事故的影响,原木的价格变得很便宜,导致砍伐费用超过木材的价格,真无奈。"

就在志贺这么说的时候,蔡一下子跑到更高的地方,然后停下脚步,迅速转过身来:

"志贺,回廊怎么样?"

"回廊?"

"是的。从那里('山间小屋'附近)建一个像龙腾飞而起的回廊怎么样?在中国,画廊原本是指回廊上陈列画的地方。我们用砍伐的树木作为回廊的材料。"

志贺想象着村边小山斜坡上蜿蜒的回廊。

一条龙飞腾上山——向着天空——

志贺觉得那真是太好了。

"好啊!那么在回廊的地板上铺杉木板怎么样?屋顶用杉树皮,如何?"

之前模糊的印象一下子对上了焦点,两个人都像孩子似的一边欢闹着,一边继续话题。打造一个不是用门封闭的盒子,而是建在自由的村边小山里的野外美术馆吧。志贺想,若是这般,自己也能管理。

"啊,但是,这里不是自己的土地,问问土地所有者吧。"

蔡说:"那么,拜托了。我会在樱花盛开的季节再来的。"说完就离开了磐城。就这样,美术馆构想一股劲儿地开始实现了。

给磐城的礼物

很快,纽约的蔡工作室寄来了素描和照片。第一张是在地图上用线条表示回廊的位置,第二张是回廊的草图,还有几张中国回廊的实物照片。其中有一张只有一侧墙壁贴着图画的长廊照片。

"这是最好的参考啊。"（志贺）

此外，蔡还提出"建设费用请使用当时支持我去美国的高松宫殿下纪念世界文化奖一半的奖金（七百五十万日元），另一半送给日本亚洲文化协会，支持年轻日本艺术家访美学习"。

这一次，轮到蔡给磐城送礼物了。

材料和费用到位了，接下来是土地问题。通常美术馆用地有既成步骤，但志贺希望可以免费使用土地。

蔡说要建回廊的地方，是植树的据点，"山屋"前广阔的农田和由此延伸的山坡。包括山的部分在内，土地所有者共有五人，三名农户和两名山林所有者。

志贺有些紧张地去拜访他们。震灾以来，两户农家的田地不再耕种，但说不定哪天会重新开始。如果他们拒绝，美术馆的构想就会立马受挫。

土地所有者们听了志贺的话后，说："明白了。那么，那个回廊什么的，要建多久？"

"嗯，只是在地上打个木桩，用木头做个回廊，两三年吧。"

"两三年啊……那可以吧。"

土地所有者们在不太能想象出回廊样子的情况下，答应无偿出借。

唯一的条件，是"担心山体滑坡，所以不要改变地形"。

最后需要的，是协助建设的人。

"这回我们要建造回廊！在山上建一座美术馆。"

志贺对割草的志愿者们说道。

"突然听到这样的话，我愣了一下。啊，美术馆，我们也能帮忙吗？起初不知是真的，还是开玩笑。"说这话的是一位三十多岁的男性志愿者。

一想到当时的情景,我就"嗯"地赞叹了一声。虽说是为了展示孩子们的画,但也是相当庞大的计划,而且是靠自己的力量建造。我被他的执行力,不,更被他乐观地把握未来的能力折服。如果是我自己的话,会担心建好之后到底由谁来维护管理、资金怎么办、会不会给附近邻居带来麻烦等,最后还会罗列出不能做的理由而畏缩吧。但是,志贺从不为这些将来的事情而担心。总之,只要开始实行,总会有办法,这是他所持的立场。

住在茨城县的志愿者佐佐木恭子也说:"我对在这样的地方建回廊半信半疑。"她皮肤白皙,五官分明,当时三十多岁。

佐佐木平时在一家小公司做事务工作。震灾后,受朋友之邀来割草。去了几次之后,她发现了山上工作的乐趣,现在每个周末都会来这里。她对志贺和蔡都不太了解,但以曾经从事住宅建筑相关工作的经验来看,对于在这个地点建造建筑物的难度也是有所了解的。特别是山坡上覆盖着茂密的灌木丛,很难搭建脚手架。佐佐木怀疑"真能做到吗",是很正常的。

负责思考这前所未有的"回廊建造"工程的是武美。虽然他对设计一窍不通,但还是利用工作间隙思考和研究。

他先根据蔡所画的简单素描进行简易测量,在柱子的位置立上竹子,在中间拉上绳子,确定回廊的外形。志贺反复敲打着竹子,调整形状。他在蔡不在的情况下,认真地想要将这种想象具体化。这样确定回廊的外形后,再把作为柱子的圆木立在地面上。

"把杉树的皮剥下来,挖个坑,然后一棵一棵地立起来,仅仅立一棵就很辛苦。那时我就想,这个要做九十九米吗?没有尽头啊……"(佐佐木)

立起二十米左右的圆木后,用方木把柱子连接固定。然后,将砍伐的杉木加工成扁平的木板,最后铺作地板。

没有设计图的工作只能靠感觉。佐佐木感叹道："这种建造方法和我所知道的住宅建造方法完全不同。"不知道该怎么进展时，志贺他们就看草图。

铺好地板后，开始盖屋顶。盖屋顶是高空作业，必须小心，志贺应该也明白这一点，但还是从高高的脚手架上摔下来过。当时他重重地摔在地面上，几乎无法喘气。他还深有感触地想：啊，幸亏不是志愿者，可不能让志愿者们受伤啊。

当回廊接近斜坡时，搬运材料也很辛苦。品川把手推车从仓库里拉出来，装满了木材。志贺拉着手推车，品川和莲见在后面推。

志贺紧握着手推车的把手，想起小时候的事。父亲拉着的手推车里装着做饭用的圆木，母亲则在后面推。而少年志贺总是坐在圆木上。

> 走上坡路时，父亲和母亲在铁路道口的斜坡前保持步调一致，依靠惯性用尽全力爬上斜坡。……父亲用锯子把带回来的圆木锯短，每天用斧头一点一点地劈开；之后，将木柴堆积起来晾干，在地炉里烧，用来制作味噌汤和取暖。烧柴火的地炉很有意思，我玩累了，经常吃完晚饭就躺下，让炉膛里的火烤着后背，打盹儿。
>
> （志贺的手记）

对年轻一代来说，这就是《漫画日本传说》里的生活吧。但是，对志贺来说，这是一段在今时今日仍能触及一丝从前生活的记忆。六十年前，很多日本人都过着这样的生活——砍伐必需的树木，围坐地炉，吃自己种的蔬菜，家人一起进被窝的简朴生活。在那之后已经过了多久啊，志贺一边这样想着，一边用力推着手推车。

　　一开始，志贺他们看上去不过是穿着工作服的"普通大叔"，但他们富有创意，随机应变地建造回廊，这让佐佐木十分佩服。看着每周都在改变的风景，她开始想："这也许真的能造出来。"
　　蔡寄来草图后，便不再来磐城。大概是觉得交给磐城人就没问题吧。
　　开馆日定在二〇一三年四月二十八日，但在那一周前，施工还在继续。佐佐木焦急地问："真的来得及吗？"
　　开馆日前夕，入口的大门盖好了，九十九米长的回廊也完成了。建造所花费的时间约三个月，最终立起了一百多根柱子，参与的志愿者总计四百人次。

　　开馆日的前两天，也就是四月二十六日，蔡终于来了。隔了半年再看山，感觉焕然一新。灌木丛被铲平，回廊在杉树丛中穿行，广场上神木般的巨大榉树枝繁叶茂。坐在手工制作的长椅上，连绵的稻田尽收眼底。
　　在稍远处的山脚下，放置着第一个废船作品《回光：龙骨》。这幅作品历经小名浜的三崎公园和广岛市当代美术馆的《无人花园》，最终流浪到了这里，十分坎坷。很早以前，小名浜的公园绿地部门就以"变旧了危险"为由，商量要拆除，于是就由这樱花山接手了。
　　回廊上，除了展示了摄影家小野拍摄的蔡和磐城人们长达二十年的记录照片外，还装饰了许多孩子的画。蔡漫步回廊，两眼放光。
　　"太棒了！就像草图一样，不，比我想象的要好。磐城的人果然好厉害啊！"

第十三章 如龙腾飞的回廊美术馆

对包括佐佐木在内的植树志愿者来说,这是第一次见到蔡。因为听说是"世界级艺术家",所以一开始大家都很紧张,但蔡说了很多笑话,还在回廊的横梁上做了引体向上,缓和了周围的气氛。

在志贺的脑海里,二十五年间的回忆一一复苏:

下次在磐城干点什么吧!磐城是海,我们在海上干点什么吧!

给您添麻烦了,拜托了。

能再挖一艘船送给我吗?

我认为给帮忙的人买保险不是义务,而是"爱"。

我觉得记录员和负责伙食的都一样重要。

人生中有这样的瞬间,真是太棒了。有一种完成夙愿的感觉、惺惺相惜的感觉,真是幸福啊。

回廊的一角,挂着那句话的海报。

在这片土地上创作艺术作品

从这里与宇宙对话

与这里的人们一起创造时代的故事

经过二十五年的时间,这些话越发熠熠生辉。当时,蔡在志贺的要求下说出的话,并不是为了说服眼前人的单纯口号。随着不断变化的时代,他们不断培育出真正的作品。语言已经超越了单纯的"语言"本身,一切都将变成漫长的故事。

213

美术馆开馆

开馆日那天,天气晴朗。

赶来的人络绎不绝,参加者达到一千多人。在人群中,也有冒险家大场的身影。

蔡为了这一天,准备了特别的火药表演。将九十九块来自中国福建省泉州家乡的素陶瓦排列在回廊的屋顶上,铺设导火线,然后点燃火药,在瓦上烙出"作品"。

房顶上的导火线被点燃后,响起了爆竹般的剧烈爆炸声,火焰像被雷击中的蛇一样四处乱窜。第一次看到爆破作品的观众被它的震撼力引得一片沸腾。

"火花就像一条真正的龙,回廊仿佛被赋予了生命。"一位参加者这样形容。

掌声响起,"哇,速度真快!""恭喜!""恭喜!"的声音此起彼伏。

蔡微笑着宣布:"磐城回廊美术馆开馆!"

然后,音乐家进行演唱,现场非常轰动。

但真正的高潮还在后头。

火药烧制过的瓦片以每块三十万日元的价格出售。得知价格后,我感到"相当昂贵",但与蔡作品的市场价格相比,似乎又便宜许多。不知大家是否知道(行情),瓦片很快销售一空。据说其中也有人瞒着家人购买,为家里的藏匿地而发愁。第二天,东京的一家画廊闻讯而来,要求"分五块",但已经一块都没有了。从销售额中除去必要的经费,剩下的两千六百万日元全额被捐赠给了"磐城万樱"和美术馆的运营。也就是说,蔡本人及九十九名市民都成了磐城这个地方的支持者。

当时志贺说:"蔡先生的作品真的很畅销啊,很厉害啊。没想到他已经变成这么厉害的人了！不管怎么说，对我来讲，他是'没能卖掉的人'啊，哈哈哈！"

志贺在这一天发表了什么样的演讲？非常可惜，它并没有留在志贺本人的记忆里。但是，在当天分发的磐城回廊美术馆的小册子上，写着这样的话：

因为我们全体日本人共同意志所建的核电站造成事故，给未来的孩子们留下了负遗产。这便是放射性对身体的长年影响、永远无法使用的土地、不想涉足的近邻区域。而且在经济上，还必须背负天文数字般的债务。时至今日，我仍然为留下这样的负遗产而感到无比悲伤和懊悔。难道我们就不能做些什么吗？

春天，看到樱花盛开，我就起了一个念头：让未来二十年、三十年后的孩子们也能看到满山的樱花。我想种很多的樱花树，即使以后磐城无法居住，也能传达出磐城人热爱这片土地的深情。我想种下很多寄予情感的树，从飞机上俯瞰便可感受到希望和期待。

［《负遗产》，志贺忠重，摘自《磐城万樱》，二〇一一年秋季号（一）］

"从飞机上俯瞰便可感受到希望和期待"，我很喜欢这句。
总有一天，从遥远的天空上能看到樱花吧。
哎，那里也能看到樱花吗……每当我站在回廊尽头的最高点时，我总会向如今再也见不到的人们这么问道。

215

第十四章
夜樱　磐城·二〇一五年

两个故乡

打那以后，磐城回廊美术馆就像一个不断成长的生命体。

二〇一五年我第一次拜访美术馆时，回廊延长至一百六十米，一直延伸到山顶，还有树屋、秋千、亭台、自制的桑拿屋等。志贺和他的伙伴们不断地在用地内各自建造喜好的东西，不用顾虑"蔡先生的作品"或"美术馆"。

其中最让大人、孩子眼前一亮的，是悬挂在从悬崖向外伸出的树枝上的秋千。大家一边说"哇，好可怕"，一边高兴地投身其中。秋千腾空，向悬崖外飞跃起来。

那里有志贺的寄语：

　　　　鼓起勇气踏出一步，便是冒险。

而且，还应季培育原木朴蕈，养蜜蜂，种油菜花。如此这般，谁也不知道美术馆完成时会是个什么样子。

然而，对于蔡来说，这或许是一种理想状态。他希望将无法控

第十四章 夜樱

制的自然能量引入作品。蔡每次来这里都激励磐城人说："再'乱搞'一点吧！这是一场'人民战争'。"第一次听到这个词的时候，我大吃一惊："啊，战争？"这是成长于"文革"时期的蔡特有的对自由的渴望吧。正如前面所说，蔡从毛泽东思想学到重要的一点，即反抗精神。如果有必要，就要进行反抗，从束缚自己的东西中解放出来。蔡反复对我说：

"艺术必须自由。不要试图做'正确的事'。如果只想做'正确的事'，艺术就会消亡。我们必须从权力、规则、权威、常识等东西中解放出来。"

也许因为如此，磐城回廊美术馆的运营并没有政府资金的投入。志贺说，接受行政机关的财政支援"会被说三道四的"。也就是说，他不想放弃现有的自由，不想被强加"正确的复兴形式"。如果真如蔡所言，建美术馆的活动是"战争"的话，那他们终究是在打"游击战"。

恰因是"美术馆"，这里有三幅蔡的作品。

一个是《回光：龙骨》。现在，它被放置在美术馆内视野最好的高台上。

剩下的是用许多树根组合而成，表现熊熊火焰的《墨之塔》，以及用圆木组合而成的《再生塔》。这两幅作品都是磐城人依据蔡画的素描，用这座山的素材创作出来的。

《再生塔》是美术馆刚开馆时，依据蔡"在这里建一座塔"的倡议下建设的。此塔本是代替原来的《三丈塔》的，但它高出一倍，有十八米。

建塔很不容易。因为其高度相当于五层公寓，所以高空作业车被运到山上进行施工。参观完作业后，我大为赞叹："哇，竟然做到这种程度。"然而，尽管已经做到如此程度，蔡一看到塔就说："六十分！有种未完成的感觉！对了，让我们为巨人打开窗户和门吧。"说着又开始画新的草图。

我惊异于蔡的不妥协。毕竟做这个作品，对谁来说都不是本职工作。即使诚心诚意地努力，也别指望能得到名誉、金钱和升迁。但是，没有人提出放弃，大家都盯着蔡的素描，想：哎呀，那就继续努力吧。

半年后，蔡来看安装好巨人窗户和门的塔，说："变得非常好，但还是只有九十分！"其理由是"屋顶太直"。在场的红虹说："我觉得笔直的屋顶是前所未有的形状，很漂亮！我觉得是一百分。"于是蔡说："是吗，那就是一百分了！"他爽快地收回前言。《再生塔》终于完成了。在我看来，即使是超级明星，好像也敌不过自己的妻子。

围着美术馆转一圈，你会感觉这里浓墨重彩地投影出蔡的故乡泉州的风貌：中式长廊、木船、高塔……就像蔡的父亲在小小火柴盒上面描绘了昔日的故乡一样，蔡也在这里再现了故乡。

同时，这对于我们日本人来说，也是令人怀念的风景。一到午餐或下午茶时间，当天的志愿者们就围坐在野外的地炉旁，用炭火烤鱼和肉，煮关东煮，烹茶，吃自家做的烤红薯和柿饼。这谈不上什么清贫的思想或怀古的趣味，只不过是充分利用大自然馈赠的结果。

如今，"万樱项目"和"磐城回廊美术馆"就像飞机的两翼，相互扶持，持续缓缓飞行。最初，对所谓的"美术馆"不感兴趣的志贺，现在却对它心存感激。

"艺术果然很厉害。如果每天割草，大家都腻了，但是蔡先生说'下次做这个吧'，大家一起做点什么，就非常开心。而且，一想到这里是美术馆，就想要将它的魅力展示出来。艺术弥补了万樱

上　图：展示在回廊楼梯尽头的《回光：龙骨》。
左下图：磐城回廊美术馆前，广场上高六米的《墨之塔》。（二〇一六年）
右下图：十八米高的《再生塔》柱子和磐城团队。（二〇一六年）
Kazuo Ono摄

计划的不足之处。"

除夏天外，其余八个月，每月都会举行植树会。参加费用是树苗费八千日元（当时二〇一八年）。基本是自己拿着铲子挖洞，种植。如果有实在无法前往的情况，也可以委托"代理植树"。植树会的最后，大家一起吃志贺的妻子悠子和志愿者们准备的咖喱。最初说"无法理解种樱花"的悠子和织惠，现在也穿着围裙，开心地来到山上。

不过，志贺规定每人只能种一棵树。

"有人说要一个人种十棵、一百棵的，对不起。因为只有九万九千棵啊。和世界人口相比还是少吧。所以一个人一棵就足够了。"

寄托于樱花的愿望，因人而异。

地震发生后，最初写下"想早点见到朋友""想回故乡"的愿望最多，随之慢慢发生变化，变成了"希望成绩提高""想和有钱人结婚"等，也有人只写"开花吧"。为项目提供用地的土地所有者有六十人，其中甚至有提供三千坪①广阔土地的。

有一天，一个高个子外国女人突然出现，问志贺："我的樱花在哪里？"那时是二〇一五年春天。一问才知道，她原来是二〇一二年哥本哈根展览时申请代为植树的丹麦人。当志贺把她带到樱花树面前，她的眼泪扑簌簌地流下来。原来她曾许愿"治好病就去日本"，现在终于如愿。这位女性一直在与病魔做斗争。

《再生塔》附近，也有为缅怀蔡的父亲瑞钦而种下的樱花，那是蔡瑞钦因病去世时，志贺种下的。二十多年前，志贺曾拜访蔡在

---

① 日本建筑或土地的面积单位，一坪约等于三点三零六平方米。

泉州的老家，蔡老先生送给他一幅水墨画。

后来，蔡在樱花树上附言：

> 致父亲
> 　方寸之间
> 　　天涯万里

不论咫尺或天涯，父亲都在天空的另一方。蔡对志贺说："小时候，父亲在小小的火柴盒上画各种各样的画，让我看世界……"然后，他突然抬头仰望着山的方向，静静地说道："樱花开了。"

十月的樱花？怎么可能？志贺一边想着，一边顺着蔡的视线望去，发现真的有一朵樱花正在绽放。

超级明星前往横滨

对日本人来说，樱花是特别的事物。因为新闻上报道"樱花前线"而引起骚动的，大概只有日本了吧。

我平时也不太在意樱花，但每逢三月就会想起，花蕾差不多长出来了吧，便急忙抬头望树枝。但是，樱花是残酷的。花蕾含苞待放，眼看着花终于要盛开，说着要去赏花的时候，春风吹过，它转眼就散了。看着纷纷扬扬、随风飘舞的花瓣，过去的樱花季节瞬间掠过脑海。小学的毕业典礼，代代木公园的赏花，在华盛顿哥伦比亚特区和恋人一起走过的樱花大道，父亲住院时医院窗户上的缤纷落樱，刚出生的女儿抓起的小小花瓣……樱花，无论在哪个时代，都始终与日本人的一生纠缠在一起。

而对出生在中国，生活在日本和美国的蔡来说，樱花究竟是怎样的事物呢？

磐城回廊美术馆开幕两年后（二〇一五年），时隔七年，横滨美术馆策划了蔡在日本的大规模个展《归去来》。

该项目的核心人物是当时的馆长逢坂惠理子，她在长达二十年的时间里，在世界各地遍览了蔡的作品。我为了听她讲述当时的故事，来到了横滨。当时逢坂正忙着准备横滨三年展，却以充满魅力的语气向我讲述了故事。

"不知从什么时候开始，我感觉蔡先生的作品变了。作品中开始使用动物，好像不是从人类的视角，而是从不同的角度来看待事物……"

逢坂带着这种感觉，把在古根海姆博物馆展出过的《撞墙》也放在了横滨的个展。九十九匹狼撞向玻璃墙的超人气作品，在日本还未展出过。

另一边，蔡说这次个展的邀请其实相当突然：

"逢坂突然来纽约了。说虽然时间不多，但还是拜托了。"

蔡工作室的人员反对，说准备时间太短，但蔡回答："做吧。"蔡说，之所以答应个展的邀请，一方面是为了回应故知逢坂的委托，另一方面是"想在成长之地日本举办久违的个人展"。

而且，因为是难得的机会，所以蔡提议在展览前暂留横滨，为这次个展创作新的火药画并发表。他拜托逢坂"请帮我找个能引爆火药的地方"。于是，美术馆的工作人员开始寻找工厂和废弃的学校。

横滨美术馆是丹下健三设计的石造建筑，左右对称。进入正面玄关，迎接参观者的是用花岗岩建成的高达二十米的雄伟展示空间——主展厅（Grand Gallery）。蔡预先来横滨看办展环境，在第一次踏入主展厅时，便说"在这里爆炸吧"，让工作人员大吃一惊。

逢坂一开始认为在美术馆内引爆火药是不可能的。但是，在与横滨市、消防局、警察、神奈川县的相关部门协调后，在烟火师的协助下，终于得以实现。

蔡在接下来的八天里，和美术大学的学生、市民一起共同创作了新作品。作品的尺寸是长八米、宽二十四米，对于一幅画来说已经超出了规格。这个大小和网球场（单打用）差不多。

基本上，火药画只需一次爆炸就能完成。在横滨，电视和媒体也公开了这独一无二的紧张瞬间。

在众多摄像机和记者的注视下，猛烈的爆炸声响彻美术馆。火焰在和纸上激烈地翻滚，压纸用的石块"砰"的一声飞向空中。工作人员立刻将火种扑灭，小心翼翼地揭开纸皮箱和厚纸。一张，又一张……于是，隐藏的图案终于露出来了。那居然是……

在介绍展览会的报道中，"现代美术的超级明星来到横滨"的宣传语跃然纸上。展览的主题《归去来》，来源于中国诗人陶渊明的《归去来兮辞》。陶渊明曾长期当官，后来辞职回乡，过着晴耕雨读的生活。《归去来》描绘了遵从信念，与自然共生的人类形象。其中所蕴含的心情，蔡如此写道：

> 一九八六年年末来日本之前，在故乡中国泉州，我已经逐渐开始用火药爆炸进行绘画，但作为艺术家在美术馆正式举办展览，通过作品与社会产生连接的出发点，是在日本。我想回归这片曾经熟悉的土地和文化的原点，重新回忆起自己年轻时的状态和视野，确认自己在理解和表达世界的过程中，有没有遗失的东西、应该找回的东西。……《归去来》也是这次展览的主题。这既是一个学徒在艺术上的回归，也包含了想要找回

当时的纯粹心情、回到原点的愿望。

（个展《归去来》）

话说回来，住在世界首屈一指大都市里的超级明星，为什么特意把田园诗人的话作为展览标题呢？为什么会有"找回纯粹心情，回到原点"的想法呢？我试着调查了这些疑惑的地方，从追踪本次蔡活动前后的纪录片《天梯：蔡国强的艺术》（二〇一六年）中，找到了解读"回归原点"的线索。

纪录片中，蔡在横滨展览的前一年（二〇一四年），担任了在中国举行的亚太经济合作组织（APEC）开幕烟火晚会的导演。但是，在纪录片中，蔡最初的所有想法都被否决了。会后，蔡表示："（这样）就成了老套的烟火表演，自己也没必要在这里了。"晚会当天，他也是一副憔悴的表情："这像是不断在亲手降低自己作品的水准。"看来，蔡一直为政治与艺术之间的平衡问题而烦恼。

像蔡一样，要在公共场合实现大规模的作品，无论大小，都离不开与政治世界的联系。反过来说，作品也容易成为政治表演的工具。因此，有时这种联系也会严格考验艺术家的立场。蔡似乎与政治世界相处得很好。但是，纪录片中的蔡似乎想要摆脱这种羁绊，回归自由。

所以，这也许就是"回归原点"。

而且，"原点"还投影着蔡本人的另一个梦想。

"年轻时的梦想是成为画家。我用火药做过爆炸活动、现代雕塑装置和策展，但到目前为止的制作与过去的梦想有些偏离。因此，我不能放弃画画。我之所以画画，是因为意识到梦想无法实现的寂寞，也为了不放弃拥有梦想的心情。"（《美术手账》，二〇一五年九月号）

第十四章　夜樱

蔡以前也在美术馆发表过很多火药画。尽管如此，他似乎觉得自己还没有完全成为年轻时自己梦想的"画家"。

梦想……是的，梦想。

即便是看上去已实现了全世界所有艺术家梦想的超级明星，最终也只是社会中烦恼的普通人，有着想去实现的梦想。

展览会开幕的前一周，志贺来到了横滨美术馆。

在美术馆举办的面向初、高中生的美术教育项目中，志贺作为朋友代表，以"蔡先生是个怎样的人"为主题进行了交流。机会难得，志贺打算谈谈"地平线项目"和"磐城万樱"的话题。

当天因为展览会正在筹备，所以志贺没有从正门，而是经工作人员用的门进入。志贺之前完全不知道蔡在这次展览中创作了什么作品。他在工作人员的带领下进入建筑物，装饰在主展厅的新作映入眼帘。那是一幅网球场大小的火药画。

志贺吃了一惊。他停下脚步，稍稍后退。

志贺回想起当时的情景说："因为画太大了，所以有必要往后退几步，才能看全。"

视线聚焦后，志贺的内心慢慢涌起激动的波涛。

画上描绘的，是大朵的樱花。

标题是《夜樱》。

樱花像从大大的和纸里探出似的，自由绽放。画里还有一张猫头鹰的脸。

"看到的瞬间，啊，竟然是樱花。只有这一句感动的话，因为我们倾注精力的樱花，成了蔡先生画作的主题。"

春天的夜晚，樱花悄然绽放、凋谢，又开始为第二年做准备。这种周而复始的永恒循环被火焰刻录了下来。

上图：在横滨美术馆内制作《夜樱》。采用和纸和火药。长八米，宽二十四米。（二〇一五年）
下图：蔡在完成的《夜樱》上写标题。
Kenryou Gu摄，蔡工作室提供

第十四章 夜樱

"樱花过于浪漫了哟。日本不是有很多樱花吗?"

蔡以前这么说,这次却画了一幅大得不得了的樱花给大家。

蔡用爆炸向宇宙发送光芒,遍历世界,目睹了所有纷争、恐怖袭击、自然灾害等,回到绘画"原点",画的竟然是樱花。

第十五章
天空的巨人 磐城·二〇一六年

那个"节点"之后

地震发生的五年后,二〇一六年三月十一日,志贺和记者兼媒体活动家津田大介一起出席了NHK广播节目。和知心的津田在一起,志贺的声音很放松。

津田也是"万樱"的伙伴之一。一年几次,他随兴地从东京开车来割草。"万樱,是没事时想去之地的首选。"

虽然津田这样说,但他第一次拜访磐城回廊美术馆是在二〇一三年的秋天,回廊还是九十九米左右的时候。

虽然是朋友推荐来的,但是津田对美术馆建成的背景也了解不多,只是喜欢上那里广阔的景色和氛围。

"哎!我很震惊有这样一个地方。从山顶看到的景色很棒,试着坐了空中秋千,也感觉非常舒服。我觉得那真是个好地方,所以每次来福岛采访,都会顺路过去一趟。"

津田开始留意起参与创造了这一切的人物——志贺,但一直没有机会交谈。

有一天,津田像往常一样,采访回来时顺道去了美术馆,发现

第十五章 天空的巨人

志贺和朋友们正在烤肉。志贺注意到津田的到来，就说："可以的话，一起来吃点肉吧？""可以吗？谢谢。"津田在地炉边上坐了下来。

"一边吃烧烤，一边听了三四个小时的谈话。那时我问他：'下次可以来这里采访吗？'他拒绝了，说不，不行，人来多了不好办。"

志贺当时根本不认识"津田大介"，不知道他在地震发生后，不眠不休地在网络上持续报道灾情，也不知道他开车载着支援物资走遍日本东北地区[①]，更不知道他在推特上（当时）已经拥有数十万的粉丝。

采访被拒绝，津田虽然很失望，但还是一有机会就去樱花山，说是被志贺这个人物吸引之故。

"我已经采访过几千人了，但他的魅力足以排进前三名。既像仙人，又像街头的哲学家，是我喜欢的类型。他和一般意义上的好人不一样，也会让人'中毒'。"

而志贺也开始亲切地对周围的人说起津田。"你知道金发记者津田先生吗？他经常来哟。"也就是在某个时候，志贺终于接受了津田的采访。

在震灾五周年纪念日，志贺在广播节目中的讲话，比起"继续讲述那一天"，他始终在强调正在进行的项目及其未来。

"我想建一个能工作到生命最后时刻的养老院，因为没有什么地方可以让人积极地度过余生。另一个是想种一片油菜花田，制作菜籽油，把它作为土特产，说不定还能采到蜂蜜。图书馆也正在建设。"

[①] 日本东北地区包含青森、秋田、岩手、山形、宫城、福岛等六个县。

我在收音机中听到志贺这样说，不禁觉得对日本社会而言所谓的"节点"，对志贺来说只不过是漫长道路上微不足道的"一天"而已。

就这样，虽然磐城回廊美术馆不断提出新构想，但现阶段并不是为了吸引大批游客而建。所以，当我和津田提出采访申请时，志贺立刻拒绝了。

二〇一五年相识那天，志贺对我说的话，至今我都无法忘记。

我问他："好不容易有了这么一个富有魅力的地方，为什么不希望很多人来呢。这太矛盾了。"

他这样回答：

"不，我希望现在到这里来的，只有那些想要用自己的身体去感受事物的人，比如割草、植树等。来很多人，吵吵闹闹的，只会给邻居添麻烦。现在最头疼的是项目中止了。游客若要前来，三十年之后正好。"

话是这么说，但三十年后，那可是相当久远的将来。志贺似乎看穿我的心思，继续说：

"因为，这是为了让自己的情绪平静下来，不是为了让客人来。是要让'愤怒'平息下来。"

愤怒……

志贺平静地继续说：

"每当有人种下小树苗，我感觉愤怒就会平息一点……"

这句话在我的内心深处回荡。

"一棵樱花的寿命可达五百年。种下樱花的瞬间，每个人都会在这瞬间，在'这里'畅想未来，在想今后应该用什么样的办法，让它在五百年后也能开花。我想要提供这样的起始点。所谓世界第一的名胜，就是每个人都拥有这种能量的名胜。"

——正是如此。在这片土地上，难以想象的不安、愤怒、悲伤，以及后悔如雪花飘落堆积。那场地震时，我们战栗、恐慌、悲叹、愤怒。自然的力量是不可估量的。核能是无法控制的。

如果没有震灾，如果没有核电站——很多人应该都是这样想的。

仔细想想，震灾应该是足以重置之前的能源政策和生活方式的转折点。日本全国五十四座核电站停止运行，当时执政的民主党提出了二〇三〇年实现零核电的政策；但另一方面，也做出"政治判断"，承认部分核电站有重启的必要性。二〇一二年年末，自民党上台执政后，日本政府发表《能源基本计划》，将核电定位为"重要的基础电源"，大型电力公司若无其事地准备重新启动核电。而就在这样的情况下，许多受灾者仍无家可归。与此同时，对核电站抱有危机感的市民人数迅速增加，对地方政府的反抗情绪也空前高涨。在首相官邸前和国会前，以及预定重启的核电站附近，市民们的反核电示威活动也在持续，围绕禁止核电站运行的审判，也在全国范围内持续进行。

这是当然的。核电站事故的影响非同寻常。不仅仅是核辐射这一直接的伤害，即使是在正式停止原子炉作业和清除放射性污染作业之后，也会有声誉受损、欺凌、歧视、获得补偿的人和不能获得补偿的人之间的差别、住所、想法上的微小差异等各种各样的事情形成"墙壁"，不断在人际关系中滋生裂痕。而这就是蔡所说的，人们内心难以打破的"无形墙"。曾经被誉为"理想能源"的原子能发电，现在不就像只会不断撕裂这个国家的怪物吗？

尽管如此，志贺并没有高声宣扬，也没有表现出愤怒。旁人几乎看不出志贺还在生气。志贺知道，以愤怒和否定为基调是无法打动人心的。因此，"万樱"的基础始终是快乐。

只不过，志贺并没有忘记那天的愤怒。

这之后，为了平息愤怒，他将继续种植樱花。

穿越时间夹缝

一到春天,美术馆的广场上就会举行"春祭",会摆出很多摊位,还会有念佛舞表演和草裙舞。全家出动,热闹非凡。

二〇一六年以后的"春祭",由津田担任部分舞台节目的制作人,他把当红音乐家带到磐城。这些并不是受谁委托,而是津田主动提出要求来策划的。他说,既然自称是媒体活动家,"不仅仅是传递信息,也想参与到社会活动中",于是付诸行动。

"我一说想策划舞台,志贺就说'啊,好啊,做吧'。"

被邀请参加春祭的一位音乐家,一看到美术馆周围的风景,就感慨地说:"这里简直是桃花源啊……"

"桃花源"或许有点过誉,但春天的万樱山确实格外美丽。新绿的翠色欲滴、樱花的微微淡粉、油菜花的金黄光泽交织在一起,在这色彩的间隙,回廊如巨龙般盘旋而上。巧合的是"桃花源"是出自陶渊明的作品,描述在自然中过着隐遁生活的理想乡。

仔细想来,志贺似乎和陶渊明有某种重合。

志贺在磐城回廊美术馆开业的第二年,停止了经营二十年的汽车用品业务。这并非是他想放弃,而是由于地震的影响,营业活动停滞不前,与进口商产生了纠纷。他提出抗议,对方说:"那就不续约了。"

"后来回想起来,应该是故意惹怒我,让我毁约的吧。我找熟人商量了一下,对方说这样就算能拿到钱,也不是什么大数目。算了吧,自己也无所谓了。我现在只想专心于'万樱项目'。"

志贺现在一边靠积蓄生活,一边努力做山上的工作。但是,每年栽种数百棵树木,除草,管理山间小屋和美术馆,需要的经费不低于一千万日元。因此,今后有必要考虑在不勉强的情况下,让项目长期继续的机制。即便如此，今后也没有引入（政府）公共资金的想法。震灾发生时，政府和电力公司都一直隐瞒事实真相，虚虚实实混杂在一起。不知道该相信谁，是件令人痛苦的事。因此，现在想不依赖于陌生的、巨大的人或事物，而是在自己能力可及的范围内踏实地做下去。

"要是实在太辛苦了，我就把蔡先生的画卖了。"志贺偶尔会这样说，不知是真的，还是开玩笑。

即便如此，九万九千棵是一个巨大的数字。按照现在的进度，项目的终点应该是二百五十年后。但是，志贺似乎并不着急。所以二〇一五年我第一次来这里的时候，忍不住提问了这个问题。

"可是，这是自己好不容易启动的项目啊。你不想看到它完成吗？"

对此志贺的回答很干脆：

"那有什么关系？既不想早点结束，也不想太过轻松。现在的重点，是如何在自己有生之年打下项目可以持续活动二百五十年的基础，而不是再过十年就结束。而且，你想想看……"

志贺用平静的语气继续说：

"钚（放射性物质）的半衰期为两万四千年。稍不慎的一个失误，就需要两万四千年（来恢复）。这样想想，二百五十年真短啊！"

两万四千年。

从那以后虽然过了很久，但我至今仍无法理解这个年数。试图想象它时，思考就会停止，变成单纯的"数字"。会是几代人之后？现在的建筑一定已经消失，地形和景色也会发生变化吧。还有日本这个国家吗？虽然完全无法想象，但这期间"稍不慎的"失误的影响会一直持续下去。

233

震灾不会结束。今天是，明年也是，遥远的未来还是。

那场震灾以来，《福岛民报》每天都在更新县内的死亡人数。虽然"直接死亡"人数停留在一千六百零五人，但"关联死亡"人数却在缓慢增加，二〇一三年时已超过了"直接死亡"人数。此外，甚至都不知道有些人是否为"关联死亡"，他们就悄悄地离我们而去。其中一人就是磐城团队的成员菅野——原本是警察，之前管理废船记录的人。

菅野在震灾后的某个冬日，自杀了。第一发现者是志贺。

那时，志贺觉得菅野最近一直没有精神，感觉情况不对劲，一天早上给他打了电话，但是没有人应答，他也没有回电话。志贺觉得这不像一丝不苟的菅野会有的反应，马上开车过去。菅野的车还在，家门是锁着的。志贺叫来房东开门，大喊"菅野"，却为时已晚。

志贺不知道菅野轻生的原因。他家里和往常一样，电脑也开着。所以，这可能只是一瞬间的冲动。

为了怀念菅野，志贺种了一棵樱花。

蔡来到磐城时，志贺带他看了树苗。

"把树屋旁边种的樱花给了菅野……菅野的早操真好啊。"

蔡静静地点头说"是啊"，并从钱包里拿出一万日元："那棵树苗的钱由我来付。"

志贺犹豫了一下，但是理解他的心情，收下了。

"蔡先生，给他写点什么吧。"志贺把木牌递给蔡，蔡拿起笔。

菅野弟
　　永远和大家在一起

　　　　　　　　　　　　　　　蔡国强

第十五章 天空的巨人

我们生活在夹缝中。
喜悦与悲伤的夹缝。
千年一遇之间。核事故与两万四千年之间。
震灾与复兴的夹缝。
记忆与遗忘的夹缝。
核与原子能矛盾的夹缝。战争与和平的夹缝。
和所爱之人相遇与离别的夹缝。
从呱呱坠地到心跳停止的一瞬间。

人生的夹缝,有时会像山脊一样危险。但是,我们不知自己走在命悬一线处,不,是不去窥视,活在当下,直到差点被绊住脚,才转头窥探潜伏在身边的黑暗。即便如此,大部分的失败和困难,只要全力以赴,就能跨越。只是,也有并非如此的时候。这也是现实。失去的生命不能回来。即便是现实,也是无法挽回的现实。

仔细想想,这座万樱山也到了危急时刻。
沿着附近的国道六号线往北走,就到了双叶郡。自那天起,那里变成了无人类营生,只有植物和动物生存繁衍的"无人花园"。
二〇一七年年末,我曾和"力樱"志愿者的"割草队长"坂本雅彦一起开车穿过双叶郡。接近"负遗产"时,我想看看志贺希望找回的故乡的现状——不,实际上很害怕看到,也一直不愿意接近核电站。尽管如此,只有亲眼所见,才能知道这里所发生的一切。

坂本也在车上告诉我,地震发生后,他让妻子和两个孩子逃往长野县,与家人长期异地生活。因此,他在栽种的樱花的木牌上写下的愿望,是"让我们生活在一起"。

"那时候好寂寞啊。"

他工作的老字号温泉旅馆"古泷屋",正开展参观福岛第一核电站周边受灾地区的志愿者旅行项目。而这一切的原动力,是希望大家能看到、知晓、感受现状的心情。

走高速公路到浪江町,从那里沿着国道六号线,也就是俗称的"国六"向双叶町南下。再稍微往前开一点,就能看到到处堆着装有除污染土的黑色吨袋。路上只有零星的加油站和便利店,以及进行清除放射性污染作业的工程车。

然后,前方突然出现了一个金属的栅门。

现今双叶町和大熊町几乎城镇全域都属于返乡困难区域,走国道六号线大约可以通过其六成的区域,但无法走岔道。沿路的民宅前面也被高高的栅门挡住。

"从这里再往前就是返乡困难区域。"

坂本无力地说道。他已来过这里数次。栅门的另一边,无数的房子寂静地靠在一起。失去主人的房子,窗户玻璃破碎,瓦片掉落,看起来就像失去了灵魂。明明某个人的故乡就在伸手可及的地方,却无法触及。显而易见,"墙"就在那里。一靠近福岛第一核电站,车内的放射线测量仪的指数就开始上升,一旦超过零点五微西弗,就开始发出"哔哔哔"的警告声。车窗外的风景继续流淌,仿佛时间停止了一般。

墙……这是人为制造割裂的象征。国境、柏林墙,以及返乡困难区域。

回不了故乡,意味着什么呢?我一边听着"哔哔哔"的警报声,一边想象着。

房屋受损回不去?

不,事情应该没那么简单。车在栅门的夹缝间奔走时,我按下相机的快门。我自己也不知道想拍什么。

（回不了故乡）便意味着重要的家具正在腐朽下去。

无法举行祭典。

不能和亲戚朋友见面。

农田被芒草和杂草覆盖。

也许是这一切，但我感觉还远不止于此。

进入富冈町，夜之森站伫立在那里，还没有恢复通车。真是个美丽的地名。道路周围是美丽的樱花树。一半的林荫道在二〇一七年三月已解除了避难指令，但另一半还没有解除计划。那里也立着清晰的"墙"。

回不了故乡，意味着什么呢？

这个时候脑海中想到的，是自己生命所栖息之地被强行剥夺。

从遥远的过去孕育过无数传递生命接力棒的人、孕育过无数生命的大地与在这片大地上孕育出来、传承至今的文化之间的联系被猛然切断。原本，对于人类这一物种来说，与生长于斯的土地和自然分开生活就是极为不自然的。更何况是违背自己的意愿离开那片土地……

进入楢叶町附近，车窗外的景色开始出现了微妙变化。这一带在二〇一五年九月解除了避难指令，历时两年六个月。也许是因为这个，几乎看不到人影，但还是隐约能感受到生活的气息。再往前进，突然出现了一排排入住了新婚夫妇似的亮闪闪的住宅，"募集入住者"的广告旗随风摇曳着。

"是复兴住宅啊。现在有很多住宅制造商正在建造。"坂本告诉我。

过了广野町，穿过隧道，就来到磐城市的久之滨，浓郁的生活气息开始蔓延开来。

我一直在思考。我的思绪一片混乱，在脑海里掀起阵阵旋涡。

还是不明白。不明白。不明白。就算来到真实之地，像这样游山玩水似的观看，我也还是不明白。

我出生在东京，辗转于世界各都市，一直远离丰富的自然环境和故乡。我认为唯一能与我联系在一起的自然，只有父亲的故乡福井县的若狭湾。从孩提时，我每个夏天都会去那片碧蓝的大海游泳。从海里上来后，当渔夫的叔叔已经把捕来的鱼和海螺摆在了餐桌上。十年前，父亲的骨灰也撒在这片大海。巧合的是那里的海岸沿岸也坐落着十五座核电站，是日本屈指可数的核电站密集地。如果，那片海被污染了的话……

我想象了一会儿。

尽管如此，想象终究只是想象。我甚至连近在身旁之人的心痛也无法感受。也许穷尽一生，我也无法理解那些想回归故土却无法回归之人的痛苦吧。

但是，我还在尝试着去想象。如果放弃了想象，我们就永远无法互相理解。我想继续想象。想象悲伤。想象疼痛。还有，想象愤怒。

我们回到磐城回廊美术馆，结束了山上工作的志贺像往常一样招呼道："哦，川内小姐、坂本先生，刚来吗？喝杯茶吧。"

"好啊。咦，品川先生呢？回去了吗？"我问。

"品川早就回去了。品川现在割草的地方是背阴地，所以很冷。但他说不想去其他地方，所以也没办法。"

"很遗憾，好久没见了，很想见他。"

茶水冒着热气，正对着的夕阳将四周染红。

"今天的夕阳也很美啊。"

被自然拥抱、被细致的手艺活包围的这个地方，充满了美好的能量。多亏于此，我之前感到的紧张一下子得到了缓解。

一墙之隔的那一侧与这一侧。

九十九匹狼撞向墙壁，一个接一个地倒下。

但是，其中的一只，总有一天会冲破墙壁吧。

话说回来，樱花和艺术对遍布这片土地上的"墙"，会为我们做些什么呢？樱花也好，艺术也好，都不是解决地区问题或纷争的方程式或工具。志贺也只字不提。山上的旧船，也给不出任何答案，樱花也只是在那里静静绽放。

即便如此——

"啊，川内小姐，我带来了布丁。吃吗？"

一个女人来到地炉旁。她原本是当地报社的记者、两个孩子的母亲，在菅野去世后接手了《蔡国强通信》和《磐城万樱通讯》的制作。

"哇，好啊，我要一个。"我接过布丁杯。

——即便如此，樱花和艺术还是在这个地方，为我创造了一个小小的故乡。

实际上，在与这里的数十次往返之间，我甚至开始觉得这樱花山才是自己的故乡。来到这里，无论看到谁都会放松下来；喝着热茶，会感到小小的幸福。

也许，这也不单单是我，每天来这里的莲见和品川、每周末来的佐佐木、随兴而来的津田，还有一年来一次的蔡，除此之外，还有在这里写不完名字的很多人，都在这里度过各自的时光：触摸泥土，撒下种子，仰望天空，荡秋千，谈笑，唱歌，吃布丁，围在地炉旁。彼此感受到的舒爽微风和某人的温暖，是在可靠之物稀缺的世界里，最真切的东西。

樱花和艺术造就的小小的故乡，已经远超我的预期。

每天不断重复的短暂相遇和细小接触，终有一天会化作照亮人生山脊的光芒，成为飞越偏见和歧视这堵"无形墙"的翅膀。我的女儿从一岁开始就经常跟着我来到磐城，在她今后的人生中，想必也会想念磐城吧。这种真实体验的积累，会改变我们的人生，就像我母亲带着孩子们去北京，使我的心中一直保留着中国的风景一样。

我想起蔡曾经说过的话："人的想法各不相同，所以有时会发生争执。""即使不能解决争端，也应该见面对话。即使对话，有些问题也未必能够解决。人与人之间，也有不容易解决的问题。但我认为还是在一起进行对话比较好。"

蔡和志贺创造出的最大的作品，是通过樱花山和腾跃于那里的"龙"，创造出大家"想回去"的地方。这个作品今天还在慢慢地改变着某些人的人生。人与人之间的联系因无形的墙隔断，而将这联系重新连接起来的，或许就是樱花和艺术这种"文化"吧。

白日梦

志贺和蔡仍有想要一起实现的梦想，让我非常惊讶。我知道这个的时候，已是二〇一七年的早春时节。

在还残留着冬日气息的寒冷日子，蔡来到樱花山。山间小屋准备了火锅和温酒，熟悉的成员聚集在一起。

"这样真不错啊。"蔡高兴地在被炉边坐下。一群人一边吃着火锅，一边平静地闲聊。

当天下午，负责录像的名和操纵无人机拍摄了附近的小山和农田。以这张照片为基础，蔡等人反复讨论能否在美术馆前的田地里燃放"白日烟花"。

白日烟花与砰地升起又一下消失的日本烟花不同，是用彩色烟雾在白天的天空中画出水彩画。红、绿等颜色的烟雾重叠渲染，时而瞬间，时而缓缓地在天空中呈现巨大的画作。这是蔡近年来的代表作，还从未在日本亮相。蔡想在这个美术馆实现。

"秋收结束后不是正好吗？"

"是啊。那样挺好的。"

对话在和谐的氛围中继续着。

实际上，"磐城白日烟花"最初是在与磐城团队无关之处发起的。二〇一五年年初，磐城市烟花大会执行委员会的成员在"磐城市建市五十周年纪念展示大会"上，发表了"希望蔡国强用白日烟花让樱花在天空绽放"的演讲，并获得了最优秀奖。蔡工作室正式接受了邀请，磐城团队也开始协助这一目标的实现。燃放地点选在磐城市南面的小名浜的码头。

但是，多次开会后，当讨论的内容越来越具体，由于燃放场所、渔船的使用、预算等实际性的课题无法解决，出于"成本效益""安全方面"等的考虑，大会方单方面决定中止。在不轻易放弃的志贺和蔡看来，这是非常扫兴的落幕。

于是，这回他们把舞台从小名浜搬到磐城回廊美术馆，兴致勃勃地打算自己放白日烟花。能否实现还不得而知。需要解决的课题也很多。不过，谈论梦想的时候大家看起来很开心，那晚的宴会气氛太过热烈，很多参加者都心情愉悦，喝得酩酊大醉。

宴会中途，蔡井始播放DVD，是以自己作品为题材的纪录片《天梯：蔡国强的艺术》。这是一部追踪蔡在空中架起火焰天梯的影片。画面上，蔡在世界各地燃放的豪华绚烂的白日烟花依次出现。"哇，这就是白日烟花啊！"我被它的气势折服。遗憾的是，由于影片的旁白是英语，所以没有人仔细观看。

宴会进入尾声时，一位积极参与《再生塔》建设的男性说："蔡先生，太棒了！同为男性也说很棒，那就是真的很棒啊。哎呀，真棒啊。"这句话重复了二十多次。品川也开始变得口齿不

凌晨四点四十五分，穿透天空的火焰天梯。（二〇一五年六月十五日）
蔡文悠摄，蔡工作室提供

清,指着影片画面说:"蔡先生,这(白日烟花)真的要在磐城放吗?磐城人是不懂的! 哎呀,我是不懂的——"他借着酒劲开始捣乱。蔡似乎毫不在意,说:"各位,再过十五分钟就会有好场面。请稍等一下。"便继续按照自己的节奏解说影片。

哎呀,这是多么不加修饰的对白啊。

一旁的我忍不住笑了。如果聚集在这里的是美术界人士,是不会对"超级明星"说这样的话的。然而他们只是单纯的朋友,这才是真正的"很棒"。

影片此时也迎来了高潮,蔡正通过手机与一百岁的祖母爱柑说话。

——阿嬷,你看到了吗?你孙子很厉害吧!

那时蔡给祖母看的作品,是伸上黎明前青灰色天空的火焰天梯。二〇一五年六月十五日,蔡二十年来多次被迫中止的作品《天梯》,终于在泉州附近的渔村完成了。五百米长的火焰梯子,通过热气球飘浮在天空,被当作礼物送给了他最敬爱的祖母。蔡没有接受美术馆等的支援,也没有向有关部门申报,只依靠渔村居民的协助,在夜幕下游击式地完成了作品。据说,从小就看出蔡才能的祖母,三十天后去世了。

在热闹的宴会上,我的视线无法离开那火光闪烁的梯子。

这样啊! 刚才所说的画,原来就是这个啊——

就在几个小时前,蔡到达磐城后,从包里拿出一张纸。纸上面印着一幅画,画的是一名男子正在攀登直达云霄的长梯,题目是《天梯》。

那是送给志贺的生日礼物。

蔡把画递给他,说道:

"人也可以摸到云。"

是的,在人生的旅途中,人可以飞翔在天空,也可以涉足冰

243

Kazuo Ono摄

海。而且，还可以让漫步天空的巨人，看看种满樱花的群山。从生到死的须臾之间，要如何行走，取决于自己。

啊，梦想永无止境，没有边际。如果哪天白日烟花实现了，也会紧接着出现下一个梦想吧。

从那个宴会的晚上开始，时间流逝，我明白了一件事。磐城的万棵樱花，还有回廊美术馆，正因为看不到终点才好。因为有追逐的目标，人才想向前迈出脚步。

是的，所以这里是"桃花源"。

桃花源，并不是身在远处的某个人为我们准备的。这个世界并不存在前往桃花源的地图。

如果你想找到桃花源，不要依赖什么强大的力量，或是祈祷，而是只能在自己的人生中，开拓出这样一个世界。也许只有觉得这样做才美好，并迈出脚步的人，才会发现"桃花源"就藏在他们的心里。

二〇一七年，磐城群山之中，已经种植了约四千棵樱花树。

尾声
磐城庭园　新泽西·二〇一七年

香槟杯里的气泡噗噗地轻声跳跃。红虹端来鱼子酱和手工水饺，放在桌子上。

二〇一七年秋天，志贺、武美、品川及包括志愿者佐佐木在内的八人，在弗兰克·盖里为蔡设计的乡下工作室修建庭园。

这是蔡和磐城人新开始的"磐城庭园项目"。接下来要花上数年时间，在广阔的庭园里种植樱花和枫树，挖掘水池，建造地炉、佛塔和茶室。磐城团队每年都会在这个家逗留两次，慢慢推进"磐城庭园项目"。我也很想看一看他们的作业修改，就同行去了新泽西州。

据说蔡在建造这座房子的时候，本来打算建造一个普通的日本庭园。找到园艺师，定下了设计方案，到了开始作业的阶段——

"不，我发现我想要的不是日本庭园，而是'磐城庭园'。"

于是，建造日本庭园的计划取消，蔡找到志贺商量"建造磐城庭园"。

"原来如此。不过，磐城庭园，到底是怎样的庭园呢？"我问蔡。

"只要是磐城人建造的庭园，就是磐城庭园。我希望今后在这里创作时,能感受到'磐城'就在身边。"

所有人面前都摆上了香槟杯,蔡端起一杯,问道:"'拿破仑'是哪一年去世的?"

我有点混乱,法国大革命是一七八九年,所以拿破仑死时,嗯……话说回来,为什么突然开始谈论世界史呢?

"十四年前吧。"志贺回答。

蔡点头说:"是吗?"

这时我才意识到,他们说的是拿破仑企业(磐城市的一家建筑公司)的佐藤进。佐藤是冬天入海打捞废船的前线指挥。有一天,他在睡梦中离开了人世。

"要是'拿破仑'还活着就好了。"志贺遗憾地说,"如果'拿破仑'还活着,小名浜的白日烟花就一定能实现。"

"是啊,肯定能完成。"品川附和道。如果是海上帝王"拿破仑"的话,一定会克服万难,实现白日烟花吧。

蔡开朗地说:"不过,总有一天我们肯定要完成的。今天让我们为'拿破仑'干杯。并且,为男人的浪漫,为女人的浪漫,为人类的浪漫。"

"向'拿破仑'致敬!"

"干杯!"

当所有人的香槟都喝光后,蔡拿出了俄罗斯产的伏特加,高兴地说:"接下来还有这个。"

就这样,磐城团队结束了为期十天的庭园工作,迎来回国的日子。把所有人的行李箱装上车后,蔡慌忙说:"啊,大家一起拍纪念照吧!"紧接着对着门口喊:"红虹——"

"来——啦,请等一下——"

红虹披着黑色羽绒服从家里走了出来。

大家都站在家门口,小野架好相机,按下快门。

咔嚓!

那么,蔡先生,我们明年春天再来。八个人一面说着,一面上了车。

落叶纷飞的林间道上,车子缓缓前行。

蔡拿出手机,一直恋恋不舍地拍着渐行渐远的车子。

大家,再见吧——

谢辞

这本书是根据许多人的回忆、记录和观点撰写的。我向所有愿意接受采访和提供记录的人表示衷心的感谢。这些话语不仅给了原稿很大的动力，还一直鼓励着时常在写作中受挫的我。我真的很感谢你们。

协助采访的各位是：

志贺忠重、蔡国强、大场满郎、志贺悠子、富泽织惠、吴红虹、蔡文悠、藤田忠平、志贺武美、小野一夫、名和良、品川裕二、佐佐木恭子、平野明彦、玉重佐知子、津田大介、坂本雅彦、莲见正广、根本好胜、土谷建一、荒川凉子、吉田隆治、吉田雅子、芹泽高志、伊藤忍、逢坂惠理子、清水敏男、山口悦子、磐城万樱的各位志愿者、"樱花杜鹃会"的各位成员、蔡工作室的各位工作人员。

另外，对协助美术方面相关调查和采访的佐藤麻衣子、舟越奈都子、濑川祥子、高野美绪子，以及耐心协助确认事实的蔡工作室的金翎、辰巳昌利，也表示深深的感谢。

最后，我要感谢曾经给我讲过许多磐城故事的母亲，向一直鼓励我的丈夫和女儿，还有妹妹表示感谢。

文库版后记

《天空巨人》的文库版终于即将出版。"终于",这也是一种非常夸张的说法。并不是有什么人在热切地等待,单行本出版后已经过了大约三年半,差不多也是时候了,但本来发行文库版并没有正确时机之说。那么,我到底想说什么呢?在单行本出版之后,我一直对总有一天到来的文库版抱有抵触感,虽然自己也不清楚理由。所以每当现实提到"差不多该出文库版了……",我就以"现在忙于其他工作""感觉还没到时候""等到樱花的季节也不错"等借口,这样一步一步拖延了下来。

现在回想起来,自己似乎并不想结束《天空巨人》的写作工作。文库本给人的印象是一本书的终点站,或者说像是双六棋①的"终点"。不,我还不想结束……这本让我产生如此奇妙心情的书,对我来说就是如此特别吧。

但是,有一天我想,不管发生什么事,今后我也会继续去磐城,这一点不会改变。走在山上,种下樱花,继续听志贺、蔡先生和在那里的人们的故事。写与不写,写完与没写完,都是一样的。

---

① 奈良时代之前自中国传入日本的一种室内游戏,类似飞行棋。由多人依次掷骰子,根据点数推进棋子,最早到达终点者获胜。

文库版后记

这么一想，我的心情终于变得舒畅起来。

单行本出版后，有好多人问我，书名中的"巨人"到底是什么意思。其中有读者，也有来采访的记者和作家。

"哈哈，你觉得是什么？"当我这样反问时，很多人露出"啊？怎么反问起我来了"的表情，继而回答说："嗯，是指那两个人吧。"

嗯，是的。这大概是正确答案。最直接的思考，"巨人"指蔡国强先生酝酿多年的作品《大脚印》，本书也以这一作品概念为基础，展示了志贺忠重先生和蔡国强先生这两个人的形象。这样理解的确没错，但说句实话，还不止这些。巨人是生活在我们心中的另一个自己。跨越常识、历史、人种、思想构成的界线，去远方旅行，穿越天际。他是自由的、强大的，无论身处何种不得已的境遇，都能开拓未来。相信看不见的东西，向着美好的事物祈祷并且付诸行动，这才是真正的巨人。《天空巨人》想讲的，就是每个人能否相信这样的自己。

单行本出版一周后，我在媒体平台note上发表了以下文章。这是一篇没有经过推敲的文章，很不好意思，但我还是几乎原封不动地复制了下来。

年幼时，我经常梦见自己飞翔于天空。就像电影中一样，越过陡峭的悬崖，与坏人战斗，前往未知的国度。第二天早上，我总是被飘飘然的幸福感包围着醒来。

只是，随着一天天长大，我不再做这样的梦了。或许是因为知道现实中坏人很可怕，人也不能在天上飞——但是现在，我想，一定有人能飞翔于天空。可能是写了《天空巨人》的缘故吧。

在这本书中，出现了很多追梦人。

他们是蔡国强先生、志贺忠重先生，还有冒险家大场满郎先生。……于北极圈最边远村庄长期停留、不断支援大场先生的志贺先生，在大场先生冒险成功、接受电视节目采访时这样回答：

大场先生教会了我做梦的方法。

是的，做梦并不简单。做梦也需要技巧。

小时候，我们有很多梦想，做梦是再平常不过的事。然而，长大成人的过程中，我们渐渐忘记了做梦的方法。而且，更难的是追逐梦想。追逐梦想、付诸行动时，梦想就不再是梦想，而成为现实。所以，追逐梦想意味着要面对一连串的艰辛。

每个人生来拥有梦想的翅膀。

但是，如果长时间折叠这双翅膀，到想展开时，也不知该如何展开了。再努力也无济于事。志贺先生也是在与大场先生相遇时，才回想起做梦的方法。而志贺先生自己也怀揣着用二百五十年时间种下九万九千棵樱花的梦想生活。蔡先生在世界著名美术馆展出作品的同时，还觉得自己没有完全成为儿时梦想的"画家"，"为了不放弃坚持梦想的决心"而继续创作新的作品。

接触这些如此这般追逐梦想的人，我也感觉自己回想起该如何展开翅膀。

所以，我想，也许有一天，我也能飞上天空。

三年多过去，重读这篇笔记，我发现这是一篇非常青涩的文章，怎么看都觉得很别扭。梦想的翅膀，这个词给人一种"呵呵"

的感觉，让人嗤之以鼻。为什么呢？究竟是自己变了，还是世界变了？也许两者都有。在写这篇《文库版后记》的时候，世界还陷于前所未有的新型冠状病毒疫情中，有很多人被迫陷入痛苦的境地，失去家人，丢掉工作，没了住所。有的人忍受着看不到出口的黑暗和痛苦，拼命活在当下，没有时间思考明天。人们关上家门，不再与朋友见面。也有很多人攻击与自己不同外表和生活方式的人。世界的隔阂不断加深，就在几天前，俄乌冲突爆发。当时我正好在福岛县滨通地区旅行，开车走在从双叶郡开往磐城的国道六号线，也就是所谓的"国六"上，看着倒映在车窗上装有污染土的黑色吨袋、开往核电站方向的卡车，以及仿佛时间停止般的返乡困难区域的倒影。在一片灰蒙蒙的风景中，收音机里传来"战争开始"的消息。这与梦想和希望等字眼相去甚远。无数令人如鲠在喉的新闻，同时又不断持续的日常，在其中，我感觉自己的感性被削平、磨损——似乎不这样就无法活下去。

尽管如此，磐城回廊美术馆的一切如常。志贺先生和他的伙伴们割草，围着炉火，做饭吃，喝着美味的茶。他们用柴火炉烤很多红薯，问来美术馆玩儿的人："来点烤红薯怎么样？一人最多三个哟！"

"没有人拒绝烤红薯，因为大家都喜欢。"志贺先生说。确实，收到烤红薯的人，脸上浮起了笑容，看起来比起刚才更幸福。

志贺先生和七年前第一次见面时一样意气轩昂。万樱山之后进一步扩大，植树活动也从未间断。

我一边喝茶，一边问志贺先生：

"现在新泽西的'磐城庭园'停止了，有下一个目标吗？"

实际上，受新型冠状病毒疫情的影响，《尾声》处写到的"磐城庭园"目前已经停止建设，蔡先生也有三年多没来过日本。

"哎呀，没什么。只是来山上种樱花，做每天都要做的事而已。"

　　这预想中的回答,让人心情舒畅。我本来应该有更想问的事情,但觉得已经足够。

　　志贺先生也有三年多未见蔡先生了,但两人并未断了联系。这段时间,志贺先生的手机每天都会收到蔡先生发来的照片。那是蔡先生看到的日常风景,有时是家里的庭园,有时是抬头仰望的天空,有时是街道——总之每天一定会有这样一封无言的书信。

　　"这就是真爱了吧。"我对志贺先生这样说。

　　"哎呀,怎么说呢,不是那样的吧。"他露出了一丝害羞的笑容。

　　久违地,我在万樱山上散了散步。

　　《再生塔》所在的山上,出现了许多新的散步道和手工造的亭台。今天很冷,但天气很好,感觉不管多远都能走下去,我还登上了震灾后不久种下第一棵樱花树的"一之山"。如船头般伸出的悬崖上,几棵樱花伸展着枝干。它们是十一年前,被寄托希望的樱花树。

　　樱花树枝所指的方向,是一片广阔的田地,还能看到远处变小的大海。一艘渔船在风平浪静的海面上穿过。看着这些,仿佛自己的乐器调好音、定好弦似的,原本嘈杂的心渐渐平复下来。

　　"这是为了让自己的情绪平静下来,不是为了让客人来。是要让'愤怒'平息下来。"

　　今天也能来这里真是太好了。我爱这里的风景。

　　与横滨美术馆原馆长(现国立新美术馆馆长)逢坂惠理子交谈时,她曾对我说:"志贺先生才是真正的艺术家吧。"和世界级艺术家一起工作的逢坂女士都这样说,应该错不了吧。其实我也是这么想的。在地图上留下这么广阔且无序的樱花风景,难道不是很了不起的艺术家吗?话虽如此,其实我认为谁都能成为艺术家。谁都会写文章，谁都会唱歌。至于是否被称为作品，且另当别论吧。

这样一想，我之前用青涩之类的话来自我贬低关于"梦想"的文章，也许在某种意义上是真实的。就像翻开盖着的卡片一样，当我来到这里，我的想法又转向一个明朗的世界，让我又对"做梦"重拾希望。

每个人都有梦想的翅膀，使用方法由自己决定。不需要是很大的梦想，也无须给他人展示出梦想的形状和外形。比如，烤好红薯送给陌生人的梦想。无论如何，只要你怀着强烈的愿望，希望世界变成某个样子，并向其迈出一步，它就会成为你自己的希望和梦想。

"天空巨人"就在我们每个人心中。

川内有绪

二〇二二年三月于东京家中

Kazuo Ono摄

主要参考资料

1. 书籍、图册。

《蔡国强　万里长城延长一万米：为外星人作的计划第十号》，Peyotl出版，1994年。

《第七届广岛艺术展》，广岛市现代美术馆，2008年。

《原初火球——为计划作的计划》，P3艺术与环境研究院，蔡国强、芹泽高志、鹰见明彦等，1991年。

《蔡国强和磐城和他的作品》，Y·E·S Corporation，蔡国强图录制作项目企划、制作，2002年。

《来自磐城的礼物》，Y·E·S Corporation，"来自磐城的礼物"项目执行会企画、制作，2010年。

《蔡国强展：归去来》，Mochuisle Inc，横滨美术馆企划、监修，2015年。

《水户周年1994开放系　Open System》，水户艺术馆现代美术中心，水户艺术馆，1994年。

《蔡国强：来自环太平洋》，磐城市立美术馆编，磐城市立美术馆，1994年。

《现代美术关键词100》，暮泽刚巳著，筑摩书房，2009年。

《中国现代艺术：追求自由的表现》，牧阳一著，讲谈社，2007年。

《走向开发主义时代 1972—2014 中国近现代史系列⑤》，高原明生、前田宏子著，岩波书店，2014年。

《冰上行走2千千米 北极万里无云的晴空》，大场满郎，光文社，1997年。

《南极大陆的单独横断行》，大场满郎，讲谈社，2001年。

《全译 东方见闻录2》，马可·波罗著，爱宕松男译注，平凡社，2000年。

《"决定版" 核电站的教科书》，津田大介、小嶋裕一编，新曜社，2017年。

《核武器和核电站 日本所面临的"核"困境》，铃木达治郎著，讲谈社现代新书，2017年。

《海啸与核电站》，佐野真一著，讲谈社文库，2014年。

《"福岛"论 原子能村为什么产生》，开沼博著，青土社，2011年。

《福岛第一核电站事故7个谜团》，NHK特别节目《堆芯熔毁》采访组，讲谈社现代新书，2015年。

《可不可以不艺术》，蔡文悠著，广西师范大学出版社，2015年。

《蔡国强又来了！》，秦雅君、马唯中、蔡国强著，诚品股份有限公司，2009年。

CAI GUO-QIANG: I WANT TO BELIEVE, by Thomas Krens, Alexandra Munroe, Guggenheim Museum, 2008.

Cai Guo-Qiang, by Dana Hansen, Octavio Zaya, Takashi Serizawa, Phaidon Press, 2002.

Cai Guo-Qiang: My Stories of Painting, by HUIJTS STIJN, Walther

Konig, 2016.

Cai Guo-Qiang: A Clan of Boats, by Karen Chen, Jannie Haagemann, Cai Guo-Qiang, Karen Smith, Faurschou Foundation, 2013.

Cai Guo-Qiang: Long Scroll, by Pierre Théberge, Cai Guo-Qiang, National Gallery of Canada, 2006.

Cai Guo-Qiang: October ABCdesign, 2017. With essays by Cai Guo-Qiang, Alexandra Danilova, Alexander Etkins, Lars Nittve, and an interview with Boris Groys.

Cai Guo-Qiang The Spirit of Painting At the Prado, by MUSEO NACIONAL DEL P, 2017. With essays by Miguel Zugaza, Alejandro Vergara, Kosme de Barañano, Cai Guo-Qiang.

2. 报纸、杂志、论文。

《创 创造者 现代美术家蔡国强先生》，《日本经济新闻》（晚报），2015年7月15日。

《龙，奔跑 全时空的旅程总览》，鹰见明彦，《美术手账》1999年3月号。

《蔡国强 原初火球〈2025年的挑战〉 中国的E.T.》，铃木创士，《美术手账》1991年4月号。

《特别记录 万里长城延长一万米的计划"龙脉"展——跨越国境奔跑的"脉"》，蔡国强、芹泽高志，《美术手账》1993年6月号。

《艺术家特写 蔡国强》，《美术手账》1999年9月号。

《艺术家访谈 蔡国强：艺术是一种时间隧道，超越国境和文化，也能去宇宙》，楠见清，《美术手账》2009年1月号。

《艺术家访谈 蔡国强：大主题之后，我转向了一个对我来说更熟悉的主题》，神谷幸江，《美术手账》2015年9月号。

《采访 唤醒记忆和感情，作为文化炼金术的艺术》，牧阳一，《世界》2000年7月号。

《第48届威尼斯双年展　象征中国美术崛起的蔡国强等人的活跃》，森口水翔，《月刊美术》1999年9月号。

《爆破的心　蔡国强的旅程　上》，CHAI，2003年12月号。

《爆破的心　蔡国强的旅程　下》，CHAI，2004年2月号。

《in & out TALK of IN & OUT　蔡国强》，《东京人》1995年7月号。

《以北京为中心，中国成为亚洲美术市场的核心》，金岛隆弘，《月刊美术》2008年2月号。

《中国艺术吹新风》，玉重佐知子，AERA，1993年12月号。

《封面人物　美术家蔡国强》，AERA，2002年9月号。

《开天辟地的能量》，玉重佐知子，《人类会议》2012年冬季号。

《封面人物　蔡国强》，《美庵》（日语版）2003年9—10月。

《演讲录　你觉得我的艺术怎么样？——与日本未来艺术家的对话》，TAMABI NEWS 第72号，2017年。

《蔡国强展：归去来》，石川健次，《经济学人》2015年9月号。

《艺术新闻与展览　狼、爆破、春　归来的蔡国强》，《艺术新潮》2015年9月号。

《时间的去向　蔡国强和磐城的故事》（1～18），《每日新闻》2003年7月号、2004年4月号。

《三个收租院》，牧阳一，《埼玉大学纪要（教养学部）》第四十六卷第二号，2010年。

《我们对奖项都太敏感了！——蔡国强和〈威尼斯收租院〉的版权纠纷》，朱其，2001年。

3. 通信、手记。

《磐城万樱三年的记录》，"磐城万樱"项目执行会。

《大场满郎　世界首次单独徒步穿越北极　支援记录》（第一部分、第二部分），志贺忠重。

《蔡国强通信》各期。

《磐城万樱通讯》各期。

《志贺忠重的50年记录》，志贺忠重的网站、各种手记、邮件、传真等。

《避难所煮饭赈灾活动》，樱花杜鹃会。

4. 电影、影像。

《蔡国强回顾展〈我想要相信〉》，"映像记录社"制作，2008年。

《蔡国强　创造时代的故事》，磐城"地平线项目实行会"监修，"映像记录社"制作，1994年。

《聚焦福岛　描绘地球轮廓的艺术家蔡国强的挑战》，NHK，1994年3月20日播出。

《诸岛接力记录　画布为地球》，NHK，1994年4月13日播出。

《蔡国强　史密森尼　萨克勒美术馆　旅行者记录》，"映像记录社"，2004年。

《在地球极点行走的男人　大场满郎横跨北极记录》，山形放送，1997年12月29日。

《梦见花开的长城　磐城万樱项目》，NHK，2013年6月2日播出。

《天梯：蔡国强的艺术》，凯文·麦克唐纳导演，2016年。

蔡国强·火药与樱花
——《天空巨人》译后记

没想到"空中巨人"跨过"一衣带水",居然也历经三年的"疫情防控"。三年前,我在东京排队买口罩,组织包机送往武汉;三年后译稿终于杀青,我却感染了。把自己禁锢在玻璃窗内,真想像蔡国强作品中撞玻璃墙的狼一样乱嚎,但黄昏静下来了,虽然从窗口看不到太阳是怎么升起来的,却看得见它在海边迟迟不肯跌落,就在厦门的高楼之间撑着,喘息着,憋得满脸通红。书房里挂着蔡国强送我的拓片海报,焦黑中白骨一样歪斜着几个汉字:盗墓、焚书坑儒、丝绸之路及长生不老药等。那是一九九四年的作品《混沌》。万物至今混沌着。老蔡曾如此解释火药的魅力:"火药象征着宇宙的能量。用看得见的东西来表现看不见的东西,它很合适。火药模糊了永恒和瞬间、时间和空间,制造了混沌。"

混沌中,福岛变"辐岛",你是想不到的,但在看不到希望的磐城,你能看到志贺他们种樱花的未来之举。从一棵到九万九千九百九十九棵。九十九这个数具有无限的意义。

船是蔡作品中多次出现的象征物,从丝绸之路出发的泉州木船,到磐城的废弃渔船,再到纽约的美术馆的草船(借箭),直至京都二条城前的盆景船,等等。但蔡国强说它不过展示了自己"再也回不去的故乡"。船,何止象征着蔡国强的艺术人生,对其人生更具有无限的意义。

要把无限的意义写成一部"非虚构"谈何容易?当初,红虹将此书交给我翻译的时候,我对书名"天空巨人"一见钟情,耳边不由得响起《空中之城》的旋律。我以为,有关蔡国强的书,自然都会有音乐的旋律,而音乐是无法翻译的。这部《天空巨人》娓娓讲述了中日两个"巨人"共创奇迹的真实故事,从文笔到结构都很优秀。为保持此书娓娓道来的"故事风格",我尽量选用"直译"的方法,毕竟中日都是使用汉字的国家。也许翻译也可以用上蔡国强的艺术简单化原则,就像当年他用之于世上复杂的婚恋,只叩窗三下"我爱你"便一举成功;再用其"暴力"火药画及至"天梯",皆一点即成功!此刻,"哧"的一声,也点爆了我的记忆。

忘不了二十世纪八十年代初期,一幅在福建省展出的画:一双腿想跑出铁丝网,却被超现实主义笔法勾勒的真实之网遮挡得严严实实。不知为什么,有一种被呼唤的感觉,随即那双模糊的长腿指引我到了画家红虹的男朋友蔡国强的家,甚至把我引向东瀛留学。

那是令人怀念的日子。在泉州古厝"泡茶话仙"(闽南话,聊天的意思)时,红虹曾悄悄对我说:"强哥是一口深深的井,越打水越多……"而且她说到激动之处,竟然教我手沾油彩,胡乱往画布上涂:原来艺术可以这样!可以"乱搞"!原来艺术还可以在夜晚去"仙字潭"拓岩画。

那夜,月光蓝幽幽的,蹚过"原始汤",我惊呼起来:一种粗狂而热烈的气氛,从青苔浸染的褐岩渗透而出。嗬!舞蹈的人群!两腿最大程度地叉开,做骑马蹲裆式……仿佛回到地球原初的狂欢,感到一种"原始而伟大的渴望"在身上凯旋。这种美的魔力,可以让人忘了可怜的局限。后来在蔡国强的火药画里,我一直读到这种野性与灵性。

强仔说,他们在欢呼人类的第一次站立!可是,那最后一凿的声音停在哪里呢?强仔死命将耳朵贴近岩画……蛇叫!强仔突然笑着喊,吓了我一跳。强仔是"虫出'闽'成龙"的艺术家,是"信风水不信算命"的那种人。风水在他的艺术计划中有时成了哲学,有时则成了诗;而他在我的一生中也像风水,有时成了哲学,有时则成了诗。

东瀛留学后,我曾有幸参与蔡国强的"爆炸"活动:《时光:蔡国强和资生堂》展。那时他从筹划北京奥运开、闭幕式的烟花表演的百忙之中,抽空在日本作"时光展"。

火药之强悍与化妆品之柔美是对立的,但二者之间有没有连接点或爆破点呢?

那天,我抵达绘画现场的时候,横滨靠海的一个大仓库的水泥地板上,已经铺好四张大幅的日本特制的手工麻纸。蔡国强正在配火药,就像下中药似的,这一种、那一种,各下一点。他没用磅秤,全凭感觉。

他举起黑色的食指,比了个大夫的动作:你看我下中药,但效果好不好,要喝完才知道。绘制火药画如同"做爱",基本是一次性的,不像画油画,不好了可以再改。

说着,他划了根火柴试火药,说是很久没用日本制作的火药了,怕手生。一九九五年他获得"日本文化设计奖"之后,就前往纽约,而后在西方"炸"来"炸"去,不亦乐乎。

蔡国强成为世界名人了!不过在我这个老朋友眼里,他可没变,依然有才气且满是正气,淳朴中透着幽默。此刻他瘦劲的骨骼撑起宽松的工作服,依然是一副"中国气派"。"不错,你就是拿着绿卡,人们看你还是中国文化中的人。"他朗朗大笑。此刻眼见着他头发白了，而且变得稀薄——岁月毕竟留下了无情的痕迹。

他的夫人红虹说，他这人就是这样"一生悬命"（日语，拼命的意思），一天要画四季，而且从小幅画面的"冬"画起，把最大幅的"秋"留在后面，留在我们都跑不动的最后……

"你呀，这你就不懂了。从冬画起，如果弄糟了，还有春天紧跟着呢！"浓浓的闽南音，话语中带有淡淡的哲理。他说红虹"不懂"，眼神中分明透着怜爱。

冬：爱情故事

红虹睨了他一眼：冬天代表我们一九八六年刚到日本时的心情。那时真冷呀！那时的日本真富，可我们真穷，但就是不去打工赚钱，要坚持搞艺术。开始嘛，只好挨饿了。记得凡·高吗？但凡画家，都得挨饿，饿得老想画纸能变成饼就好了；还有，饿的时候最讨厌乌鸦叫，偏偏东京乌鸦多……

乌鸦狂叫，对应着冬天的寂寞。此刻，用一群纸板剪出来的乌鸦，被蔡国强任意摆在麻纸上，而后撒上火药，压上砖块。

"点燃（火药）时，砖头能产生压力，有利于引爆。"蔡国强说着，扣动打火机，点燃了导火索！马上听到了"嗞嗞嗞"的火星蹿动的声音，火药"噼里啪啦"地欢炸起来。

身着一身红的红虹，像一束火苗似的，在蔡国强的指挥下蹦来蹦去。一声声闽南话"阿哥"的呼喊，依然是情意绵绵……

想当年，她找他一起写生画画，经常敲后窗：咚咚——阿哥，咚咚咚——我爱你……

"你愿意做我的妻子吗？想一想，三天后回答。"蔡国强把艺术的简单化原则用到这里来了。有时候，红虹是一团火，在阿哥的画里"燃烧"；有时候，她又成了灭火人——点火后重要的是灭火！她两手拿着白布团，脱下鞋跑到画上扑灭火星，也是"一生悬命"。

轰，砰砰……"冬"的效果炸出来了。不单是写实的，更是抽象的。冬天是冷酷的，但只要有火，便是一个积蓄力量的季节。

很简单，冬天之后是春天。

春：故乡的"原风景"

"原风景"是日语的一种表达，这里我直接把它搬过来了。日本人认为"原风景"会影响人的一生。蔡国强的"原风景"就是故乡古城的鞭炮吧。他常对媒体说，自己的许多创作构想是来自故乡泉州，比如放鞭炮的习俗。但为什么西方人比较容易接受他的创作呢？因为火药画创作从本质上是"反"，"反文化"就是建立新文化，破坏美的秩序和制造它的偶然性；火药画本身及出人意料的行为，都具有"反文化"的特点。材料的魅力和美就在其不可控制性和偶然性……

春天换了一种画法。在用厚纸剪出来的牡丹和鱼儿上面，不再压厚纸板了，蔡国强让大家往上面铺大张的透明纸。我心里直纳闷：俗话说，纸包不住火，蔡国强又来什么"别有用心"？

"这回不用太多人扑火，红虹上，你们配合。"他开始"发号施令"，手里点燃一炷香……

香火袅袅，思绪遥遥……仿佛看到当年他的祖母帮他点香火放鞭炮……

泉州。古城。小巷。热闹的春节。和许多小男孩一样，蔡国强从小就喜欢放鞭炮。他抢着点火，跟着活蹦乱跳的焰火胡思乱想。

闻名于世的郑和不就是从这座古城出发的吗？没有"胡思乱想"，他敢下西洋？

那年头，很少人会去关注这样一个长得并不出众的小男孩，更不会有时间去搭理他的胡思乱想，但是他的祖母看到了。她爱自己的孙子，她知道炸出漫天花的爆竹恰是男孩要表达的梦想，于是，帮着点香火、递鞭炮。这不，一画就画出了名：她总是得意地在街坊邻里说，我们家阿强会用鞭炮画画呢！

砰——嚓——吱——"春"的导火线点燃了。这回只是憋着劲闷响。火光中的浓烟似团团白云绽放并升起——壮丽的瞬间。然而瞬间之后是什么呢？揭开被熏黄的透明纸张，就像揭开神秘的面纱，"春"以一种意想不到的朦胧美展现在我们面前，如诗，如夜，如摇篮曲。

果然，春天是充满柔情的季节。艺术和万物一样，就从这柔情中得以生长。

蔡国强笑得像春天一样灿烂："炸'冬'的时候，我发现日本火药太温和，于是就想着利用它的温和来创作春天，没想到这效果太美妙了！"

夏：炸得痛且快乐

夏天是热烈的。这是一个充满远古创造激情的季节。

一入"夏"，即刻热闹起来了。帮忙的人们用日语喊着"蜻蜓"，就像唱着那首著名的歌谣《红蜻蜓》似的，将一只只纸板蜻蜓递给蔡国强。紧跟着，蜻蜓款款降落，一串垂藤自上而下。垂藤是取鞭炮里细细的黑芯来勾画。现场还有一只笨笨的大纸龟，在"夏"的角落里趴着。如果没有它，这生机勃勃的画面就缺了点分量。

蔡国强说，他喜欢使用文化的现成物，比如使用草船借箭、龙等文化符号，这会使他做得更轻松些……他说："我的作品，第一，比较幽默，这是我的天性；第二，东西有线条感，比如《龙来了》就体现这种线条感，有流动性。又如《草船借箭》，它表现了借力的力量，在美学上体现为一种矛盾体；而从视觉上看，那船满身都是箭，却很轻松地飞，那种很矛盾的力量是一种视觉语言的力量……"

说话间，他抹了不少火药，预计浓墨重彩的"夏"将轰轰烈烈。我赶紧捆了两块布团，准备投入"灭火大战"。

"夏"的火星果然很活跃。砰砰——砰砰——我们使劲按灭火星。

秋：火药的"季语"

季语是日本俳句的要素。蔡国强往一张最大的手工麻纸上摆剪纸：菊花、螃蟹、归燕、夕阳……蔡国强的秋天何其烂漫。即便是秋叶落大地，也飘逸着诗情。这回蔡国强找来真的树叶，让我们把摘好的叶子交给他，他再往白纸上撒。看似无意却有意，他的神情就像在做一场盛大的宗教仪式。我趁他微闭眼睛的时候，也悄悄地撒了几片。

红虹发现了："哈，你也想当艺术家？"

我抿嘴偷乐："偷偷地当一回！"

红虹："小心别把自己搭进去。让火药把你的裤子炸出洞来，那可真的成'现代作品'了。"

红虹有一件三宅一生作品风格的长裙。当蔡国强往价值万金的名贵时装上撒火药，把它炸出"千斑百迹"时，来宾们目瞪口呆（一九九八年十月，法国卡地亚艺术中心）。那火药与现代服装的融合，真酷！

记得蔡国强在与台湾云门舞的艺术大师林怀民合作《捕风捉影》时说过："如果说爆破重要的话，那是对一种套路、一种文化惯性的破坏，而能不能找到新的探索，才是真的爆破，而不是火药本身。"

砰——那些被炸了的绿叶竟有一种特殊效果，黑里透黄，黄里还有黄。它的生命形式在艺术里竟得到如此丰富的保存。

可惜"夕阳"还没炸够。蔡国强再一次点燃导火线，喊着："闪开！这回药性很足！"他话音刚落，白蘑菇云便腾空而起。红虹两手提着布团，冒着烟雾扑了过去。

哦，一片秋色，半轮夕阳，火药炸出了夕阳的沧桑感。但，它壮丽地下沉，不正是为了灿烂地升起吗？

一个人有四季。一个民族有四季。

继而蔡国强又在北京奥运会"炸"出令世界惊喜的焰火表演。

我欣赏着蔡国强带来的盛大焰火表演。但他说："焰火一般不被人们理解成一种艺术，包括盛典。大部分人都感觉它是一场秀。对艺术家来说，它有一种危险，我反倒将它作为一种挑战。你很难在美术史上看到关于盛典的艺术家的记载，因为人们爱盛典，但不把它当艺术。实际上，从远古时代开始，人们原始的绘画、表演都是从巫师的仪式开始，人类的艺术也是从那里延续下来的。"

川内有绪在《文库版后记》中说，有好多人问她，书名中的"巨人"到底是什么意思……最直接的思考，"巨人"指蔡国强先生酝酿多年的作品《大脚印》（*big foot*，最后译文定为"大脚印"）。川内有绪用片假名表示 *big foot*，说"巨人是生活在我们心中的另一个自己"。我的翻译伙伴商钟岚起初用"大脚怪"加注，说大脚怪是美国漫威漫画中的超级英雄。我却想起闽南话里的"大脚"，当今已成流行语"大咖"（大家之意），但很少有人留意它的流传过程。"大脚"与"大脚怪"，不论东西，铿锵而行。我以为，语言也是艺术，在传播中被激活或者死去。

蔡国强就站在这个"临界点"。艺术家与宇宙的关系多像是一个人濒临死亡的临界体验——前所未有、焦虑与新鲜、日常与反日常的神秘博弈。世界的眼睛凝视着他。

我有幸于奥运会璀璨的焰火轰动之后，又见到蔡国强，却陷入广岛黑色焰火的沉默。

在广岛，他静如松。那座原子弹爆炸的残留建筑就在他的身后。空气中凝聚的静谧，有时会爆发可怕声响，犹如令人记忆犹新的原子弹爆炸历史。

对一名中国艺术家而言，广岛是个危险的课题。倘若表现过火，哪怕只过一丁点儿，也可能是"错误"的"爆炸"；但倘若谨小慎微，太弱了，也就没感觉了，作品将因软弱无力而宣告失败。

二〇〇八年十月二十五日下午一点，在原爆纪念馆附近的元町河滨公园，一条黑色的火龙蹿上蓝天，不曾闪亮，不曾喧闹，突然，喷墨点点挥洒，一如千年铁树开花，又如干瘦的黑菊花瓣纷扬……

持续时间为六十秒。

中国画泼墨的张力与日本浮世绘的枯寂。

战争与和平，生与死，静与闹……蔡国强于此间展现出——

瞬间的美学。

永恒的主题。

此刻，在死一般静谧之后，猛然爆发一片赞叹声。广岛沸腾了。

黑色焰火对广岛意味着什么？对世界意味着什么？

蔡国强曾说："人间除了毁的暴力，更有美的力量，广岛对我有很大的意义。"焰火之后，他缓缓走过媒体麦克风的森林，手牵五岁的小女儿，静静地来到广岛和平纪念碑前。这里有成千上万的纸鹤，五颜六色。小女儿认真地摆上了学会折叠的第一只纸鹤。

父亲抱着女儿，就像抱着金色的和平奖杯，从纽约走来，走过黑色焰火，又走进广岛市当代美术馆。那里有蔡国强为广岛打造的新作《无人的自然：为广岛市当代美术馆作的计划》——借《春江花月夜》的古典美，让现代人倒影在绿水上。

火的语言沉默了，水的歌声缓缓而起。从黑的浓重走向蓝的轻盈。蔡国强想告诉我们什么？

不要受画家的"骗"，无题实则有题，无人实则有人。

水的那边，海滩上斜躺着船骸，是老人与海搏斗的战果，一副如旗帜般骄傲的鱼骨架；还是泉州古船，穿过岁月的瘢痕向我们驶来……

后来，就在泉州这个海上丝绸之路的起点，强仔用他最熟悉的方式点燃了一根火柴，放了一个最厉害的焰火给百岁祖母看：二〇一五年六月十五日凌晨，五百米高的"天梯"腾飞世代的梦想，欲与无限对话。

不过，当你仰望绚丽的焰火时，可曾留意焰火后面的夜空？蔡国强说，他"做成的作品像天上出现的焰火，没有实现的只是黑夜而已……问题是，人们仰望夜空，为的是看到绚丽的焰火而非黑夜"。

我没到"天梯"的现场，但是后来参加了隆重的葬礼，百岁祖母是喜丧。她留给我的回忆一直是喜乐的。阿彦曾围着她跳"现代舞"，祖母也笑着比手画脚。我看她银白的发髻上插一朵小金花，不由得想起闽南话里骂人"臭美"的一句俗语，便偷着乐。后来教日本人学中文时，我先教怎么"骂人"，他们竟然说闽南话好听，连骂人的话都听着像在唱歌。哈，这世上骂人的话和好听的话居然能这么奇妙地混合在一起——闽南老奶奶的一朵花插入了我厚厚的美学讲义，而我看到的焰火里，也有闽南老奶奶的一朵花。

焰火里还有樱花，泼辣辣地绽放于残忍的荒原，又痛且快乐地悄然谢幕如樱雪。恰如蔡国强所言："我认为樱花这个东西是很有灵性的。它开花的时间短暂，却灵性十足。人不可能每天都有灵性。灵性是偶尔迸发的，就像闪光点，不是像电灯泡一直亮着的。对我来说，樱花有一种来得亮丽，去得爽快的感觉，跟火药很像。"

书中叙述的"磐城万樱"计划，恰是世界级当代艺术家蔡国强与日本企业家志贺忠重在二十世纪八十年代相遇后引爆的灵感之作。女作家川内有绪被这世界性的"二人三脚"的"跨界友谊"吸引，被曾处于困境中的追梦者感动。可以说，《天空巨人》是蔡国强和志贺忠重两个人的传记、一部中日民间的交流史，也是一部中日艺术关系史，很有意义。特别是在福岛核电站事故后，起到灾后振兴作用的"磐城万樱"计划，具有日式的浪漫，不入俗套的励志，让你分不清樱花是梦，还是梦是樱花……

虽然我与志贺先生未曾谋面，译完此书时，他已活灵活现地出现在我的面前：荡着冒险的"樱花秋千"豪爽地笑着。原来他与蔡国强心有灵犀是性格使然，追梦使然，樱花使然。

搁笔之际，正值爆竹声中一岁除，春风送暖时，此书可以付印了吧。三年疫情不曾"花见"的我，今年最想做的，是去磐城的万樱山种一棵我的樱花树。"我也想要。""二人三脚"的翻译伙伴们说。

林祁
二〇二三年春于蔡氏"厚积斋"